Anton Tchekhov
CONTOS

SELEÇÃO E TRADUÇÃO *Tatiana Belinky*

PREFÁCIO *Irineu Franco Perpetuo*

6ª EDIÇÃO

EDITORA
NOVA
FRONTEIRA

Direitos de edição da obra em língua portuguesa no Brasil adquiridos pela EDITORA NOVA FRONTEIRA PARTICIPAÇÕES S.A. Todos os direitos reservados. Nenhuma parte desta obra pode ser apropriada e estocada em sistema de banco de dados ou processo similar, em qualquer forma ou meio, seja eletrônico, de fotocópia, gravação etc., sem a permissão do detentor do copirraite.

EDITORA NOVA FRONTEIRA PARTICIPAÇÕES S.A.
Rua Candelária, 60 – 7º andar – Centro – 20091-020
Rio de Janeiro – RJ – Brasil
Tel.: (21) 3882-8200

Imagem de capa: Paul Louis Bouchard, Vista do Kremlin de Moscou.
OST, circa 1900.
Coleção particular.

CIP-Brasil. Catalogação na fonte
Sindicato Nacional dos Editores de Livros, RJ

T244c

    Tchekhov, Anton, 1860-1904
    Contos / Anton Tchekhov; seleção e tradução Tatiana Belinky. - [6. ed]. - Rio de Janeiro:
    Nova Fronteira, 2021. (Clássicos de ouro)
    256 p.; 23 cm

    ISBN 978-65-5640-348-9

    1. Conto russo. I. Belinky, Tatiana. II. Título. III. Série.

18-48360   CDD: 891.73
                               CDU: 821.161.1-3

Sumário

Prefácio 7

Uma pequena explicação 11

A senhora com o cachorrinho 13
A morte do funcionário 29
Menino malvado 33
No Departamento dos Correios 37
O malfeitor 39
Vanka 45
Brincadeira 49
Senhoras 53
Gricha 57
O vingador 61
A mulher do farmacêutico 67
Camaleão 71
Um homem conhecido 77
Falta do que fazer (Romance de férias) 81
Veraneio 87
Aniuta 93
Sobrenome cavalar 97
Inimigos 101
Angústia 115
A descoberta 121
Ninharias da vida 121
A corista 131
O marido 137
Libertinagem 143
O investigador 149
Meninos 155
Zínotchka 163
O bilhete de loteria 169
O médico 175
O mendigo 181

Inadvertência 187
A duquesa 191
Do amor 203
A aposta 213
"Amorzinho" 221
A esposa 233
Ana no pescoço 241

Prefácio

Vladimir Nabokov certa vez afirmou que "era uma brincadeira comum entre os russos dividir seus conhecidos entre os que gostavam de Tchekhov e os que não gostavam. Os que não gostavam não eram boa gente".[1]

Nesse critério, poucos tradutores brasileiros foram tão boa gente quanto Tatiana Belinky (1919-2013). Nascida na então Petrogrado (atual São Petersburgo), mudou-se para o Brasil aos dez anos e firmou sua reputação, sobretudo, como autora de livros infantojuvenis, incutindo o prazer da leitura em diversas gerações de brasileiros.

Belinky, porém, colocou seu bilinguismo igualmente a serviço do leitor adulto, traduzindo clássicos da literatura de sua terra de origem. Dentre estes, ela nutria especial apreço pelos contos de Anton Pavlovitch Tchekhov (1860-1904). Igualmente embebida na literatura e no idioma de países tão distantes como a Rússia e o Brasil, Belinky foi uma mediadora ideal entre Tchekhov e o público brasileiro, realizando uma seleção variada e cuidadosa dentre vastíssimo universo de suas narrativas breves e, sem deixar de ser fiel ao espírito e ao estilo tchekhoviano, manejando o português de forma rica e criativa, para recriar suas obras em nossa língua com um sabor peculiar. Tchekhov sempre pertenceu a Belinky e, em sua tradução, ele passa a pertencer a todos nós.

Não custa lembrar que, quando o autor de A senhora com o cachorrinho ingressa na vida artística russa, o panorama literário do país é dominado, sobretudo pelos densos e volumosos romances de carregadas implicações políticas, filosóficas, sociais e morais que lançaram a reputação e fizeram a glória da literatura da Rússia no exterior, de autores como Turguêniev, Dostoiévski e Tolstói.

Herdeiro consciente de uma tradição que parece dar sinais de cansaço e esgotamento quando ele está começando a carreira, Tchekhov opera uma revolução nas letras russas. Uma revolução em surdina, com luvas de pelica, sutil – mais ou menos como a que seu contemporâneo

---

[1] NABOKOV, Vladimir. *Lições de literatura russa*. São Paulo: Três Estrelas, 2014, p. 313.

Claude Debussy (1862-1918) opera na música francesa, na mesma época. Saem de cena os grandes romances doutrinadores e engajados, entram as narrativas curtas aparentemente desprovidas de trama e tendência ideológica. Desta forma, Tchekhov limpa e prepara o terreno para o grande renascimento da poesia russa e o florescimento das vanguardas que acontecerá na assim chamada Era de Prata, entre a última década do século XIX e as iniciais do século XX.

"Nossas primeiras impressões de Tchekhov não são de simplicidade, mas de desconcerto. Qual é o propósito disso, e por que ele transforma isso em um conto? Perguntamos, conforme lemos conto atrás de conto", afirma Virginia Woolf, em ensaio sobre o escritor russo. Mais à frente, ela descreve: "Sentimos que nada é resolvido; nada é rigidamente amarrado. Por outro lado, o método, que inicialmente parecia tão casual, inconclusivo, e ocupado de ninharias, agora aparece como resultado de um gosto requintadamente original e meticuloso, escolhendo com ousadia, organizando infalivelmente, e controlado por uma honestidade para a qual não podemos encontrar equivalente, a não ser dentre os próprios russos." O resultado é surpreendente: "Em consequência, à medida que lemos essas pequenas histórias a respeito de absolutamente nada, o horizonte se amplia; a alma adquire um sentido surpreendente de liberdade."[2]

Boa parte da literatura do século XX parece vir desse caráter elusivo que também perpassa as grandes criações teatrais do autor, e o refinamento estilístico de Tchekhov espanta ainda mais se levarmos em conta as condições em que ele trabalhou. Não se tratava de um proprietário de terras abastado como Turguêniev ou Tolstói, mas sim de um filho de merceeiro de província (nasceu em Taganrog, no sul da Rússia), que atuou como médico ("a medicina é minha esposa legítima e a literatura é a minha amante"[3] é uma de suas frases mais célebres), e, assim como Dostoiévski, tinha que ganhar o pão com o suor do rosto.

Contudo, se mesmo em vida lançou-se sobre o autor de Crime e Castigo a acusação de que o ritmo de trabalho frenético prejudicava o apuro estilístico de suas obras, nada disso jamais foi dito sobre Tchekhov. Para Thomas Mann, por exemplo, sua arte narrativa "se equipara ao que há de melhor e mais poderoso na literatura europeia",

---

[2] WOOLF, Virginia. *The Common Reader – First Series*. Boston: Mariner Books, 2003, p. 117; p. 119.
[3] TCHEKOV, Anton P. *Cartas a Suvórin*. São Paulo: Edusp, 2002, p. 61.

e "sua obra, que abriu mão da monumentalidade épica, encerra em si toda a vasta Rússia de antes da revolução, com sua natureza eterna e suas eternas condições sociais 'desnaturadas'".

Condições contra as quais ele não vocifera ou prega — o que não significa que estivesse contente ou fosse conivente com elas. Como assinalou seu amigo Górki: "ele era de uma modéstia casta e não se permitia dizer às pessoas alto e bom tom: 'Afinal sejam mais... honestas!', esperando em vão que elas atinassem a necessidade premente de serem honestas. Odiando tudo o que era vulgar e sujo, ele descrevia as torpezas da vida com a nobre linguagem de poeta, com leve riso de humorista, e, por trás da bela aparência de seus contos, não é muito perceptível seu sentido latente, cheio de censuras amargas."[4] Tchekhov não estava interessado em "lacrar".

Irineu Franco Perpetuo
Jornalista, escritor e tradutor

---

[4] GÓRKI, Máximo. *Três russos e como me tornei um escritor*. São Paulo: Martins, 2006, p. 91.

Uma pequena explicação

Ao aceitar a honrosa incumbência de traduzir e organizar este volume dedicado a Anton Pavlovitch Tchekhov, pensei logo no prazer que seria fazer esse trabalho. Não pensei nas dificuldades — e dificuldades houve, diversas.

A primeira dizia respeito à seleção: entre mais de quinhentos contos, dos quais pelo menos um terço de verdadeiras obras-primas, como escolher apenas alguns? O resultado é esta seleção, que, espero, dará ao leitor uma ideia geral, embora incompleta, da obra do escritor.

Depois, vieram alguns problemas de ordem técnica. O idioma russo, na sua construção, é bastante semelhante ao português, especialmente o russo urbano, "europeu" — e, portanto, nessa parte não havia dificuldade. Porém, a linguagem dos personagens tchekhovianos — e os contos de Tchekhov são em geral muito dialogados, quase como cenas teatrais — é peculiar e característica; cada um tem a sua maneira de falar, e, conforme o seu caráter e estado de espírito, eles falam "bem" ou "mal", trocam os tempos dos verbos, mudam os tratamentos etc. — enfim, é o estilo coloquial próprio de cada personagem e, às vezes, também do autor — e isso eu procurei conservar o máximo possível na tradução. Também o tratamento, que, em russo, é sempre na segunda pessoa, do singular e do plural, traduzi conforme me pareceu mais natural em cada caso particular, usando o "tu" e o "vós" em alguns casos e o "você" em outros.

Além disso, algumas vezes tive de "adaptar" além de traduzir, como no caso do conto "O sobrenome cavalar", cujo humor específico se perderia caso eu não tomasse a liberdade de usar o radical dos nomes traduzido, e o final, em russo mesmo.

Era esta a pequena explicação que eu me senti na obrigação de dar aos leitores antes de entregar-lhes este volume de contos do escritor que é, para mim, ao lado de Maupassant e O. Henry, um dos "três grandes" do conto universal: Anton Pavlovitch Tchekhov.

Tatiana Belinky

A senhora com o cachorrinho

I

Comentavam que no passeio à beira-mar apareceu uma personagem nova: uma senhora com um cachorrinho. Dmitri Dmitritch Gurov, que se encontrava em Yalta havia duas semanas e já estava acostumado aqui, também começou a se interessar pelos recém-chegados. Sentado no pavilhão de Verne, ele viu passar pela beira-mar uma senhora jovem, de altura mediana, loura, de boina; atrás dela, corria um cãozinho lulu--da-pomerânia branco.

E, depois, ele a encontrou no parque municipal e na praça, algumas vezes por dia. Ela passeava sozinha, sempre com a mesma boina, com o cãozinho branco. Ninguém sabia quem ela era e chamavam-na simplesmente assim: a senhora do cachorrinho.

"Se ela está aqui sozinha e sem conhecidos", ponderava Gurov, "então não faria mal conhecê-la".

Ele ainda não chegara aos 40, mas já tinha uma filha de 12 anos e dois filhos ginasianos. Casaram-no cedo, quando ainda era universitário do segundo ano, e agora sua esposa parecia vez e meia mais velha do que ele. Era uma mulher alta, de sobrancelhas escuras, empertigada, compenetrada, séria e, como ela mesma se definia, intelectualizada. Lia muito e, nas cartas que escrevia, não usava o "sinal duro",[1] não chamava o marido de Dmitri, mas sim de Dimitri, e ele, secretamente, a considerava medíocre, limitada, deselegante, tinha medo dela e não gostava de ficar em casa. Começara a enganá-la havia muito tempo, enganava-a com frequência, e provavelmente por isso, quase sempre se referia mal às mulheres, e quando se falava delas na sua presença, chamava-as assim:

— Raça inferior!

Parecia-lhe que estava suficientemente escolado pela amarga experiência para poder chamá-las como bem entendesse, mas não conseguia

---

[1] Letra (em desuso) no final de certas palavras terminadas em consoante "seca" ou "dura". (N.T.)

passar nem dois dias sem a "raça inferior". Na companhia dos homens, ele se entediava, ficava pouco à vontade, com eles era calado, frio, mas quando se encontrava entre mulheres, sentia-se livre e sabia o que falar com elas e como se portar; e até permanecer calado entre elas lhe era fácil. Na sua aparência, no seu caráter, em toda a sua natureza, havia algo de sutil, insinuante, que atraía as mulheres; ele o sabia e também sentia uma certa força estranha que o atraía para elas.

A experiência repetida, na verdade amarga experiência, lhe ensinara há muito tempo que qualquer aproximação, que no começo tão agradavelmente diversificava a vida e parecia não passar de uma pequena e ligeira aventura, quando acontece com pessoas sérias, em especial com moscovitas, mais ponderados e indecisos, inevitavelmente cresce e se transforma em todo um problema extremamente complexo, e a situação, o final de contas, se torna penosa. Mas a cada novo encontro com uma mulher interessante, essa experiência como que escapa da memória, e dá vontade de viver, e tudo parece tão simples e divertido.

E eis que, ao entardecer, ele almoçava no parque, e a senhora de boina se aproximou sem pressa, para ocupar a mesa vizinha. Sua expressão, seu andar, a roupa, o penteado, lhe diziam que ela era de boa sociedade, casada, que estava pela primeira vez em Yalta sozinha, e se entediando.

Nas histórias sobre a moral duvidosa dos costumes locais havia muitas inverdades, ele as desprezava e sabia que, na sua maioria, eram histórias inventadas por pessoas que gostariam de pecar elas próprias, se soubessem como. Mas quando a senhora se sentou à mesa vizinha, a três passos dele, Gurov se lembrou dessas histórias de conquistas fáceis, excursões para as montanhas, e a ideia tentadora de uma rápida e fugaz ligação, um romance com uma mulher desconhecida, da qual não soubesse nome nem sobrenome, de repente se apossou dele.

Chamou carinhosamente o cachorrinho e, quando este se aproximou, ameaçou-o com o dedo. O cachorrinho rosnou e Gurov o ameaçou de novo.

A senhora o fitou e imediatamente baixou os olhos.

— Ele não morde — disse ela, e ruborizou-se.

— Posso dar-lhe um osso? — E quando ela assentiu com a cabeça, ele perguntou em tom afável: — Faz tempo que a senhora chegou a Yalta?

— Há uns cinco dias.

— Pois eu já estou me demorando aqui faz duas semanas.

Fez-se um breve silêncio.

— O tempo passa depressa, e, no entanto, aqui é tão aborrecido — disse ela, sem encará-lo.

— É só costumeiro dizer que aqui é aborrecido. Um provinciano vive em Believ ou Fizdra e não se aborrece, mas quando chega aqui, é um tal de "Ai que tédio! Ai que poeira!" Pode-se pensar que chegou de Granada!

Ela riu. Depois, ambos continuaram a comer calados, como dois desconhecidos, mas depois do almoço saíram juntos, lado a lado, e teve início uma conversa leve e bem-humorada de pessoas livres, satisfeitas, para as quais tanto faz aonde ir ou do que falar. Eles passeavam e conversavam sobre como estava estranhamente iluminado o mar: a água tinha um tom lilás, tão suave e tépido, e da lua se estendia sobre ela uma faixa dourada. Falavam de como o ar estava abafado depois do calor do dia. Gurov contou que era moscovita, filólogo de formação, mas que trabalhava em um banco; tempos atrás, se preparou para cantar em uma ópera particular, mas desistiu, e que tem duas casas em Moscou. E dela ficou sabendo que crescera em Petersburgo, mas se casou em S, onde vive há dois anos, que ficaria em Yalta ainda cerca de um mês e que talvez venha buscá-la o marido, que também gostaria de descansar. Ela não conseguia explicar direito onde trabalhava o seu marido — se na administração governamental ou municipal, e ela mesma achava isso engraçado. E ficou sabendo também que o nome dela é Ana Serguêievna.

Mais tarde, no seu quarto de hotel, continuou a pensar nela, e que amanhã decerto ela vai se encontrar com ele.

Assim deve ser. Ao preparar-se para dormir, pensou que havia pouco ela fora uma das alunas na escola, estudara como agora estuda a sua filha, lembrou-se de quanta timidez, quanta falta de jeito ainda havia no seu riso, na conversa com um desconhecido — decerto, era a primeira vez na vida que ela estava sozinha, em um ambiente no qual era seguida, observada, e onde falavam com ela com uma única e secreta intenção, a qual ela não podia deixar de adivinhar. E lembrou-se do seu pescoço delicado e frágil, e dos seus bonitos olhos cinzentos.

"E, no entanto, há nela algo que dá pena", pensou Gurov, e começou a adormecer.

II

Passou-se uma semana desde que se conheceram. Era um dia feriado. Nos quartos do hotel, o ar estava abafado, e, nas ruas, a poeira girava em redemoinhos, arrancava chapéus.

Tinham sede o dia inteiro, e Gurov a toda hora entrava no pavilhão e oferecia a Ana Serguêievna ora água com xarope de frutas, ora sorvete. Não havia para onde escapar.

Ao anoitecer, quando o tempo amainou, eles foram para o quebra-mar ver a chegada do navio. O cais estava cheio de gente passeando, reuniam-se para receber alguém, traziam ramalhetes. E aqui chamavam a atenção duas peculiaridades da endomingada multidão de Yalta: as senhoras de meia-idade se trajavam como jovens, e havia muitos generais.

Por causa do mar agitado, o navio chegou tarde, quando o sol já se pusera, e antes de ancorar no cais, manobrou por muito tempo. Ana Serguêievna olhava pelo lorgnon para o navio e os passageiros, como se procurasse por conhecidos, e quando se dirigia a Gurov, seus olhos brilhavam. Falava muito, suas perguntas eram desconexas e ela mesma esquecia imediatamente o que perguntara; depois, perdeu o lorgnon no meio da aglomeração.

A multidão festiva se dispersava, já não se distinguiam os rostos, o vento cessou de todo, mas Gurov e Ana Serguêievna continuavam parados, como se esperassem que mais alguém desembarcasse do navio. Ana Serguêievna já se calara e cheirava as flores sem olhar para Gurov.

— O tempo melhorou ao anoitecer — disse ele. — Para onde iremos agora? Vamos fazer um passeio de coche?

Ela não respondeu nada.

Então, ele a encarou fixamente e súbito abraçou-a e a beijou nos lábios, e foi engolfado pelo perfume e a umidade das flores, e no mesmo instante lançou um olhar temeroso em volta: será que alguém viu?

— Vamos para o seu hotel — disse ele em voz baixa.

E ambos partiram rapidamente.

O apartamento dela era abafado, recendendo a um perfume que ela comprara numa loja japonesa. Gurov, olhando para ela agora, pensava: "Que espécie de encontros acontecem na nossa vida!" Do passado, ele guardava recordações de mulheres despreocupadas, de boa índole, alegres de amor, gratas a ele por aquela felicidade, embora tão breve; e de outras — como, por exemplo, a sua esposa — que amavam sem sinceridade, com cenas histéricas, com uma expressão como se aquilo não fosse amor nem paixão, mas algo mais significativo; e de outras, umas duas ou três, muito bonitas, frias, em cujo rosto passava de repente uma expressão de rapina, um desejo obstinado de agarrar, arrancar da vida mais do que ela pode dar, e essas já não estavam na primeira juventude, manhosas, inconsequentes, exigentes, pouco inteligentes, e quando Gurov esfriava com elas, a sua beleza lhe despertava ódio, e as rendas das suas roupas íntimas lhe pareciam então escamas.

Mas aqui, agora, ele estava diante da timidez, da falta de jeito da jovem inexperiente — uma sensação incômoda, impressão embaraçosa, como se de repente batessem na porta. Ana Serguêievna, essa "senhora do cachorrinho", reagia ao acontecido de um modo esquisito, muito sério, como se fosse a sua própria queda — assim parecia e isto soava estranho e fora de propósito. Os traços do seu rosto tinham caído, murchado, e dos lados pendiam tristemente seus longos cabelos. Ela ficou pensativa, em uma pose tristonha, como a pecadora numa pintura antiga.

— Isso não é bom — disse ela —, agora o senhor é o primeiro a não me respeitar.

Sobre a mesa do quarto, estava uma melancia. Gurov cortou uma fatia e começou a comer, sem pressa. Passou pelo menos meia hora em silêncio.

Ana Serguêievna estava comovente, emanava dela a pureza de uma mulher decente, ingênua, de pouca vivência; a vela solitária acesa em cima da mesa mal iluminava o seu rosto, mas via-se que sua alma não estava em paz.

— Por que eu iria deixar de te respeitar? — perguntou Gurov. — Tu não sabes o que estás dizendo.

— Que Deus me perdoe! — disse ela, e seus olhos se encheram de lágrimas. — Isto é terrível.

— Parece que estás te justificando.

— Como posso justificar-me? Eu sou uma mulher ruim, baixa, eu me desprezo e não penso em justificação. Não foi ao meu marido que eu enganei, foi a mim mesma. E não somente agora, mas eu o engano já faz muito tempo. Meu marido é talvez um homem honesto e bom, mas ele é um lacaio! Eu não sei o que ele faz lá, como trabalha, sei apenas que ele é um lacaio. Quando casei com ele, eu tinha 20 anos, atormentava-me a curiosidade, eu desejava alguma coisa melhor, porque existe, dizia eu a mim mesma, uma outra vida. Tinha vontade de viver um pouco! Viver e viver... A curiosidade me abrasava... O senhor não compreende isso, mas juro por Deus, eu já não podia me dominar, algo acontecia comigo, era impossível conter-me, eu disse ao meu marido que estava doente e vim para cá... E aqui fiquei andando como envenenada, como enlouquecida... E eis que me tornei uma mulher vulgar, ruim, que qualquer um pode desprezar.

Gurov se entediava ouvindo isso, o seu tom ingênuo o irritava, esse arrependimento, tão inesperado e inconveniente, e se não fossem as lágrimas nos olhos, dir-se-ia que ela estava pilheriando ou representando.

— Eu não entendo — disse ele suavemente —, o que é que tu queres?

Ela escondeu o rosto sobre o seu peito e estreitou-se a ele.

— Acredite, creia-me, eu lhe suplico. Eu gosto de uma vida limpa, honesta, e o pecado me repugna, eu mesma não sei o que faço. O povo simples diz: foi o demo que te tentou. E agora eu posso dizer a mim mesma que foi o diabo que me confundiu.

— Basta, basta — balbuciava Gurov.

Ele fitava os seus olhos parados e assustados, beijava-os, falava com voz baixa e carinhosa, e ela começou pouco a pouco a se acalmar, e sua alegria voltou, e ambos começaram a rir.

Depois, quando saíram, não havia vivalma na avenida beira-mar, a cidade com os seus ciprestes tinha um aspecto morto, mas o mar ainda rugia e se batia contra a margem; uma barcaça balouçava sobre as ondas e nela uma lanterna piscava sonolenta.

Eles encontraram um coche de aluguel e se dirigiram a Oreanda.

— Agora há pouco, lá embaixo, na recepção, eu soube o teu sobrenome: no quadro está escrito von Dideritz — disse Gurov. — O teu marido é alemão?

— Não, parece que o seu avô era alemão, mas ele mesmo é ortodoxo.

Em Oreanda, eles ficaram sentados em um banco próximo à igreja, e olhavam para baixo, para o mar, calados. Yalta era quase invisível através da névoa matinal; sobre os cumes das montanhas, nuvens brancas pousavam imóveis. A folhagem não se movia nas árvores, as cigarras gritavam e o ruído monótono e surdo do mar, que chegava de baixo, falava da paz, do sono eterno que nos aguarda. O mesmo ruído soava lá embaixo quando não existiam nem Yalta nem Oreanda; ele soa agora e continuará soando da mesma forma indiferente e surda quando nós não mais existirmos. E nessa constância, nessa total indiferença com a vida e a morte de cada um de nós, talvez se aloje o penhor da nossa salvação eterna, o movimento incessante da vida na Terra, da ininterrupta perfeição. Sentado ao lado da jovem mulher, que ao alvorecer parecia tão bela, tranquilizada e encantada em face desse ambiente de conto de fadas — o mar, as montanhas, as nuvens brancas, o céu imenso —, Gurov pensava que no fundo, se consideramos bem, tudo é maravilhoso neste mundo, tudo, afora aquilo que nós mesmos cismamos e fazemos quando nos esquecemos dos desígnios mais altos do ser, da nossa dignidade humana.

Aproximou-se um homem qualquer, decerto um guarda, olhou para ele e foi embora. E esse detalhe pareceu tão misterioso e também bonito. Dava pra ver a chegada do navio da Feodosia, iluminado pela aurora matinal, as luzes já apagadas.

— Há orvalho na grama — disse Ana Serguêievna, quebrando o silêncio.

— Sim. É hora de irmos para casa.

Eles voltaram para a cidade.

Depois, a cada meio-dia, eles se encontravam na avenida beira-mar, lanchavam juntos, almoçavam, passeavam, se encantavam com o mar. Ela se queixava de dormir mal e de palpitações aflitas do coração, fazia sempre as mesmas perguntas, perturbada ora pelos ciúmes, ora pelo medo de que ele não a respeitasse o suficiente. E muitas vezes, na praça ou no parque, quando não havia ninguém nas proximidades, ele de repente a puxava para si e a beijava com ardor. O ócio total, esses beijos em plena luz do dia, com olhares em volta, com receio de ser visto, o calor, o cheiro do mar e a constante visão diante dos olhos de pessoas ociosas, festivas e saciadas, pareciam tê-lo feito renascer; ele dizia a Ana Serguêievna como ela era bela, tentadora, era impaciente, apaixonado, não arredava um passo de junto dela, e ela fitava pensativa e sempre lhe pedia que confessasse que não a respeitava, não a amava nem um pouco, e só via nela uma mulher vulgar. Quase todas as tardes, ao anoitecer, eles saíam a passeio para algum lugar fora da cidade, para Oreanda ou para a catarata; e o passeio a cada vez resultava perfeito, e as impressões eram sempre maravilhosas e grandiosas.

Aguardavam a chegada do marido. Mas veio uma carta dele, explicando que estava com dores nos olhos e implorava à mulher que voltasse logo para casa. Ana Serguêievna começou a se apressar.

— Isto é bom, é bom que eu vá embora — dizia ela a Gurov. — Isto é o próprio destino.

Ela partiu para a estação num coche de cavalos e ele a acompanhou. Viajaram o dia inteiro. Quando se acomodava no vagão do trem expresso e tocou o primeiro sinal, ela falou:

— Deixe-me olhá-lo mais uma vez... Olhar mais uma vez. Assim.

Ela não chorou, mas estava triste, como que doente, e seu rosto tremia.

— Eu vou pensar no senhor... vou me lembrar — dizia ela. — Deus o guarde, fique bem. Não pense mal de mim. Nós nos despedimos para sempre, é assim que deve ser, porque não devíamos ter nos encontrado, de todo. Bem, fique com Deus.

O trem partiu rápido, suas luzes sumiram logo, e um minuto depois já não se ouvia o seu ruído, como se tudo conspirasse de propósito para encerrar logo essa doce ilusão, essa loucura. E sozinho na plataforma, a fitar a distância escura, Gurov escutava o cri-cri dos grilos e o zumbido dos fios telegráficos com a sensação de alguém que acaba de acordar. E pensava que eis que na sua vida acontecera mais uma aventura, ou uma conquista, e ela já terminara, e agora só restava a recordação... Ele estava comovido, triste e experimentava um leve arrependimento, pois esta jovem mulher, com a qual ele nunca mais se encontraria, não fora feliz com ele; ele fora carinhoso e cordial, mas mesmo assim, na sua relação com ela, no seu tom e nas suas carícias, transparecia uma leve zombaria, a soberba um tanto grosseira de um homem feliz, que ainda por cima tinha quase o dobro da sua idade... O tempo todo, ela o chamava de bondoso, extraordinário, superior; evidentemente, ele não lhe parecia o que era de fato, significando que ele, sem querer, a enganava...

Aqui na gare já recendia a outono, a noite estava fresca.

"Já é tempo de também eu voltar para o norte", pensava Gurov, saindo da plataforma. "É tempo!"

III

Em casa, em Moscou, tudo estava com atmosfera hibernal, as estufas acesas, e de manhã, quando as crianças se aprontavam para o ginásio e tomavam o seu chá, estava escuro e a babá acendia a luz por pouco tempo. Já começava a gear. Quando cai a primeira neve, no primeiro dia do uso do trenó, é agradável ver a terra branca, os telhados brancos, a respiração é suave, gostosa, e nessa época se recorda os tempos juvenis. As velhas tílias e bétulas, brancas da geada, têm um ar benevolente, estão mais perto do coração do que ciprestes e palmeiras, e junto delas não se tem vontade de pensar em montanha e mar.

Gurov era moscovita, voltara para Moscou em um dia de tempo bom, de frio seco, e quando vestiu a peliça, calçou as luvas quentes e foi passear na Pietrovka, e quando ao anoitecer de sábado ouviu o badalar do sino, a recente viagem aos lugares onde estivera perdeu para ele todo o encanto. Pouco a pouco, ele mergulhou na vida moscovita, já lia avidamente três jornais por dia e dizia que não lia os jornais moscovitas por princípio. Já se sentia atraído pelos restaurantes, clubes, convites para almoços, jubileus, e já se sentia lisonjeado por receber visitas de advogados e artistas famosos, e porque no clube dos médicos ele jogava baralho com um professor catedrático. E já podia comer uma porção inteira de peixe frito com repolho defumado.

Parecia-lhe que, passado qualquer mês, Ana Serguêievna se envolveria numa névoa na sua memória e só raramente apareceria em sonho com o seu sorriso comovente, como as outras mulheres. Mas passou mais de um mês, chegou o inverno profundo, e na sua memória tudo continuava claro, como se ele tivesse se despedido de Ana Serguêievna apenas ontem. E as recordações se incendiavam cada vez mais. Bastava que no silêncio do entardecer chegassem ao seu gabinete as vozes das crianças preparando as lições ou que ouvisse uma canção romântica, ou o órgão tocado em um restaurante, ou que ouvisse a nevasca uivando na lareira, que de repente ressuscitava na sua memória tudo: o que acontecera no quebra-mar, e a madrugada de névoa nas montanhas, e o navio chegando de Feodosia, e os beijos... e ficou muito tempo andando pelo quarto, e recordava, e sorria, e depois as recordações passavam para devaneios, e na imaginação o passado se misturava com o futuro. Ana Serguêievna não lhe aparecia em sonhos, mas o seguia por toda parte, como uma sombra, e o observava. Fechando os olhos, ele a via, como viva, e ela parecia mais bela, mais jovem, mais terna do que era; e ele próprio parecia a si mesmo melhor do que fora então em Yalta. Ao anoitecer, ela o olhava da estante de livros, da lareira, do canto, ele ouvia a sua respiração, o fru-fru delicado da sua roupa. Na rua, ele seguia com os olhos as mulheres, procurava uma que se parecesse com ela...

E já o atormentava um forte desejo de partilhar com alguém suas recordações. Mas em casa não era possível falar do seu amor, e fora de casa não havia com quem — com os locatários ou com os colegas do banco? E falar do quê? Acaso estava ele amando naquele tempo? Acaso houvera algo de belo, poético, ou edificante, ou simplesmente interessante na sua relação com Ana Serguêievna? E ele se via obrigado a falar generalidades sobre o amor, as mulheres, e ninguém adivinhava o que estava acontecendo, e apenas a esposa franzia as suas escuras sobrancelhas e dizia:

— O papel de sedutor não te orna de todo, Dimitri.

Certa noite, ao sair do clube dos médicos junto com o seu parceiro, um funcionário público, ele não se conteve e disse:

— Se o senhor soubesse que mulher fascinante eu conheci em Yalta!

O funcionário sentou-se no seu trenó e arrancou, mas subitamente voltou-se e chamou:

— Dmitri Dmitritch!

— O que é?

— Ainda há pouco, o senhor tinha razão: o esturjão estava com um cheirinho!

Essas palavras, tão banais, por algum motivo de repente indignaram Gurov, pareceram-lhe humilhantes, maliciosas... Que mentalidade horrível, que personagens! Que noites sem sentido, que dias desinteressantes, insignificantes! A jogatina de carteado, a glutonaria, a bebedeira, o falatório constante sempre sobre os mesmos negócios desnecessários e as conversas inúteis, sempre as mesmas, atraem e absorvem a melhor parte do tempo, as melhores forças, e, no final das contas, resta uma espécie de vida limitada, indigente, um desperdício vulgar, e não se pode escapar nem fugir, é como estar trancado em um manicômio ou em um calabouço!

Gurov não conseguiu dormir a noite inteira, indignado, e depois passou o dia todo com dor de cabeça. E também nas noites seguintes ele dormiu mal, ficava na cama, sentado, pensando, ou andava de um lado para o outro no quarto. Sentia-se farto dos filhos, farto do banco, não tinha vontade de ir a lugar algum nem de falar de nada.

Em dezembro, nos feriados, ele se preparou para viajar e disse à mulher que ia a Petersburgo fazer gestões em favor de um certo jovem — e viajou para Petersburgo. Para quê? Nem mesmo ele sabia direito.

Tinha vontade de encontrar Ana Serguêievna, conversar, marcar um encontro, se fosse possível. Gurov chegou a Petersburgo de manhã e alugou no hotel o melhor apartamento, no qual todo o soalho era forrado de lã cinza de uniforme militar, e tinha na mesa um tinteiro, cinzento de poeira, com um cavaleiro montado, de braço levantado com um chapéu mas sem a cabeça. O porteiro deu-lhe as informações necessárias: von Dideritz mora na rua Staro-gontchárnaia em casa própria, longe do hotel, vive bem, ricamente, possui cavalos, todos o conhecem na cidade. O porteiro pronunciava o nome assim: Dridirits.

Gurov dirigiu-se sem pressa para a Staro-gontchárnaia, encontrou a casa. Bem na frente, estendia-se uma cerca comprida, cinzenta, cheia de pregos.

"Dá para fugir de uma cerca dessas", pensou, olhando ora para as janelas, ora para a cerca.

Ele raciocinava: hoje é feriado e o marido decerto está em casa. De qualquer jeito, tanto faz, seria falta de tato entrar na casa sem aviso e constrangê-la. Mas se enviar um bilhete, este pode cair nas mãos do marido e estragar tudo. O melhor é confiar no acaso. Ele viu um mendigo entrar pelo portão e ser atacado pelos cachorros, depois, uma hora mais tarde, ouviu tocarem piano e os sons lhe chegavam fracos, vagos. Decerto, era Ana Serguêievna que tocava. A porta da frente se abriu de repente e saiu uma velhinha, seguida pelo conhecido cachorrinho lulu branco. Gurov quis chamar o cachorro, mas súbito seu coração começou a palpitar tanto que a emoção o fez esquecer o nome do cão.

Ele andava e odiava cada vez mais a cerca cinzenta, e já pensava, com irritação, que Ana Serguêievna o esquecera e quem sabe já se distraía com outro, e isto é tão natural na situação de uma mulher jovem, obrigada, desde a manhã até a noite, a ver esta maldita cerca. Gurov voltou para o seu apartamento e ficou longo tempo sentado no divã, sem saber o que fazer, depois, almoçou e dormiu por muito tempo. "Como tudo isso é estúpido e perturbador", pensava ele ao acordar, olhando para as janelas escuras: já anoitecia. "Dormi demais, sei lá para quê. O que é que vou fazer agora de noite?"

Sentado na cama, debaixo do cobertor barato cinzento como um de hospital, ele lembrava a si mesmo, aborrecido: "Aqui tens a senhora do cachorrinho... Aqui tens a tua aventura... agora, fica aí sentado."

Ainda de manhã, na gare, chamou-lhe a atenção um cartaz em letras garrafais que anunciava a primeira apresentação da peça "A gueixa". Lembrou-se disso e decidiu ir ao teatro.

"É bem possível que ela costume ir às estreias", pensou ele.

O teatro estava lotado. E aqui, como acontece em todos os teatros provincianos, havia uma névoa acima do lustre, a galeria se agitava ruidosa, na primeira fileira, antes do início da representação, de pé com as mãos nas costas, postavam-se os janotas locais, e aqui, na frisa governamental, sentada no primeiro lugar, estava a filha do governador, de boá, e o próprio governador se escondia modestamente atrás da cortina, e só as suas mãos eram visíveis; o pano de boca balouçava, a orquestra se demorava afinando os instrumentos. Durante todo o tempo em que o público entrava e ocupava os lugares, Gurov a procurava ansiosamente com os olhos.

Entrou também Ana Serguêievna. Ela sentou-se na terceira fileira, e quando Gurov olhou para ela, seu coração se contraiu e ele compreendeu claramente que agora não existia no mundo inteiro um ente mais próximo, mais caro e importante do que ela, perdida no meio da multidão provinciana, esta pequena mulher, sem nada de notável, com um vulgar lorgnon nas mãos, enchia agora toda a sua vida, era a sua tristeza e a sua alegria, a única felicidade que ele agora desejava para si, e ao som da péssima orquestra, dos míseros violinos provincianos, ele pensava como ela era linda. Pensava e sonhava.

Junto com Ana Serguêievna, entrou e sentou-se ao lado dela um homem jovem, de suíças aparadas, muito alto, encurvado, que inclinava a cabeça a cada passo e parecia estar constantemente cumprimentando alguém, provavelmente era o marido, ao qual então, em Yalta, num momento de sentimento amargo, ela chamara de lacaio. Com efeito, naquela figura comprida, nas suíças, na pequena calva, havia algo de obsequioso, seu sorriso era adocicado, e na sua lapela brilhava um distintivo universitário, que lembrava um número de lacaio.

No primeiro intervalo, o marido saiu para fumar, ela permaneceu na poltrona. Gurov, que também estava na plateia, aproximou-se dela e disse, com voz trêmula e um sorriso forçado:

— Boa noite.

Ela o viu e empalideceu; depois, lançou-lhe outro olhar, não acreditando nos próprios olhos, e apertou nas mãos juntas o leque e o lorgnon, obviamente lutando para não desmaiar. Ambos estavam calados. Ela sentada, ele em pé, assustado com a sua perturbação, sem ousar sentar-se ao seu lado. Gemeram os violinos e a flauta, sendo afinados, subitamente, ele sentiu medo, parecia-lhe ser observado de todas as frisas. Mas eis que ela se levantou e se dirigiu rapidamente para a saída; ele a seguiu e ambos andavam a esmo, pelos corredores, pelas escadas, ora subindo, ora descendo, e diante deles, figuras em uniformes judiciais, professorais, e funcionários, e todos com distintivos; passavam senhoras, peliças penduradas em cabides no vestiário; soprava um vento encanado, com cheiro de restos de tabaco. E Gurov, cujo coração palpitava acelerado, pensava: "Ó, meu Deus! E para que esta gente, esta orquestra?"

E no mesmo instante, ele se lembrou de como naquele anoitecer na estação, ao acompanhar Ana Serguêievna, ele se dizia que estava tudo terminado e eles nunca mais se veriam. Mas como ainda estavam longe do fim!

Em uma escada estreita e sombria, com o aviso "saída para o anfiteatro", ela se deteve.

— Como o senhor me assustou! — disse ela, ofegante, ainda pálida e perturbada. — Oh, como o senhor me assustou! Estou mais morta que viva! Para que o senhor veio aqui? Para quê?

— Mas compreenda, Ana, compreenda… — balbuciou ele, sussurrando apressado. — Eu lhe imploro, compreenda…

Ela o fitava com medo, com súplica, com amor, olhava-o fixamente, para marcar com mais força os traços do seu rosto.

— Eu sofro tanto! — continuou ela, sem ouvi-lo. — O tempo todo eu só pensava no senhor. E eu queria esquecer, esquecer, mas por quê, por que o senhor veio?

Mais alto, no patamar, dois ginasianos fumavam e olhavam para baixo, mas Gurov não se importava, ele puxou Ana Serguêievna para si e começou a beijar seu rosto, a face, as mãos.

— O que está fazendo, o que está fazendo? — dizia ela horrorizada, tentando afastá-lo. — Nós dois enlouquecemos! Vá embora hoje mesmo, vá embora, já… Exorto-o por tudo o que é sagrado, eu lhe suplico… Alguém vem vindo!

Alguém vinha de baixo, subindo a escada.

— O senhor tem que ir embora — continuava Ana Serguêievna, num sussurro. — Está me ouvindo, Dmitri Dmitritch? Eu irei procurá-lo em Moscou. Eu nunca fui feliz, sou infeliz agora, e nunca, nunca serei feliz, nunca! Não me obrigue a sofrer ainda mais! Eu juro, irei a Moscou. Mas separemo-nos agora! Meu querido precioso, meu caro, separemo-nos!

Ela apertou-lhe a mão e começou a descer rapidamente, sempre olhando para trás, para ele, e pelos seus olhos se via que ela realmente não era feliz. Gurov ficou parado, escutando um pouco, e quando tudo silenciou, encontrou o seu cabide e saiu do teatro.

IV

E Ana Serguêievna começou a visitá-lo em Moscou. Uma vez em dois, três meses ela se ausentava de Petersburgo e dizia ao marido que ia consultar o seu médico-professor a respeito do seu problema de saúde feminino — e o marido acreditava e não acreditava. Chegando a Moscou, ela se hospedava no Bazar Eslavo e imediatamente enviava para Gurov um homem de boné vermelho. Gurov ia visitá-la e ninguém em Moscou ficava sabendo disso.

Certo disso, em uma manhã de inverno, ele ia vê-la dessa maneira (o mensageiro o procurara na véspera e não o encontrara) e com ele ia a sua filha, que ele teve vontade de acompanhar ao ginásio, que ficava no seu caminho.

Caía uma neve graúda e molhada.

— Agora faz três graus positivos, e no entanto está nevando — dizia Gurov à filha, mas está quente assim só na superfície da Terra. Nas camadas superiores da atmosfera, a temperatura é muito diferente.

— Papai, por que no inverno não há trovoadas?

Ele explicou também isso. Falava e pensava que agora ele ia para um encontro secreto e nem uma só pessoa sabia disso e decerto nunca saberá. Ele levava duas vidas, uma evidente, vista e conhecida por todo mundo que precisava disso, cheia de verdade convencional e de mentira convencional, totalmente semelhante à vida dos seus conhecidos e amigos, e a outra, que transcorria em segredo. E por uma estranha confluência de circunstâncias, talvez acidentais, tudo o que para ele era importante, interessante, indispensável, em que ele era sincero e não enganava a si mesmo, tudo o que constituía o cerne da sua vida processava-se às ocultas dos outros, enquanto tudo o que era a sua mentira, o véu sob o qual se envolvia para ocultar a verdade, como por exemplo o seu trabalho no banco, as discussões no clube, sua "raça inferior", as idas com a esposa aos jubileus — tudo isso era evidente. E julgava os outros por si mesmo, não acreditava no que via, e sempre presumia que para cada pessoa, sob a cobertura do segredo, como sob as trevas da noite, desenrola-se a sua secreta, verdadeira vida. Cada existência privada se apoia no segredo, e, talvez em parte por isso mesmo, o homem civilizado se bate tão nervosamente pelo respeito à sua vida privada.

Após acompanhar a filha ao ginásio, Gurov se dirigiu para o Bazar Eslavo. Tirou a peliça embaixo, subiu e bateu de leve na porta. Ana Serguêievna, trajando o vestido cinza que ele preferia, fatigada pela viagem e pela espera, aguardava desde a véspera; estava pálida, fitava-o sem sorrir e, mal ele entrou, atirou-se no seu peito, como se eles não se vissem há dois anos, o seu beijo foi longo, demorado.

— Então, como vives ali? — perguntou ele. — O que há de novo?

— Espere, já vou contar... não posso...

Ela não podia falar, porque chorava. Voltou o rosto e apertou os olhos com o lenço.

"Bem, ela que chore um pouco, enquanto eu me sento", pensou ele, e sentou-se em uma poltrona.

Depois, chamou e pediu que lhe trouxessem chá, e depois, enquanto ele tomava o chá, ela continuou em pé, voltada para a janela. Ela chorava de emoção, da dolorosa consciência de que as suas vidas tomaram um rumo tão triste: eles se viam só em segredo, se escondiam dos outros, como ladrões. A sua vida não estava destroçada?

— Vamos, para! — disse Gurov.

Para ele, estava claro que esse seu amor não terminaria tão cedo, não se sabe quando. Ana Serguêievna se envolvia com ele cada vez mais, ela o adorava, e seria inadmissível dizer-lhe que tudo isso deve algum dia ter um fim, e ela nem acreditaria nisto.

Ele se aproximou, segurou-a pelos ombros para lhe fazer um agrado, uma brincadeira, e nesse momento se viu refletido num espelho.

Sua cabeça já começava a encanecer. E pareceu-lhe estranho ter envelhecido tanto nos últimos anos, ter enfeado tanto: os ombros em que se apoiavam as suas mãos eram quentes e estremeciam. Ele sentiu compaixão por essa vida, ainda tão calorosa e bonita, mas já próxima de começar a perder o brilho e o frescor, como a dele mesmo. Por que razão ela o amava tanto? Ele sempre pareceu às mulheres diferente do que era, e amavam nele não a ele próprio, mas a um homem que criavam na sua imaginação, o qual avidamente procuravam na sua vida; e depois, quando percebiam o seu erro, persistiam em amá-lo. E nenhuma delas foi feliz com ele. O tempo passava, ele as conhecia, se envolvia, se separava, mas não amou nem uma só vez; havia tudo o que se podia imaginar, mas nunca amor.

Ana Serguêievna e ele se amavam como pessoas muito próximas, como parentes, como marido e mulher, como ternos amigos; parecia-lhes que o próprio fado os destinara um ao outro, e era incompreensível.

Para ele, que era casado, e ela também, era como se ambos fossem aves migratórias, macho e fêmea, que foram capturadas e obrigadas a viver em gaiolas separadas. Eles perdoaram mutuamente tudo do que se envergonhavam no seu passado, perdoavam também no presente e sentiam que este seu amor mudara a ambos.

Antes, em momentos tristes, ele se tranquilizava com toda sorte de raciocínios que lhe vinham à cabeça, mas agora ele não estava predisposto a raciocinar, sentiu uma profunda compaixão, vontade de ser sincero, terno...

— Chega, minha querida — dizia ele —, já choraste e basta... agora, vamos conversar, inventar alguma coisa.

Depois, eles se aconselharam por muito tempo, falaram de como se livrar da necessidade de se esconder, de enganar, viver em cidades diferentes, ficar longos períodos sem se ver. Como se libertar dessas teias insuportáveis?

— Como? Como? — perguntava ele, com as mãos na cabeça. — Como?

E parecia que faltava pouco para chegarem a uma decisão, e então começaria uma vida nova, maravilhosa; e era claro para ambos que ainda estavam longe, muito longe do fim, e que o mais complicado e difícil estava apenas começando.

A MORTE DO FUNCIONÁRIO

Uma bela noite, o não menos belo funcionário Ivan Dmítritch Tcherviakov, sentado na segunda fila da plateia, assistia pelo binóculo a "Os sinos de Corneville". Ele olhava e sentia-se no auge da beatitude. Mas de repente... Nos contos, aparece com frequência este "mas de repente". Os autores têm razão: a vida é tão cheia de imprevistos! Mas de repente, o seu rosto se contraiu, os olhos se reviraram, a respiração parou... ele afastou o binóculo dos olhos, inclinou-se e... atchim!!! Espirrou, como podes ver. Ninguém, em lugar nenhum, está proibido de espirrar. Espirram os camponeses e os chefes de polícia, e às vezes até os conselheiros secretos. Todos espirram. Tcherviakov não ficou nem um pouco perturbado, assoou-se com o lencinho e, como homem educado, olhou em volta de si — para ver se não incomodara alguém com o seu espirro. Mas aí já não pôde escapar de ficar perturbado. Ele percebera que um velhinho, sentado na frente dele, na primeira fila da plateia, enxugava meticulosamente a calva e o pescoço com a luva e resmungava alguma coisa. No velhinho, Tcherviakov reconheceu o general Brisjalov, do Departamento das Vias de Comunicação.

"Eu o salpiquei!", pensou Tcherviakov. "Ele não é meu superior, é alheio, mas sempre é desagradável. É preciso pedir desculpas."

Tcherviakov pigarreou, inclinou-se para a frente e cochichou no ouvido do general:

— Desculpe, Vossência, eu o salpiquei... foi sem querer...

— Nada, nada...

— Pelo amor de Deus, desculpe. Eu... eu não tencionava!

— Ora, fique quieto, por favor! Deixe-me ouvir!

Tcherviakov desconcertou-se, sorriu alvarmente e começou a olhar para o palco. Ele olhava, mas já não sentia mais beatitude. A inquietação começou a atormentá-lo. Durante o intervalo, aproximou-se de Brisjalov, rondou-o um pouco e, vencendo a timidez, balbuciou:

— Eu o salpiquei, Vossência... Perdão... Eu... não é que eu...

— Ora, deixe disso... Eu já tinha esquecido, e o senhor volta com a mesma coisa! — disse o general, com um movimento impaciente do lábio inferior.

"Esqueceu, mas os olhos estão cheios de malevolência", pensou Tcherviakov, espiando o general, desconfiado. "Não quer nem conversar. Seria preciso explicar-lhe que eu não tencionava... que se trata de uma lei natural, senão ele ainda vai pensar que eu quis cuspir. Se não pensar agora, pensará mais tarde!..."

De volta para casa, Tcherviakov contou à sua mulher sobre a sua falta de educação. A mulher, como pareceu a Tcherviakov, teve uma atitude muito leviana para com o incidente; ela só ficou assustada, mas quando soube que Brisjalov era "alheio", tranquilizou-se.

— Em todo caso, seria bom que você fosse até lá se desculpar — disse ela. — Senão, ele vai pensar que você não sabe se comportar em público!

— Pois isto é que é! Eu me desculpei, mas ele foi meio esquisito. Não disse uma palavra coerente. E nem havia mesmo tempo para conversas.

No dia seguinte, Tcherviakov envergou o uniforme novo, aparou o cabelo e foi ao Brisjalov dar explicações... Entrando na sala de espera do general, ele viu lá muitos requerentes e, entre eles, o próprio general, que já começara a receber os requerimentos. Tendo interrogado alguns requerentes, o general ergueu os olhos também para Tcherviakov.

— Ontem na arcádia, se Vossência se recorda — começou a declinar o executor —, eu espirrei e... sem querer, salpiquei-o... Descul...

— Que ninharias... Sabe Deus o quê! E o senhor, que deseja? — dirigiu-se o general ao próximo requerente.

"Não quer falar comigo!", pensou Tcherviakov, empalidecendo. "Quer dizer que está zangado... Não, não é possível que isto fique assim... Eu vou lhe explicar..."

Quando o general terminou a conversa com o último visitante e encaminhou-se para os apartamentos internos, Tcherviakov plantou-se diante dele e começou a balbuciar:

—Vossência! Se eu me atrevo a incomodar a Vossência, é justamente em vista do sentimento de, posso garantir, de arrependimento!... Não foi por querer, Vossência mesmo pode compreender!

O general fez uma cara lamurienta e abanou a mão.

— Mas o senhor está simplesmente pilheriando, meu caro senhor! — disse ele, desaparecendo por detrás da porta.

"Que pilhérias pode haver aqui?", pensou Tcherviakov. "Pilhéria nenhuma! É general, mas não pode compreender! Pois, se é assim, não vou mais me desculpar diante deste fanfarrão! Que o diabo o carregue! Vou mandar-lhe uma carta, mas não vou mais vê-lo!"

Assim pensava Tcherviakov a caminho de casa. Mas a carta ao general não foi escrita. Ele pensou, pensou, mas não conseguiu inventar a tal carta. E não teve remédio senão voltar em pessoa, no dia seguinte, para se explicar.

— Eu ontem vim aqui incomodar a Vossência — balbuciou ele quando o general o encarou com olhos interrogadores — não para pilheriar, como Vossência houve por bem dizer. Eu vim me desculpar porque, ao espirrar, salpiquei... eu nem pensava em pilheriar. Como poderia eu me atrever a pilheriar? Se nós formos pilheriar, então, quer dizer que não haverá nenhum respeito... pelas personagens...

— Ponha-se na rua!! — urrou de repente o general, roxo de fúria.

— O quê? — sussurrou Tcherviakov, esfriando de horror.

— Rua!! — repetiu o general, batendo com os pés.

No ventre de Tcherviakov, algo arrebentou. Não enxergando nada, não ouvindo nada, ele recuou até a porta, saiu para a rua e foi se arrastando... Chegando maquinalmente em casa, sem tirar o uniforme, ele deitou-se no divã e... finou-se.

Menino malvado

Ivan Ivanitch Lapkin, jovem cavalheiro de aspecto agradável, e Ana Semiônovna Zamblítzkaia, jovem senhorita de narizinho arrebitado, desceram pela ribanceira escarpada e sentaram-se num banquinho. O banquinho ficava bem junto da água, entre as touceiras espessas dos salgueiros novos. Um lugarzinho adorável! Quem senta aqui fica escondido do mundo — só pode ser visto pelos peixes e pelas aranhas d'água, ziguezagueando como relâmpagos pela superfície do rio. Os dois jovens vinham equipados com anzóis, ganchos, latas de minhocas e demais apetrechos de pesca. Uma vez sentados, puseram-se logo a pescar.

— Estou contente porque, finalmente, estamos a sós — começou Lapkin, passeando o olhar em redor. — Há muita coisa que eu preciso dizer-lhe, Ana Semiônovna... Muita coisa... Quando eu a vi pela primeira vez... está mordendo no seu... Eu compreendi então para que vivo, compreendi onde está a minha divindade, à qual devo dedicar minha vida de honra e de trabalho... Deve ser um dos grandes que está mordendo... Vendo-a, eu amei pela primeira vez, amei apaixonadamente! Espere, não puxe ainda, deixe morder melhor... Responda-me, minha adorada, suplico-lhe, se posso esperar — não ser correspondido, oh, não, eu não sou digno disso, não me atrevo nem mesmo a sonhar com isso —, mas se posso esperar que... Puxe!

Ana Semiônovna ergueu para o alto o braço com o anzol, puxou e deu um grito. No ar, cintilou um peixinho verde-prateado.

— Deus do céu, uma perca! Ah, ah... Depressa! Soltou-se!

A perca soltou-se do gancho, pôs-se a pular pela grama em direção ao elemento nativo e... zás para dentro da água.

No afã da perseguição ao peixe, Lapkin, em vez do peixe, agarrou sem querer a mão de Ana Semiônovna, sem querer apertou-a aos lábios... Ela puxou a mão, mas já era tarde: os lábios sem querer se confundiram num beijo. Tudo isso aconteceu assim, sem querer. Depois do beijo, veio outro beijo, depois juras, protestos... Felizes momentos! Entretanto, nesta vida terrena não existe nada inteiramente feliz. A felicidade costuma trazer veneno em si mesma, ou é envenenada por algo externo. Assim foi também desta vez. Quando os dois jovens se beijavam, de repente ouviu-se uma risada. Eles olharam para o rio e estremeceram: dentro da água, afundado até a cintura, estava um menino nu. Era Kolia, ginasiano, irmão de Ana Semiônovna. Ele estava parado na água, olhava para o casal de jovens e sorria maldosamente.

— Ah-ah... vocês estão se beijando? — disse ele. — Pois muito bem! Eu vou contar à mamãe.

— Espero que o senhor, como um homem de honra... — balbuciou Lapkin, enrubescendo. — Espionar é uma indignidade, e bisbilhotar é baixo, vil e asqueroso... Presumo que o senhor, como homem honrado e digno...

— Dê-me um rublo, então não vou contar! — disse o homem digno. — Senão eu conto.

Lapkin tirou do bolso um rublo e entregou-o a Kolia. Este apertou o rublo no punho molhado, assobiou e saiu nadando. E desta vez os dois jovens já não se beijaram mais.

No dia seguinte, Lapkin trouxe da cidade, para Kolia, tintas e uma bola, e a irmã presenteou-o com todas as suas caixinhas de pílulas, vazias. Depois, foi preciso dar-lhe também as abotoaduras com focinhos de cachorro. O menino malvado, evidentemente, gostava muito de tudo isso e, para receber mais ainda, ele pôs-se a observar. Aonde Lapkin e Ana Semiônovna se dirigiam, para lá ia ele. Nem por um minuto ele os deixava a sós.

— Patife! — rangia os dentes Lapkin. — Tão pequeno e já tão grande patife! O que será dele mais tarde?!

Por todo o mês de junho, Kolia não deu folga aos pobres enamorados. Ele os ameaçava com a denúncia, espionava e exigia presentes; tudo lhe era pouco, e, afinal, ele começou a insinuar algo sobre um relógio de algibeira. E então? Foi preciso prometer-lhe o relógio.

Um dia, durante o almoço, quando serviam a sobremesa, ele de repente pôs-se a rir, piscou um olho e perguntou a Lapkin:

— Conto? Hein?

Lapkin enrubesceu horrivelmente e começou a mastigar o guardanapo em vez da sobremesa. Ana Semiônovna saiu correndo da mesa e fugiu para outro quarto.

E nesta situação os dois jovens permaneceram até o fim de agosto, até o próprio dia em que, finalmente, Lapkin fez o seu pedido a Ana Semiônovna. Oh, que dia feliz foi aquele! Tendo falado com os pais da noiva e recebido o consentimento, o primeiro movimento de

Lapkin foi sair correndo para o jardim à procura de Kolia. Tendo-o encontrado, ele quase prorrompeu em soluços de emoção e agarrou o menino malvado pela orelha. Ana Semiônovna, que também procurava Kolia, chegou correndo e agarrou-o pela outra orelha. E era preciso ver a expressão de delícia nos rostos dos apaixonados quando Kolia chorava e implorava:

— Queridinhos, bonzinhos, irmãozinhos, não vou fazer mais! Ai, ai, perdão!

E depois ambos confessaram que, durante todo o tempo em que estiveram apaixonados um pelo outro, nem uma só vez eles sentiram tamanha felicidade, beatitude tão empolgante como naqueles momentos em que puxavam as orelhas do menino malvado.

No Departamento dos Correios

Um dia desses, fomos ao enterro da jovem esposa do nosso velho chefe dos Correios, Sladkopertzev. Tendo sepultado a beldade, nós, segundo o velho costume dos pais e avós, dirigimo-nos para o departamento postal, para "recordar".[2]

Quando serviram as panquecas, o velho viúvo começou a chorar amargamente e disse:

— Essas panquecas são tão coradinhas como era a defunta. Igualmente lindas! Sem tirar nem pôr!

— Sim — concordaram os colegas —, ela era mesmo uma beleza... mulher de primeira classe!

— É... Todos se admiravam, olhando para ela... Mas, amigos, eu a amava não pela beleza nem pela boa índole. Estas duas qualidades são inerentes à natureza feminina e encontram-se com muita frequência debaixo do sol deste mundo. Eu a amava por outra qualidade de sua alma. E era isso: eu a amava, a defunta, que Deus a tenha na Sua santa paz, porque ela, com toda a vivacidade e brejeirice de seu caráter, era fiel ao seu marido. Ela me era fiel, apesar de ter apenas 20 anos e eu já ter quase 60! Ela me era fiel, a mim, velhote!

O diácono, que ceava conosco, exprimiu as suas dúvidas por meio de grunhidos e tossidas eloquentes.

— Pelo visto, o senhor não acredita? — dirigiu-se a ele o viúvo.

— Não é que eu não acredite — encabulou o diácono —, mas é que... as esposas jovens hoje em dia são um tanto... demasiado... rendez-vouz, *sauce provençale*...

— O senhor duvida, mas eu vou lhe provar! Eu sustentava a fidelidade nela com toda sorte de recursos de natureza, por assim dizer, estratégica, algo assim como reforços. Diante do meu comportamento e caráter astuto, minha mulher não poderia me trair de maneira alguma. Eu empregava a astúcia para a defesa do meu leito conjugal. Sei umas

---

[2] "Recordar" um defunto com um banquete, logo após os funerais: antigo costume russo. (N.T.)

certas palavras, uma espécie de senha. Quando digo estas palavras, basta, posso dormir sossegado quanto à fidelidade.

— E que palavras são essas?

— As mais simples. Eu espalhava pela cidade um feio boato. Esse boato é muito conhecido de todos. Eu dizia a cada um: "Minha mulher Aliona encontra-se em convivência com o nosso chefe de polícia Ivan Alexeitch Zalikhvátski." Estas palavras eram suficientes. Homem algum se atrevia a cortejar Aliona, pois temia a ira do chefe de polícia. Assim que a enxergavam, batiam em retirada, para que o Zalikhvátski não pensasse alguma coisa. He, he, he. Todos sabem que não é negócio a gente se emaranhar com aquele ídolo bigodudo — ele abre logo cinco protocolos sobre a situação sanitária. Por exemplo, ele vê o teu gato na rua e logo abre um protocolo, como se se tratasse de gato abandonado.

— Quer dizer então que a sua mulher não vivia com o Ivan Alexeitch? — espantamo-nos longamente.

— Não, senhores, foi esperteza minha… He, he… Que tal, engazopei-os com jeito, hein, moçada? Pois é, está aí.

Transcorreram uns três minutos em silêncio. Nós permanecíamos sentados, calados, curtindo a vergonha e a humilhação por termos sido tão astutamente enganados por este velho gordo de nariz vermelho.

— Espere, se Deus quiser, você casará de novo! — rosnou o diácono.

O MALFEITOR

Diante do investigador judiciário está um mujique[3] miúdo, extremamente magro, de camisa manchada e calções remendados. Seu rosto hirsuto e picado de bexiga e os olhos quase escondidos pelas sobrancelhas espessas e cerradas têm uma expressão de severidade taciturna. Na cabeça, todo um gorro de cabelos emaranhados que há muito tempo não conhecem pente, o que lhe empresta um ar ainda mais taciturno, de aranha. Ele está descalço.

— Dênis Grigóriev! — começa o investigador. — Aproxima-te e responde às minhas perguntas. No dia 7 de julho corrente, o guarda ferroviário Ivan Semiónov Akinfov, passando de manhã pela linha, na versta[4] 141, surpreendeu-te ao desparafusar uma das porcas com as quais o trilho é preso aos dormentes. Ei-la aqui, esta porca!... A mesma porca com a qual estavas quando ele te prendeu. Foi assim que aconteceu?

— Quê?

— Foi assim mesmo que tudo aconteceu, conforme explica Akinfov?

— É sabido, foi.

— Bem; e com que fim desparafusavas a porca?

— Quê?

— Tu aí, deixa deste teu "quê" e responde à pergunta: para que estavas desparafusando a porca?

— Se acaso não estivesse precisando dela, não desparafusava — rouqueja Dênis, entortando os olhos para o teto.

— Mas, então, para que precisavas desta porca?

— Porca, é? Nós fazemos peso de pescar com as porcas...

— Quem é "nós"?

— Nós, o povo... Os mujiques de Klimov, quer dizer.

— Escuta, mano, não te faças de idiota e fala claro. Nada de me contar mentiras sobre pesos!

---

[3] Camponês russo, rústico. (N.T.)
[4] Medida de distância russa. (N.T.)

— Nunca menti desde que nasci, e agora estou mentindo?... — resmunga Dênis, piscando os olhos. — Mas então, Vossa Excelência, pode ser sem peso? Se a gente põe no gancho uma isca viva ou usa minhoca, então ela afunda sem peso? Estou mentindo... — sorri Dênis, com ironia. — Só se ela tiver o diabo no corpo, a isca, se boiar na superfície! A perca, o lúcio, a enguia, toda a vida vão para o fundo, mas peixe que nada no raso, este quem sabe só um *chilichper*[5] é capaz de apanhar, e assim mesmo é raro... O *chilichper* não vive no nosso rio... Este peixe gosta de espaço.

— E para que tu me falas do *chilichper*?

— Quê? Mas se é o senhor que pergunta! Aqui, até os patrões pescam assim. Nem o último dos moleques vai se meter a pescar sem peso. Claro, um que não entende nada, ora, este vai pescar mesmo sem peso. Para os bobos, a lei não foi escrita...

— Então, tu dizes que desparafusaste esta porca a fim de fazer um peso de pescar com ela?

— Senão para quê? Não seria para brincar!

— Mas para fazer um peso, tu podias usar chumbo, uma bala... um preguinho qualquer...

— Chumbo não se acha na rua, precisa comprar, e preguinho não serve. Não se encontra nada melhor do que porca... É pesada e tem um buraco.

— Mas como se faz de bobo! Como se tivesse nascido ontem ou caído do céu. Será que tu não entendes, cabeça-dura, aonde te leva esta desparafusação? Se não te vê o guarda, o trem podia ter descarrilhado, teria morrido gente! Tu podias ter matado gente!

— Deus me livre, Vossa Excelência! Para que matar? Então a gente é pagão ou um bandido qualquer? Graças a Deus, meu bom senhor, a gente viveu a vida inteira e não é dizer que matou, mas nem nunca teve um pensamento desses na cabeça... Que nos livre e guarde a Rainha do Céu!... Nem fale assim!...

— E por que motivo, na tua opinião, acontecem os desastres de trem? Desparafusa duas, três porcas, e aí tens o desastre!

Dênis dá uma risadinha e espia o investigador com os olhos apertados, incrédulo.

---

[5] Peixinho miúdo usado para isca. (N.T.)

— Ora! Quantos anos já que nós aqui, a aldeia toda, desparafusamos as porcas, e o senhor nos ajudou, e agora, desastre... matar gente... Se eu tivesse levado um trilho ou quem sabe posto uma tora em cima dele, bem, então, pode ser, podia virar o trem, mas isto... ora! Uma porca!

— Mas trata de entender, as porcas prendem os trilhos aos dormentes!

— Isso se entende... por isso, a gente não tira todas... a gente deixa... a gente não faz sem compreensão... entende-se...

Dênis boceja e persigna a boca.

— No ano passado um trem descarrilhou aqui — diz o investigador. — Agora se vê por que razão...

— Quê?

— Agora, digo, se entende por que no ano passado descarrilhou um trem... Estou compreendendo!

— Para isso os senhores são instruídos, que é para compreender, nossos benfeitores... O Senhor do Céu sabia a quem dar entendimento... O senhor logo viu e ajuizou, como e por quê, mas o guarda é mujique igual a nós, sem entendimento nenhum, agarra a gente pelos colarinhos e arrasta... Entenda primeiro e arraste depois! Está dito, é um mujique, com juízo de mujique mesmo... Escreva também, Vossa Excelência, que ele me deu dois murros nos dentes e nos peitos.

— Quando revistaram a tua casa, encontraram mais uma porca... Esta outra, em que lugar foi que desparafusaste, e quando?

— O senhor fala daquela porca que estava debaixo do bauzinho vermelho?

— Não sei onde ela estava, só sei que foi encontrada em tua casa. Quando foi que a desparafusaste?

— Eu não a desparafusei, foi o Ignachka, filho do Semion torto, que me deu. Falo daquela debaixo do bauzinho, mas aquela que está no quintal, no trenó, foi juntos, eu e o Mitrofan, que desparafusamos.

— Qual Mitrofan?

— O Mitrofan Petrov... Então o senhor não conhece? Ele faz redes aqui e vende aos patrões. Ele precisa de muitas destas porcas. Para cada rede, umas dez, eu acho...

— Ouve... O artigo 1.081 do Código Penal diz que, por qualquer dano causado com premeditação à estrada de ferro, quando ele pode pôr em perigo o transporte que segue por esta estrada, e o culpado sabe que a consequência do seu ato pode ser um desastre... estás entendendo? Sabe! E tu não podias não saber ao que leva este desparafusar de porcas... a pena é deportação para os trabalhos forçados.

— Claro, o senhor é quem sabe melhor... Nós somos gente ignorante... que é que nós entendemos?

— Tu entendes tudo! Estás mentindo, te fazendo de bobo!

— E para que mentir? Pode perguntar na aldeia, se não acredita... Sem peso, só se pesca alburnete, porque até o gobião, e não há peixe pior do que ele, até o gobião não vai na isca sem peso.

— Precisas contar sobre o *chilichper*! — sorri o investigador.

— O *chilichper* não vive aqui... a gente pesca na superfície, sem peso, com borboleta, e às vezes morde uma perca, mas é raro.

— Ora, cala-te...

Faz-se um silêncio. Dênis muda o peso do corpo de um pé para o outro, olha para a mesa coberta de pano verde e pisca os olhos com força, como se diante dele visse não um pano, mas o sol. O investigador escreve rapidamente.

— É para ir embora? — pergunta Dênis, após um intervalo de silêncio.

— Não. Tenho que te pôr sob guarda e mandar para a prisão.

Dênis para de piscar e, soerguendo as sobrancelhas hirsutas, fita o investigador com um olhar perplexo.

— Mas como assim para a prisão, Vossa Excelência! Eu não tenho tempo, preciso ir ao mercado; o Iegor me deve três rublos, da banha...

— Cala-te, não me atrapalhes.

— Para a prisão... Se houvesse uma razão, eu ia, mas assim... esta agora... E por quê? Nem roubei, parece, nem briguei... Mas se é por causa do imposto atrasado que o senhor tem dúvidas, Vossa Excelência, não acredite no alcaide... o senhor pergunte ao senhor membro permanente... é um homem sem cruz, este alcaide...

— Cala-te!

— Eu já estou calado assim mesmo... — balbucia Dênis. — Mas que o alcaide embrulhou nas contas, eu posso até jurar... somos três irmãos: Kuzmá Grigóriev, quer dizer, Iegor Grigóriev e eu, Dênis Grigóriev...

— Estás me atrapalhando... Eh, Semion! — grita o investigador. — Leva-o embora!

— Somos três irmãos — balbucia Dênis, enquanto dois soldados fortes o agarram e o arrastam para fora do recinto. — Um irmão não é responsável pelo outro... O Kuzmá não paga, mas é o Dênis quem tem que responder... Juízes! Morreu o defunto patrão general, que o céu o tenha, senão ele ia mostrar-lhes como se faz, senhores juízes... É preciso julgar com entendimento, não é à toa... Podem até surrar, mas que seja pela culpa, com consciência...

Vanka

Vanka Júkov, menino de 9 anos, entregue há três meses como aprendiz ao sapateiro Aliákin, não foi dormir na véspera de Natal. Esperou que os patrões e ajudantes saíssem para a missa da madrugada e então tirou do armário do patrão um vidrinho de tinta, uma caneta de pena enferrujada e, estendendo diante de si uma folha de papel amarrotada, pôs-se a escrever. Antes de desenhar a primeira letra, ele voltou-se várias vezes, furtivamente, para as portas e janelas, lançou um olhar de esguelha para o ícone sombrio, de ambos os lados do qual corriam prateleiras com formas de madeira, e deixou escapar um suspiro aflito. O papel estava sobre um banco, e ele mesmo, ajoelhado diante do banco.

"Querido vovô, Constantin Makáritch!", escrevia ele. "Estou te escrevendo uma carta. E te cumprimento pelo Natal e desejo-te tudo do melhor de Deus-padre. Não tenho nem pai nem mãezinha, tu és o único que me sobrou."

Vanka desviou os olhos para a janela escura, na qual bruxuleava o reflexo da sua vela, e imaginou vividamente o seu avô Constantin Makáritch, que trabalhava de guarda-noturno dos senhores Jivarev. Era um velhote miúdo, magrinho, mas extremamente ligeiro e vivo, de uns 65 anos, com um rosto eternamente risonho e olhos embaçados. Durante o dia, ele dorme na cozinha dos criados ou conversa com as cozinheiras, mas de noite, envolto em espaçoso capote de pele de carneiro, faz a ronda da granja batendo com o seu porrete. Atrás dele, de cabeças baixas, vêm a velha cadela Kachtanka e o cachorrinho Viun, assim chamado devido à sua cor negra e ao corpo comprido como o de uma doninha. Este Viun é extremamente respeitoso e terno, olha com o mesmo amor comovido tanto para os amigos, como para os estranhos, mas não goza de crédito algum. Sob a sua aparente cortesia e humildade, oculta-se uma malícia de jesuíta. Ninguém melhor do que ele sabe surgir de repente, rastejando, e dar uma dentada numa perna, insinuar-se na despensa ou furtar um frango de um mujique. Mais de uma vez já quase lhe quebraram as patas traseiras de pancada, umas duas vezes já o enforcaram, toda semana o espancavam até deixá-lo meio morto, mas ele sempre conseguia recuperar-se.

A esta hora, decerto, o avô está lá perto do portão, piscando os olhos para as rubras janelas brilhantes da igreja da aldeia, e, batendo os pés dentro das botas de feltro, mata o tempo pilheriando com a criadagem. O seu porrete está amarrado ao cinto. Ele bate as mãos, encolhe-se de frio e, soltando risadinhas senis, belisca ora a arrumadeira, ora a cozinheira.

— Que tal uma cheiradinha de tabaco? — diz ele, oferecendo a tabaqueira às mulheres.

As mulheres cheiram e espirram. O avô é presa de indescritível alegria, ri às gargalhadas e grita:

—Arranque fora o espirro — grudou de frio! —Também aos cães dá tabaco para cheirar. Kachtanka espirra, torce o focinho e, ofendida, retira-se para um canto. Mas Viun, em sinal de respeito, não espirra e abana o rabo. E o tempo está maravilhoso. O ar está quieto, transparente e fresco. A noite está escura, mas dá para ver toda a aldeia com seus telhados brancos e os penachos de fumaça saindo das chaminés, as árvores prateadas pela geada, os bancos de neve. O céu está todo salpicado de estrelas piscapiscando, e a Via Láctea destaca-se tão nítida e clara como se a tivessem lavado e esfregado com neve, na véspera do feriado.

Vanka suspirou, molhou a pena e continuou a escrever: "Mas ontem eu levei uma sova. O patrão me arrastou pelos cabelos para o quintal e me deu uma surra com a correia do tirapé, porque eu adormeci sem querer quando estava ninando o filhote deles no berço. E na semana passada, a patroa me mandou limpar o arenque, e eu comecei pelo rabo e então ela pegou o arenque e começou a me cutucar na cara com o focinho dele. Os aprendizes caçoam de mim, me mandam ao botequim buscar vodca e me mandam roubar pepinos dos patrões, e o patrão me bate com o que calhar à mão. Mas comida não tem nenhuma. De manhã, eles dão pão, no almoço, *cacha*,[6] e de noite, pão outra vez, mas quanto a chá ou sopa e repolho, isso eles papam sozinhos. E eu tenho de dormir no corredor, mas quando o filhote deles chora, eu não durmo de todo, mas balanço o berço. Querido vovô, faz uma caridade pelo amor de Deus, me leva daqui para casa, para a aldeia, eu não aguento mais de jeito nenhum… Eu me inclino até o chão e te imploro, e vou rogar a Deus por ti para toda a eternidade, mas tira-me daqui, senão eu morro…"

---

[6] Mingau espesso de cevadinha, prato popular russo. (N.T.)

A boca de Vanka entortou, ele esfregou os olhos com o punho enegrecido e soluçou:

"Vou ralar fumo para ti", continuou ele, "vou rezar a Deus, e se eu fizer qualquer coisa errada, tu podes me surrar que nem o bode pardo. E se achas que vou ficar à toa, sem trabalhar, eu vou pedir ao administrador pelo amor de Jesus Cristo que me deixe ser engraxate dele ou vou no lugar do Fedka ajudar no pasto. Vovô querido, não posso mais, isto aqui me mata. Eu já quis fugir a pé para a aldeia, mas não tenho botas, tenho medo do frio. Mas quando eu crescer e for grande, então, em paga disso, eu vou te sustentar e não vou deixar ninguém te ofender, e quando tu morreres, vou rezar pela paz da tua alma, que nem faço pela mãe Pelagueia. Moscou é uma cidade grande. As casas são todas senhoriais e há muitos cavalos, mas ovelhas não há e os cachorros não são bravos. As crianças não andam com estrelas de Natal e eles não deixam a gente subir no coro para cantar na igreja, e uma vez eu vi numa venda na janela anzóis pendurados com gancho e isca e tudo, para qualquer tipo de peixe, bons demais, tem até um gancho tão grande que é capaz de aguentar um bagre de uma arroba. E vi também umas vendas onde tem espingardas de todo jeito, que nem aquela do patrão, vai ver custam uns cem rublos cada uma... E os açougues estão cheios de perdizes e codornas e lebres e coelhos, mas onde é o lugar de caçá-los, os vendeiros não contam. Querido vovô, quando os teus patrões derem a festa com a árvore de Natal e os petiscos, tira uma noz dourada para mim e guarda no bauzinho verde. Pede à senhorita Olga Ignátievna, fala que é para o Vanka".

Vanka soltou um suspiro convulsivo e novamente fixou os olhos na janela. Ele se lembrou de que era sempre o avô que ia para o bosque buscar o pinheiro para os patrões, e levava o neto consigo. Bons tempos aqueles! O avô estalava pigarros, o frio estalava no ar, e Vanka também estalava a língua. E então, antes de começar a derrubar a árvore, o avô fumava o cachimbo, cheirava longamente o tabaco, caçoando do Vanka hirto de frio... E os pinheiros novos, vestidos de gelo, esperam imóveis, de qual deles será a vez de morrer? De não se sabe onde, de repente, por sobre a neve alva, voando como uma flecha, passa uma lebre... O avô não aguenta e grita:

— Pega, pega... Segura! Eh, diabinha rabicó!

O avô arrasta o pinheiro derrubado para a casa-grande, e lá começam a enfeitá-lo. A mais atarefada é a senhorita da casa, Olga Ignátievna, a preferida de Vanka. Quando a mãe de Vanka, Pelagueia, ainda era viva e trabalhava na casa-grande como criada, Olga Ignátievna enchia Vanka de doces e, por falta do que fazer, ensinou-o a ler, escrever, contar até cem e até a dançar quadrilha. Mas quando Pelagueia morreu, Vanka foi despachado para a cozinha dos criados, para o avô, e da cozinha para Moscou, para o sapateiro Aliákin...

"Vem aqui, vovô querido", continuou Vanka, "imploro-te pelo amor de Cristo-Senhor, tira-me daqui. Tem dó de mim, órfão desgraçado, que aqui todos me espancam e tenho uma fome horrível, e uma tristeza tão grande que não posso nem contar, só fico chorando. No outro dia, o patrão me deu uma pancada na cabeça, e eu caí no chão e por pouco que não levanto mais. A minha vida é uma perdição, pior que de qualquer cachorro... Eu mando lembranças para a Aliona, e para o Iegorka caolho, e o cocheiro, e não dês a minha sanfona para ninguém. Eu fico, teu neto Ivan Júkov, vovô querido, vem aqui".

Vanka dobrou em quatro a folha de papel e colocou-a dentro do envelope que comprara na véspera por um copeque... Pensou um pouco e, molhando a pena, escreveu o endereço: "Ao vovô na aldeia." Depois, coçou-se, pensou mais um pouco e acrescentou: "Constantin Makáritch." Satisfeito porque ninguém o perturbara quando escrevia, ele pôs o gorro e, sem se lembrar do casaquinho, em mangas de camisa, saiu correndo para a rua...

Os vendeiros do açougue, a quem interrogara na véspera, disseram-lhe que as cartas são colocadas nas caixas de correio e depois são tiradas das caixas e levadas pela terra inteira em *troikas*[7] postais com carteiros bêbados e guizos tilintantes. Vanka correu até a primeira caixa e meteu a preciosa carta na fresta...

Uma hora depois, embalado por doces esperanças, ele dormia um sono profundo. E sonhava com a estufa. Em cima da estufa, o avô está sentado, os pés descalços balançando, e lia a carta para as cozinheiras... E ao lado da estufa, no chão, passeia o Viun e abana o rabo...

---

[7] Carruagem atrelada a três cavalos. (N.T.)

Brincadeira

Um claro dia de inverno… O frio é forte e seco de estalar, e Nádenka, que eu levo pelo braço, fica com os cachos das fontes e o buço no lábio superior orvalhados de prata cintilante. Estamos no cume de um morro alto. Diante dos nossos pés, até a planície, lá embaixo, estende-se um declive escorregadio e brilhante no qual o sol se mira como num espelho. Ao nosso lado está um trenó pequenino, forrado de pano vermelho-vivo.

— Deslizemos até embaixo, Nádenka Petrovna! — imploro eu. — Só uma vez! Garanto-lhe, ficaremos sãos e salvos!

Mas Nádenka tem medo. Toda essa extensão, desde as suas pequeninas galochas até o fim da montanha de gelo, se lhe afigura como um terrível abismo de profundidade imensurável. Ela fica tonta e perde o fôlego só de olhar lá para baixo quando eu apenas lhe proponho sentar-se no trenó — que terá então se ela arriscar despenhar-se no precipício? Ela morrerá, enlouquecerá!

— Eu lhe suplico! — digo eu. — Não tenha medo! Compreenda, isso é fraqueza, é covardia!

Nádenka cede, finalmente, e eu vejo pelo seu rosto que ela cede temendo pela própria vida. Acomodo-a, pálida e trêmula, no trenó, sento-me, enlaço-a com o braço e junto com ela precipito-me no abismo.

O trenó voa como uma bala. O ar cortado chicoteia o rosto, silva nos ouvidos, bate, belisca raivoso, até doer, quer arrancar a cabeça dos ombros. A pressão do vento tolhe a respiração. É como se o próprio diabo nos tivesse agarrado com as suas patas e, urrando, nos arrastasse para o inferno. Os objetos que nos cercam fundem-se num só longo risco, que corre vertiginoso. Parece que um instante mais e estaremos perdidos!

— Eu te amo, Nádia! — digo eu a meia-voz.

O trenó começa a deslizar mais devagar, mais devagar, os uivos do vento e os zumbidos das lâminas do trenó já não são tão terríveis, a respiração já não é tão ofegante e, finalmente, chegamos ao fim. Nádenka está mais morta do que viva. Está pálida, mal consegue respirar… Eu a ajudo a levantar-se.

— Nunca mais farei isto — diz ela, encarando-me com os olhos dilatados, cheios de terror. — Por coisa alguma do mundo! Por pouco não morri!

Logo depois, ela volta a si e já me fita com um olhar interrogador: terei sido eu quem disse aquelas quatro palavras ou foi apenas uma alucinação dentro do zunido da ventania? Mas eu estou calado diante dela, fumando e examinando com atenção a minha luva.

Ela toma o meu braço e passeamos longos minutos diante do morro. O problema, visivelmente, não a deixa em paz. Foram pronunciadas aquelas palavras, ou não? Sim ou não? Sim ou não? É uma questão de amor-próprio, de honra, de vida, de felicidade, uma questão muito importante, a mais importante do mundo. Nádenka perscruta o meu rosto com olhares impacientes, tristes, penetrantes, responde atabalhoadamente, espera que eu fale. Oh, que jogo de emoções neste rosto encantador, que jogo! Vejo que ela luta consigo mesma, que precisa dizer alguma coisa, perguntar, mas não encontra as palavras, está encabulada, amedrontada, embargada pela alegria...

— Sabe duma coisa? — diz ela, sem olhar para mim.
— O quê? — pergunto eu.
— Vamos mais uma vez... deslizar pelo morro.

Subimos para o cume, pela escada. De novo, faço Nádenka, pálida e trêmula, sentar no trenó; de novo, nos despencamos no precipício medonho; de novo, uiva o vento e zunem as lâminas; e de novo, quando o voo do trenó está no auge do ímpeto e da zoeira, eu digo a meia-voz:

— Eu te amo, Nádenka!

Quando o trenó se detém, Nádenka lança um olhar para o morro que acabamos de descer voando, depois perscruta longamente o meu rosto, escuta, atenta, a minha voz indiferente e calma, e toda ela, toda, até mesmo o regalo de peles e o capuz, toda a sua figurinha exprime extrema perplexidade. E no seu rosto está escrito: "Mas o que é que está acontecendo? Quem pronunciou aquelas palavras? Foi ele ou foi engano dos meus ouvidos?"

Esta incerteza a perturba, a impacienta. A pobre menina não responde às minhas perguntas, franze a testa, está prestes a romper em choro.

— Não preferes ir para casa? — pergunto eu.
— Mas eu... eu gosto destas... descidas — diz ela, enrubescendo.
— Não quer deslizar mais uma vez?

Ela "gosta" destas descidas, e no entanto, sentando-se no trenó, ela, como das outras vezes, fica pálida, ofegante de medo, trêmula.

Descemos pela terceira vez, e eu vejo como ela fita o meu rosto, como observa os meus lábios. Mas eu aperto o lenço contra a boca, tusso, e quando chegamos ao meio do declive, deixo escapar:

— Eu te amo, Nádia!

E a charada continua charada! Nádenka se cala, está pensando... Acompanho-a em casa, ela procura andar mais devagar, atrasa o passo, espera sempre que eu lhe diga aquelas palavras. E eu vejo como sofre sua alma, como ela tem que se esforçar para não dizer: "Não pode ser que tenha sido o vento! E eu não quero que tenha sido o vento quem falou aquilo!"

No dia seguinte de manhã, recebo um bilhetinho: "Se o senhor vai ao morro hoje, venha me buscar. N." E desde essa manhã, comecei a ir com Nádenka ao morro, todos os dias e, voando encosta abaixo, no trenó, eu pronuncio, cada vez, a meia-voz, as mesmas palavras:

— Eu te amo, Nádia!

Logo Nádenka acostuma-se a esta frase, como ao vinho ou à morfina. Não pode viver sem ela. É verdade que voar montanha abaixo lhe dá medo, como antes, mas já agora o medo e o perigo adicionam um encanto especial às palavras sobre o amor, as palavras que, como dantes, constituem uma charada e oprimem a alma. São sempre os mesmos dois suspeitos: eu e o vento... Qual dos dois lhe declara o seu amor, ela não sabe, mas, ao que parece, isto já não lhe importa mais; não importa o vaso em que se bebe, importa ficar embriagada!

Um dia, fui até o morro sozinho; misturei-me à multidão e vejo como Nádenka chega até o sopé, como me procura com os olhos... E depois, timidamente, ela sobe os degraus... Ela tem medo de ir sozinha, oh, quanto medo! Está pálida como a neve, treme e vai, como se fosse para o cadafalso, mas vai, vai sem olhar para trás, com decisão. Pelo visto, ela resolveu, finalmente, tirar a prova: será que se farão ouvir aquelas palavras estranhas quando eu não estiver junto? E vejo como ela, lívida, com a boca entreaberta de horror, toma assento no trenó, fecha os olhos e, despedindo-se para sempre do mundo, o põe em movimento... "zzzzzz...", zunem as lâminas. Ouvira Nádenka aquelas palavras? Não sei... Vejo apenas como ela se levanta do trenó, exausta, fraca. E vê-se pelo seu rosto que nem ela mesma sabe se ouviu alguma coisa ou não. O pavor, enquanto ela voava morro abaixo, roubou-lhe a capacidade de ouvir, de distinguir os sons, de entender...

Mas eis que chega o mês de março, primaveril... O sol torna-se mais carinhoso. O nosso morro de gelo escurece, perde o seu brilho e se derrete, afinal. Acabaram os passeios de trenó. A pobre Nádenka já não tem mais onde ouvir aquelas palavras nem há quem as pronuncie, pois o vento não se ouve mais, e eu me preparo para voltar a Petersburgo — por muito tempo, quiçá para sempre.

Uma vez, pouco antes de partir, uns dois dias, estava eu sentado, ao crepúsculo, no jardinzinho separado do pátio onde mora Nádenka por uma cerca alta de madeira. Ainda faz bastante frio; debaixo do lixo, ainda há neve; as árvores ainda estão mortas; mas já cheira à primavera, e, preparando-se para a noitada, as gralhas fazem grande algazarra. Aproximo-me da cerca e espio pela fresta. E vejo como Nádenka sai para os degraus e fixa o olhar tristonho e saudoso no firmamento... O vento da tarde sopra-lhe no rosto pálido e desanimado... Ele lembra-lhe daquele outro vento, que uivava lá no morro, quando ela ouvia aquelas quatro palavras, e seu rosto fica triste, triste, e pela face desliza uma lágrima... E a pobre menina estende os braços, como se implorando ao vento que lhe traga aquelas palavras mais uma vez. E eu, esperando o vento favorável, sopro a meia-voz:

— Eu te amo, Nádia!

Deus meu, o que se passa com Nádenka! Ela solta um grito, sorri com o rosto inteiro e estende os braços ao encontro do vento, risonha, feliz, tão bonita.

E eu vou arrumar as malas...

Isto foi há muito tempo. Agora, Nádenka já é casada; casaram-na, ou foi ela mesma que quis — isto não importa —, com um secretário da Curadoria, e hoje ela já tem três filhos. Mas os nossos passeios no morro e a voz do vento trazendo-lhe as palavras "eu te amo, Nádenka" não foram esquecidos. Para ela, isto é hoje a mais feliz, a mais comovedora e a mais bela recordação da sua vida...

Mas eu, hoje que estou mais velho, já não compreendo mais para que dizia aquelas palavras, por que brincava...

Senhoras

Feodor Petrovitch, diretor dos educandários nacionais do município de N..., que se tinha na conta de homem justo e generoso, certo dia recebeu em seu escritório o professor Vremenski.

— Não, senhor Vremenski — dizia ele —, a aposentadoria é inevitável. Com uma voz como a sua, é impossível continuar no emprego de professor. Mas como foi que sumiu a sua voz?

— Tomei cerveja gelada, estando suado... — rouquejou o professor.

— Mas que lástima! Um homem trabalha e serve 14 anos, e de repente um azar destes! É o diabo a pessoa ter de interromper uma carreira por causa de uma ninharia qualquer! O que é que o senhor tenciona fazer agora?

O professor não respondeu.

— O senhor tem família? — perguntou o diretor.

— Mulher e dois filhos, Vossa Excelência... — rouquejou o professor.

Fez-se um silêncio. O diretor levantou-se da escrivaninha e mediu a sala a passadas, de canto a canto, perturbado.

— Não consigo imaginar o que fazer com o senhor! — disse ele. — O senhor não pode mais lecionar e ainda não alcançou o tempo mínimo para uma pensão... e abandoná-lo à própria sorte, soltá-lo ao deus-dará não é possível. O senhor é para nós pessoa da casa, trabalhou aqui 14 anos. Portanto, o nosso papel é ajudá-lo... Mas ajudar como? O que é que eu posso fazer pelo senhor? Ponha-se no meu lugar: o que é que eu posso fazer pelo senhor?

Fez-se outro silêncio; o diretor andava e pensava, e Vremenski, esmagado pela sua desgraça, sentado na beira da cadeira, pensava também. De repente, o rosto do diretor iluminou-se e ele até estalou os dedos.

— Estranho que não tenha pensado nisso logo! — começou ele, falando depressa. — Escute aqui, eis o que eu lhe posso oferecer... Na semana que vem, o escriturário do nosso orfanato vai sair, aposentado. Se o senhor quiser, pode ficar com o lugar dele! Aqui está!

Vremenski, que não esperava tamanha benevolência, também se iluminou.

— Excelente — disse o diretor. — Escreva o seu requerimento hoje mesmo...

Tendo despachado Vremenski, Feodor Petrovitch sentiu alívio e até satisfação: diante dele já não se atravessava a figura encolhida do pedagogo afônico, e era-lhe muito agradável sentir que, oferecendo a Vremenski a vaga livre, ele agira com justiça e conscienciosamente, como um homem direito e bom. Mas esta boa disposição durou pouco. Quando ele voltou para casa e sentou-se para almoçar, sua mulher, Nastácia Ivánovna, lembrou de repente:

— Ah, sim, quase que eu esqueço! Ontem veio visitar-me Nina Serguêievna e pediu que intercedesse por um rapaz. Dizem que no nosso orfanato vai-se abrir uma vaga...

— Sim, mas este lugar já está prometido a outra pessoa — disse o diretor, carrancudo. — E você conhece a minha regra: nunca dou empregos por proteção.

— Eu sei, mas para Nina Serguêievna creio que se pode abrir uma exceção. Ela nos quer bem como se fôssemos parentes de sangue, e nós nunca fizemos nada de bom por ela, até agora. Nem pense, Fêdia, em recusar! Com estes seus caprichos, você ofende tanto a ela como a mim mesma.

— E quem é que ela recomenda?

— Polzúkhin.

— Polzúkhin? Aquele que fez o papel de Tchátski no grêmio, no Ano-Novo? Aquele dândi? Por nada no mundo!

O diretor parou de comer.

— Nem por nada! — repetiu ele. — Deus me livre!

— Mas por quê?

— Compreenda, meu bem, que, se um rapaz moço não age diretamente, mas por intermédio de mulheres, isso já significa que ele não presta! Por que não vem ele mesmo falar comigo?

Depois do almoço, o diretor deitou-se no sofá, no seu gabinete, e pôs-se a ler os jornais e cartas que chegaram.

"Caro Feodor Petrovitch!", escrevia-lhe a mulher do prefeito. "Uma vez, o senhor me disse que eu tenho grande intuição e que sou uma conhecedora de homens. Agora, o senhor terá a oportunidade de verificar isto na prática. Por esses dias, irá procurá-lo, para se candidatar à vaga de escriturário do nosso orfanato, um certo K.N. Polzúkhin, a quem conheço como moço de excelentes qualidades.

O rapaz é muito simpático. Interessando-se por ele, o senhor se convencerá..." etc.

— Por nada no mundo! — repetiu o diretor. — Deus me livre!

Depois disso, não passava dia sem que o diretor não recebesse cartas recomendando Polzúkhin. E numa bela manhã, apareceu o próprio Polzúkhin em pessoa, um jovem robusto, de rosto escanhoado de jóquei, com um par de sapatos pretos, novos...

— Assuntos referentes ao trabalho eu não atendo aqui, mas sim no meu escritório — disse o diretor em tom seco, tendo ouvido o pedido do rapaz.

— Desculpe, Excelência, mas os nossos amigos comuns aconselharam-me a procurá-lo justamente aqui.

— Hum!... — resmungou o diretor, fitando com ódio os pontudos sapatos pretos do visitante. — Pelo que estou informado — disse ele —, o seu pai é homem de posses e o senhor não passa necessidades; que precisão tem, pois, o senhor de solicitar este emprego? O senhor bem sabe que o ordenado é ínfimo!

— Não é pelo ordenado, é assim... sempre é um emprego público...

— Moço... me parece que daqui a um mês o senhor vai enjoar deste emprego e vai largá-lo. E, no entanto, existem candidatos para os quais este lugar é uma carreira para a vida inteira... Há homens pobres, para os quais...

— Eu não vou enjoar, Excelência! — interrompeu Polzúkhin. — Palavra de honra, eu vou me esforçar!

O diretor explodiu:

— Ouça aqui — disse ele, com um sorriso de desprezo —, por que foi que o senhor não se dirigiu logo diretamente a mim, mas julgou necessário incomodar previamente as senhoras?

— Eu não sabia que o senhor acharia isto desagradável — respondeu Polzúkhin, encabulado. — Mas, se Vossa Excelência não dá valor às cartas de recomendação, eu posso apresentar-lhe atestados...

Ele extraiu do bolso um papel e estendeu-o ao diretor. Debaixo do atestado, escrito em letra e estilo de repartição, figurava a assinatura do governador. Era óbvio e claro que o governador assinara sem ler, só para se ver livre de alguma senhora insistente.

— Que remédio, submeto-me... obedeço... — disse o diretor, tendo lido o atestado, e suspirou. — Entregue o requerimento amanhã... que remédio...

E quando Polzúkhin saiu, o diretor entregou-se todo aos seus sentimentos de repulsa.

— Porcalhão! — sibilava ele, andando dum lado a outro da sala. — Conseguiu o que queria, mesureiro imprestável, bajulador de mulheres! Imundície! Verme!

O diretor cuspiu ruidosamente em direção à porta, pela qual acabava de sumir Polzúkhin, e de repente encabulou, porque naquele momento entrava no seu escritório uma senhora, esposa do presidente da Câmara Municipal.

— É só por um minutinho, só um minutinho... — começou a senhora. — Sente-se, compadre, e ouça-me com atenção... Bem, dizem que o senhor tem uma vaga disponível... Amanhã ou hoje mesmo, virá aqui um moço de nome Polzúkhin...

A senhora tagarelava, e o diretor fitava-a com os olhos turvos e embaçados, como um homem pronto a desfalecer, fitava-a e sorria um sorriso mecânico de cortesia.

E no dia seguinte, recebendo no seu escritório o professor Vrémenski, por muito tempo o diretor não se decidiu a dizer-lhe a verdade. Hesitava, atrapalhava-se e não encontrava um jeito de começar o que precisava dizer. Tinha vontade de desculpar-se perante o professor, de contar-lhe a verdade pura, mas a língua se lhe embaraçava, como se estivesse embriagado, as orelhas ardiam e, de repente, ele sentiu que era um aborrecimento e um desaforo ter de fazer este papel absurdo no seu próprio escritório, diante do seu próprio subordinado. E, num assomo, ele deu um murro na mesa, pôs-se de pé de um salto e gritou, furioso:

— Não tenho emprego para o senhor! Não tenho e não tenho! Deixe-me sossegado! Não me aborreça mais! Deixe-me em paz de uma vez, faça-me o favor!

E saiu do escritório.

Gricha

Gricha, menino pequeno e rechonchudo, nascido há dois anos e oito meses, passeia com a babá pela avenida. Veste um pequeno albornoz comprido e acolchoado, um xale, um grande gorro, com botão felpudo e galochas quentes. Ele está com calor e abafado, e ainda por cima o alegre sol de abril ofusca-lhe os olhos e belisca as pálpebras.

Toda a sua figurinha desajeitada, de andar hesitante e inseguro, exprime perplexidade extrema.

Até este momento, Gricha só conhecia um único mundo quadrado, onde num canto ficava a sua cama, no outro, o baú da babá, no terceiro, uma cadeira, e no quarto, uma lamparina ardendo diante duma imagem. Se a gente espiar por baixo da cama, verá uma boneca de braço quebrado e um tambor, mas atrás do baú da babá há uma porção de coisas diversas: carretéis vazios, papeizinhos, uma caixa sem tampa e um palhaço quebrado. Neste mundo, além da babá e de Gricha, frequentemente aparecem a mamãe e o gato. A mamãe se parece com a boneca, e o gato, com o casaco de peles do papai, só que o casaco não tem olhos e rabo. Do mundo que se chama quarto de criança, há uma porta que leva para um espaço onde se almoça e se toma chá. Aqui fica a cadeira de Gricha, de pernas altas, e o relógio, que só existe para abanar o pêndulo e tilintar. Da sala de jantar, pode-se passar para um aposento onde ficam as poltronas vermelhas. Aqui, no tapete, existe uma mancha, pela qual até hoje ameaçam Gricha com o dedo em riste. Atrás deste aposento, existe ainda um outro, onde não deixam entrar, e onde se vislumbra o papai, uma personalidade altamente enigmática. A babá e a mamãe são compreensíveis; elas vestem Gricha, alimentam-no e o põem na cama para dormir, mas para que existe o papai não se sabe. Existe ainda outra personalidade misteriosa — é a titia, que deu a Gricha o tambor. Ela ora aparece, ora desaparece. Por onde será que ela some? Mais de uma vez, Gricha espiou por baixo da cama, atrás do baú e sob o divã, mas ela não estava lá...

Mas neste mundo novo, onde o sol fere os olhos, há tantos papais, mamães e titias que não se sabe para quem correr primeiro. Mas o mais estranho e absurdo de tudo são os cavalos. Gricha olha para as suas patas que se movem e não consegue entender nada. Ele olha para a babá esperando que ela o ajude na sua perplexidade, mas ela se cala.

Súbito, ele ouve um tropel medonho... Pela avenida, marchando ritmicamente, move-se em direção a ele uma multidão de soldados com caras vermelhas e espadas debaixo dos braços. Gricha fica todo frio de terror e lança um olhar de interrogação para a babá: não será perigoso? Mas a babá não corre nem chora, quer dizer que não há perigo. Gricha segue os soldados com os olhos, e ele mesmo começa a marchar no seu compasso.

Atravessando a avenida, passam correndo dois gatos grandes de focinhos compridos, línguas de fora e rabos empinados. Gricha pensa que também deve correr, e corre atrás dos gatos.

— Para! — grita-lhe a babá, agarrando-o pelos ombros grosseiramente. — Para onde vais? Então te permitiram reinar?

Eis uma babá desconhecida, sentada junto a um pequeno tacho de laranjas. Gricha passa por ela e, em silêncio, pega uma laranja.

— E para que fazes isso? — grita a sua companheira, dando-lhe uma palmada na mão e arrancando-lhe a laranja. — Bobo!

Agora Gricha teria grande prazer em apanhar um vidrinho jogado no chão aos seus pés, brilhando como a lamparina, mas tem medo de levar outra palmada na mão.

— Muita honra! — ouve Gricha de repente, quase no ouvido, uma voz forte e grossa, e vê um homem alto de botões claros.

Para sua grande satisfação, esse homem dá a mão à babá, para com ela e começa a conversar. O brilho do sol, o ruído dos carros, os cavalos, os botões claros — tudo isso é tão extraordinário e não assustador que a alma de Gricha se enche de uma sensação deliciosa e ele se põe a rir às gargalhadas.

— Vamos! Vamos! — grita ele para o homem dos botões claros, puxando-o pela aba.

— Vamos para onde? — pergunta o homem.

— Vamos! — insiste Gricha.

Ele tem vontade de dizer que não seria mau levar também papai, mamãe e o gato, mas a língua fala tudo diferente do que é preciso.

Um pouco depois, a babá dobra uma esquina, sai da avenida e leva Gricha para um grande pátio, onde ainda há neve. E o homem dos botões claros vem com eles. Evitam cuidadosamente os torrões de neve e as poças, e depois, por uma escada escura e suja, entram num quarto.

Aqui há muita fumaça, cheira a assado e uma mulher está diante do fogão, fritando almôndegas. A cozinheira e a babá se beijam e, junto com o homem, sentam-se no banco e começam a falar em voz baixa. Gricha, todo agasalhado, começa a sentir um calor insuportável.

"Por que será isso?", pensa ele, olhando em redor de si.

Ele vê o teto escuro, uma forquilha chifruda, e o forno que olha com o seu grande oco negro...

— Maaaa... mãe! — choraminga ele.

—Vá, vá, vá — grita a babá. — Podes esperar!

A cozinheira põe na mesa uma garrafa, dois cálices e um bolo. As duas mulheres e o homem dos botões claros batem os cálices e bebem algumas vezes cada um, e o homem abraça ora a babá, ora a cozinheira. E depois, todos três começam a cantar baixinho.

Gricha é atraído pelo bolo, e dão-lhe um pedacinho. Ele come e olha a babá bebendo. Ele também tem vontade de beber um pouco.

— Dá, babá! Dá! — pede ele.

A cozinheira deixa-o tomar um golinho do seu cálice. Ele arregala os olhos, faz careta, tosse, e depois fica muito tempo agitando os braços, e a cozinheira olha para ele e ri.

Voltando para casa, Gricha põe-se a contar à mamãe, às paredes e à cama onde esteve e o que viu. Ele fala não tanto com a língua, como com o rosto e as mãos. Ele mostra como brilha o sol, como correm os cavalos, como olha o forno assustador e como bebe a cozinheira...

À noite, ele não consegue adormecer. Soldados com feixes, gatos enormes, cavalos, o vidrinho, o tacho de laranjas, os botões claros — tudo isso juntou-se num monte e oprime-lhe o cérebro. Ele se vira dum lado para outro, tagarela e, finalmente, não suportando a própria agitação, começa a chorar.

— Mas tu estás com febre! — diz a mamãe, tocando-lhe a testa com a palma da mão. — Por que terá acontecido isto?

— Forno! — chora Gricha. —Vai embora daqui, forno!

— Decerto, comeu demais... — decide a mamãe.

E Gricha, transbordante das impressões da vida nova, recém-conhecida, recebe da mamãe uma colherada de óleo de rícino.

O vingador

Pouco depois de ter apanhado a sua mulher em flagrante de adultério, Fiodor Fiodorovitch Sigaiev estava na loja de armas Schmuks & Cia., escolhendo um revólver adequado. Seu rosto exprimia ira, dor e decisão irrevogável.

"Eu sei o que tenho que fazer...", pensava ele. "Os laços de família estão conspurcados, a honra arrastada na lama, o vício triunfa, e por isso eu, como cidadão e homem de bem, tenho de ser vingador. Primeiro, matarei a ela e ao amante, e depois, a mim mesmo..."

Ele ainda não escolhera o revólver nem matara ninguém, mas na sua imaginação já se desenhavam três cadáveres ensanguentados, os crânios esmigalhados, a massa encefálica escorrendo, confusão, a multidão de curiosos, a autópsia... Com a alegria mórbida do homem insultado, ele imaginava o horror dos parentes e do público, a agonia da adúltera, e já lia, mentalmente, os editoriais dos diários, comentando a dissolução das bases da família.

O caixeiro da loja — uma figurinha ágil, afrancesada, barrigudinha e de colete branco — expunha diante dele os revólveres e, entre mesuras e sorrisos respeitosos, falava:

— Eu o aconselharia, monsieur, a levar este excelente revólver aqui. Sistema Smith & Wesson. A última palavra em armas de fogo. De ação tripla, com extrator, acerta a seiscentos passos, mira central. Chamo a sua atenção, monsieur, para a perfeição do acabamento. É o sistema mais moderno, monsieur... Vendemos uma dezena por dia, contra ladrões, lobos e amantes. De tiro muito forte e certeiro, atira a grandes distâncias e mata a esposa ou o amante, varando-os. Quanto aos suicidas, monsieur, não conheço melhor sistema...

O caixeiro armava e desarmava os gatilhos, soprava nos canos, fazia pontaria e fingia que sufocava de entusiasmo. Vendo o seu rosto extasiado, poder-se-ia pensar que ele mesmo teria muito prazer em se meter uma bala na testa, se ao menos possuísse um revólver de sistema tão excelente como o Smith & Wesson.

— E qual é o preço? — perguntou Sigaiev.

— Quarenta e cinco rublos, monsieur.

— Hum... Para mim, é caro.

— Neste caso, monsieur, eu lhe mostrarei uma arma de outro sistema, mais em conta. Aqui, tenha a bondade de examinar. Temos uma variedade enorme, para todos os preços... Por exemplo, este revólver, sistema Lefaucher, custa apenas 18 rublos, mas... (e o caixeiro fez uma careta de desprezo)... mas, monsieur, este sistema já está obsoleto. Hoje em dia, só compram este tipo os proletários intelectuais e os psicopatas. Suicidar-se ou matar a mulher com um revólver Lefaucher é hoje considerado sinal de *mauvais ton*. O bom-tom só admite Smith & Wesson.

— Não tenho necessidade nem de me suicidar nem de matar — mentiu Sigaiev morosamente. — Estou comprando isto para a minha casa de campo, para espantar ladrões...

— Os motivos das compras dos nossos clientes não são da nossa conta — sorriu o caixeiro, baixando os olhos com modéstia. — Se fôssemos apurar as razões de cada compra, nós, monsieur, teríamos de fechar a loja. Para espantar ladrões, o Lefaucher não serve, porque dá um som baixo e surdo, e eu o aconselharia a levar uma simples pistola Mortimer, dessas chamadas "de duelo"...

"E se eu o desafiasse para um duelo?", passou pela cabeça de Sigaiev. "Não, é muita honra... Canalhas assim a gente mata como cachorro louco..."

O caixeiro, volteando graciosamente e pisando miudinho, sem parar de sorrir e de tagarelar, colocou diante dele todo um monte de revólveres. O aspecto mais apetitoso e imponente era mesmo o do Smith & Wesson. Sigaiev segurou nas mãos um revólver deste tipo, fixou nele um olhar parado e mergulhou em pensamentos. Sua imaginação pintava como ele esmigalha crânios, como o sangue corre em torrentes pelo tapete e o soalho encerado, como estremece a perna da adúltera agonizante... Mas para a sua alma indignada isso era pouco. Os quadros sangrentos, os gemidos e horrores não o satisfaziam... Era preciso inventar algo de mais terrível.

"Já sei, vou matar a ele e a mim!", pensou ele. "E a ela, deixo viver. Deixo que ela definhe de remorsos e do desprezo do mundo. Para uma natureza nervosa como a dela, isto será muito mais cruel do que a morte..."

E ele imaginou o seu próprio funeral: ele, o insultado, jaz no esquife, com um sorriso sereno nos lábios, e ela, pálida, torturada pelos remorsos, caminha atrás do caixão, como Níobe, e não sabe como se esconder dos olhares de desprezo e desdém que lhe lança a multidão indignada...

—Vejo, monsieur, que lhe agrada o Smith & Wesson — interrompeu-lhe o devaneio a voz do caixeiro. — Se lhe parece muito caro, pois não, posso fazer um abatimento de cinco rublos... Aliás, nós também temos outros tipos, mais baratos.

A figurinha afrancesada voltou-se graciosamente e alcançou nas prateleiras mais uma dúzia de estojos de revólveres.

— Aqui, monsieur, o preço é trinta rublos. Não é caro, tanto mais que o câmbio caiu demais, e os direitos alfandegários, monsieur, estão subindo de hora em hora. Monsieur, juro por Deus, eu sou um conservador, mas até eu já estou começando a me revoltar. Acredite, o câmbio e as tarifas alfandegárias fizeram com que hoje em dia as armas finas só possam ser adquiridas pelos ricaços! Aos pobres, só restarão as armas de Tula e os fósforos — e as armas de Tula são uma calamidade! Com um revólver de Tula, a gente atira na mulher e acerta a própria omoplata...

De repente, Sigaiev sentiu-se muito aborrecido e penalizado, porque estaria morto e não veria os tormentos da adúltera. A vingança só é doce quando se tem a possibilidade de ver e degustar os seus frutos. Que vantagem, se ele ficar deitado no caixão sem perceber coisa alguma?

"Que tal se eu fizesse assim", pensava ele. "Mato o amante, assisto ao enterro, vejo tudo e, depois do enterro, me suicido... Entretanto, eu seria preso antes do enterro e desarmado... Não: vou matá-lo, ela ficará viva e eu... eu por enquanto não me suicido, mas me entrego à prisão. Sempre terei tempo para me matar. E a prisão tem a vantagem de que, durante o interrogatório preliminar, eu terei a oportunidade de desvendar perante as autoridades e a sociedade toda a baixeza do comportamento dessa mulher. Se eu me suicidar, ela, com o seu velho cinismo e hipocrisia, é capaz de culpar a mim de tudo, e a sociedade ainda acabará aprovando a sua ação e, por cúmulo, quiçá, zombando de mim; mas se eu continuar vivendo, então..."

Um minuto depois, ele pensava:

"Sim, se eu me matar, é bem possível que acabem suspeitando de mim, acusando-me de sentimentos mesquinhos... E depois, por que razão eu haveria de me matar? Isto, em primeiro lugar. Em segundo, dar um tiro nos miolos significa acovardar-me, fugir. Portanto: mato o homem, deixo viver a mulher e entrego-me à prisão. Serei julgado e ela figurará como testemunha... Imagino só a sua confusão, a sua vergonha, quando ela for interrogada pelo meu advogado de defesa! As simpatias da corte, do público e da imprensa estarão, naturalmente, do meu lado..."

Ele seguia o curso dos seus pensamentos, enquanto o caixeiro continuava a expor diante dele a sua mercadoria e julgava de seu dever entreter o comprador.

— Aqui temos uns revólveres ingleses, de sistema novo, recebidos recentemente — tagarelava ele. — Mas tenho de adverti-lo, monsieur, de que estes sistemas empalidecem perante o Smith & Wesson. Há poucos dias, um oficial, o senhor decerto já leu isso, adquiriu aqui um revólver Smith & Wesson. Ele atirou no amante, e, imagine o senhor, a bala varou a vítima, atravessou uma lâmpada de bronze, depois o piano, e do piano, ricocheteou e matou a cachorrinha de estimação e feriu a mulher. O efeito foi brilhante e faz honra à nossa firma. O oficial agora está preso... Naturalmente, ele será declarado culpado e deportado para os trabalhos forçados! Em primeiro lugar, a nossa legislação ainda é muito obsoleta; em segundo, os tribunais sempre tomam o partido do amante. Por quê? É muito simples, monsieur! Tanto o juiz como os jurados, o promotor e o defensor, eles mesmos vivem com esposas alheias, e para eles será melhor que na Rússia haja um marido a menos. Seria muito agradável para a sociedade se o governo deportasse todos os maridos para Sacalina. Oh, monsieur, o senhor não faz ideia da indignação que me causa a depravação dos costumes no nosso tempo! Amar as mulheres alheias é hoje tão admitido como fumar cigarros alheios e ler livros alheios. De ano para ano, o nosso negócio vai piorando, e isso não significa que os amantes estão diminuindo, mas sim que os maridos se resignam com esta situação e têm medo do tribunal e dos trabalhos forçados.

O caixeiro lançou um olhar em volta e sussurrou:

— E de quem é a culpa, monsieur? Do governo!

"Ir parar na Sacalina por causa de um porcalhão qualquer também não é muito sensato", pensava Sigaiev. "Se eu for deportado, isso só dará à minha mulher a oportunidade de se casar de novo e de enganar o segundo marido. Ela sairá triunfante... Portanto: a ela eu deixo viva, a mim não me mato, e a ele... também não mato. É preciso inventar alguma coisa mais inteligente e sensata. Vou castigá-los com o meu desprezo, e moverei um escandaloso processo de divórcio..."

— Aqui, monsieur, ainda um novo sistema — disse o caixeiro, tirando da prateleira nova dúzia. — Chamo sua atenção para a originalidade do mecanismo de travação.

Depois da sua última decisão, Segaiev já não precisava mais de revólver, mas nesse meio-tempo, o caixeiro, cada vez mais inspirado, não parava de expor diante dele a sua mercadoria. O marido ofendido sentiu-se vexado porque por sua causa o caixeiro trabalhara tanto em vão, se entusiasmara em vão, sorrira, perdera tempo...

— Está bem, neste caso... — balbuciou ele — eu vou passar mais tarde ou... ou vou mandar alguém.

Ele não viu a expressão do rosto do caixeiro mas, para atenuar ao menos um pouco o mal-estar, sentiu a necessidade de comprar qualquer coisa. Mas comprar o quê? Correu os olhos pelas paredes da loja escolhendo alguma coisa barata e se deteve numa rede verde, pendurada junto da porta.

— Aquilo ali... o que é aquilo? — perguntou.

— É uma armadilha para apanhar codornizes.

— E quanto custa?

— Oito rublos, monsieur.

— Faça o favor de embrulhar...

O marido ofendido pagou oito rublos, pegou a rede e, sentindo-se ainda mais ofendido, saiu da loja.

A MULHER DO FARMACÊUTICO

A cidadezinha de B., composta de duas ou três ruas tortas, dorme um sono profundo. No ar parado, tudo é silêncio. Ouve-se apenas, ao longe, decerto além da cidadezinha, o tenorzinho ralo e rouco dos latidos de um cão. Aproxima-se a madrugada.

Há muito tempo que tudo dorme. Só não dorme a jovem esposa do farmacêutico Tchornomórdik, dono da farmácia de B. Por três vezes ela já se deitou, mas o sono teima em não vir, e não se sabe por quê. Ela sentou-se junto à janela aberta, de camisola, e olha para a rua. Está com calor, aborrecida, entediada — tão entediada que tem até vontade de chorar, mas por quê, também não se sabe. Sente um bolo esquisito no peito, querendo subir para a garganta a toda hora... Atrás, a alguns passos da mulher, aconchegado junto à parede, ronca pacificamente o próprio Tchornomórdik. Uma pulga voraz grudou-se em seu nariz, mas ele não a sente, e até sorri, porque sonha que na cidade todos estão tossindo e compram-lhe incessantemente Gotas do Rei da Dinamarca. Agora, não se pode acordá-lo nem com picadas, nem com canhões, nem com carinhos.

A farmácia fica quase na beira da cidade, de modo que a mulher do farmacêutico pode ver a campina, bem longe. Ela vê como pouco a pouco clareia a borda oriental do céu, e depois fica rubra, como que do clarão de um grande incêndio. De repente, de trás de uma touceira distante, aparece uma grande lua de cara larga. Ela está vermelha (em geral, a lua, quando sai de trás dos arbustos, costuma estar, não se sabe por quê, horrivelmente encabulada).

Súbito, no silêncio noturno, ressoam passos e o tinir de esporas. Ouvem-se vozes.

"Devem ser oficiais voltando do distrito policial para o acampamento", pensa a mulher do farmacêutico.

Pouco depois, aparecem dois vultos vestidos com as túnicas brancas de oficiais: um grande e gordo, o outro menor e mais esguio... Preguiçosamente, arrastando os pés, eles vêm andando ao longo da cerca, a conversar em voz alta. Chegando até a farmácia, os dois vultos começam a andar mais devagar e olham para as janelas.

— Cheira a farmácia... — diz o magro. — E é uma farmácia mesmo! Ah, já me lembro... estive aqui na semana passada, comprei óleo de rícino. De um farmacêutico de cara azeda e queixada de burro. E que queixada, homem! Era com uma dessas que Sansão matava os filisteus!

— Hum... — diz o gordo com voz de baixo. — Dorme a botica! E a boticária também dorme. Aqui, Obtióssov, existe uma boticária bonitinha.

— Eu a vi. Ela me agradou muito... Diga-me, doutor, será possível que ela é capaz de amar essa queixada de burro? Será possível?

— Não, decerto ela não o ama — suspira o doutor com expressão de quem tem pena do farmacêutico. — E agora, dorme a belezinha atrás da janelinha! Hein, Obtióssov? Descobriu-se com o calor... a boquinha entreaberta... e a perninha pende para fora da cama... Vai ver, o burro do farmacêutico nem entende nada desta riqueza... Para ele, quem sabe, uma mulher ou uma garrafa de ácido carbólico é a mesma coisa!

— Sabe duma coisa, doutor? — diz o oficial, parando. — Vamos entrar na farmácia e comprar qualquer coisa. Quem sabe vai dar para ver a "farmacêutica".

— Que ideia, no meio da noite!

— E daí? Então eles não têm obrigação de atender também à noite? Vamos, amigão!

— Va lá...

A mulher do farmacêutico, escondida atrás da cortina, ouve a campainha esganiçada. Com um ligeiro olhar para o marido, que ronca como dantes e sorri beatificamente, ela enfia o vestido, põe os sapatos nos pés descalços e corre para a farmácia.

Atrás da porta de vidro, percebem-se duas sombras... A mulher do farmacêutico aviva o fogo da lâmpada e corre para abrir a porta, e já não está aborrecida nem entediada, nem tem vontade de chorar, só o coração bate com muita força. Entram o gordo doutor e o esguio Obtióssov. Agora, já dá para examiná-los. O barrigudo doutor é moreno, barbudo e desajeitado. Ao menor movimento, a túnica lhe estala no corpo e o suor lhe umedece o rosto. Já o oficial é rosado, glabro, efeminado e flexível como um relho inglês.

— O que desejam os senhores? — pergunta a mulher do farmacêutico, aconchegando o vestido sobre o seio.

— Dê-nos... eeeh... 15 copeques de pastilhas de hortelã!

A mulher do farmacêutico alcança sem pressa o pote na prateleira e põe-se a pesar. Os compradores, sem piscar, fitam-lhe as costas; o doutor franze o rosto como um gato satisfeito, mas o tenente está muito sério.

— É a primeira vez que vejo uma senhora trabalhando numa farmácia — diz o doutor.

— Isso não tem nada de extraordinário... — responde a mulher do farmacêutico, olhando de esguelha para o rosto rosado de Obtióssov. — Meu marido não tem auxiliares, e eu sempre o ajudo.

— Ah, é assim... Pois a senhora tem aqui uma farmácia muito simpática... Que quantidade destes... diversos potes! E a senhora não tem medo de mexer com estes venenos? Brrr!

A mulher do farmacêutico fecha o pacotinho e entrega-o ao doutor. Obtióssov dá-lhe 15 copeques. Meio minuto se passa em silêncio... Os homens se entreolham, dão um passo em direção à porta, entreolham-se novamente:

— Dê-nos 15 copeques de bicarbonato! — diz o doutor. A mulher do farmacêutico, movendo-se preguiçosa e lentamente, torna a estender a mão para a prateleira.

— Será que não existe aqui na farmácia alguma coisa assim... — balbucia Obtióssov, mexendo os dedos — alguma coisa assim, sabe, alegórica, um fluido vitalizante qualquer... água de Seltzer, talvez? A senhora tem água de Seltzer?

— Tenho — responde a mulher do farmacêutico.

— Bravo! A senhora não é uma mulher, e sim uma fada. Arranje-nos umas três garrafinhas!

A mulher do farmacêutico embrulha apressada o bicarbonato e desaparece na escuridão atrás da porta.

— Que fruto! — diz o doutor, piscando um olho. — Uma romã dessas, Obtióssov, nem na ilha da Madeira você encontra. Hein? Que acha? Entretanto... está ouvindo o ronco? É o próprio senhor farmacêutico que se digna repousar.

Um minuto depois, volta a mulher do farmacêutico e põe sobre o balcão cinco garrafas. Ela acaba de voltar do porão e por isso está corada e um pouco excitada.

— Pssst... mais baixo — diz Obtióssov quando ela, abrindo as garrafas, deixa cair o saca-rolhas. — Não faça tanto barulho, senão vai acordar o marido.

— E que é que tem se o acordar?

— Ele está dormindo tão gostoso... sonhando... com a senhora... À sua saúde!

— E, depois — diz o doutor com sua voz de baixo, arrotando depois da gasosa —, os maridos são uma história tão cacete que fariam bem se dormissem o tempo todo. Eh, com esta aguinha seria bom um vinhozinho tinto.

— Essa agora, que ideia! — riu a mulher do farmacêutico.

— Seria excelente! Pena que nas farmácias não vendam bebidas espirituosas! Entretanto... a senhora deve vender vinho como remédio. A senhora tem *vinum gallicum rubrum*?

— Tenho.

— Então! Traga-o aqui! Com os diabos, carregue-o para cá!

— Quanto desejam?

— *Quantum satis*!... Primeiro, a senhora nos dá uma onça para cada copo, e depois, veremos... Hein, Obtióssov? Primeiro, com água, e depois, *per se*...

O doutor e Obtióssov sentam-se junto ao balcão, tiram os quepes e põem-se a beber o vinho tinto.

— Mas o vinho, força é confessar, é o que há de péssimo! *Vinum ruimzíssimum*. Porém, na presença de... eeeeh... ele parece um néctar! A senhora é encantadora, madame! Beijo-lhe em pensamentos a mãozinha.

— Eu pagaria caro para poder fazê-lo sem ser em pensamentos! — diz Obtióssov. — Palavra de honra! Eu daria a vida!

— O senhor, por favor, deixe disso... — diz a senhora Tchornomórdik, enrubescendo e fazendo uma cara séria.

— Mas como a senhora é coquete! — ri o médico em voz baixa, fitando-a de soslaio, com ar malandro. — Os olhinhos soltam chispas, dão tiros, pif! paf! Meus parabéns: a senhora venceu! Fomos derrotados!

A mulher do farmacêutico observa os seus rostos corados, ouve a sua tagarelice e logo também fica animada. Oh, ela já está tão alegre! Ela entra na conversa, ri, coquete, dengosa e até, após longas súplicas dos compradores, bebe umas duas onças de vinho tinto.

— Os senhores oficiais deveriam vir mais vezes para a cidade, lá do acampamento — diz ela —, porque isto aqui é um horror danado! Eu quase morro.

— E não é para menos! — horroriza-se o doutor. — Uma romã assim... maravilha da natureza, neste deserto! Como tão bem o disse

Griboiêdov: "Para o deserto! Para o deserto! Para Sarátov!" Mas já é tempo de irmos. Muito prazer em conhecê-la... imenso! Quanto devemos?

A mulher do farmacêutico ergue os olhos para o teto e fica muito tempo movendo os lábios.

— Doze rublos, 48 copeques! — diz ela.

Obtióssov tira do bolso uma carteira recheada, remexe longamente no maço de notas e paga.

— Seu marido dorme deliciosamente... tem sonhos... — murmura ele, apertando a mão da mulher do farmacêutico em despedida.

— Não gosto de ouvir tolices...

— Que tolices são essas? Pelo contrário... não são tolices... Até Shakespeare já disse: "Feliz quem jovem foi na juventude!"

— Solte a minha mão!

Finalmente, os compradores, após prolongadas despedidas, beijam a mão da mulher do farmacêutico e, hesitantes, como que ponderando se não esqueceram alguma coisa, saem da farmácia.

E ela corre depressa para o quarto e senta-se junto da mesma janela. Ela vê como o doutor e o tenente, saindo da farmácia, preguiçosamente se afastam uns vinte passos, depois param e começam a cochichar entre si. Sobre o que será? Seu coração palpita, as fontes latejam, e por que — ela mesma não sabe... O coração bate com força como se aqueles dois, cochichando lá fora, estivessem decidindo o seu destino.

Uns cinco minutos depois, o doutor separa-se de Obtióssov e se afasta, ao passo que Obtióssov volta. Ele passa pela farmácia uma vez, outra... Ora se detém perto da porta, ora recomeça a caminhar... Finalmente, cauteloso, tilinta a campainha.

— O que foi? Quem está aí? — Ouve ela de repente a voz do marido. — Estão tocando lá fora e você não escuta! — diz o farmacêutico, severo. — Que desordem!

Ele se levanta, veste o roupão e, cambaleando, meio adormecido, arrastando os chinelos, vai para a farmácia.

— O que... deseja? — pergunta ele a Obtióssov.

— Dê-me... dê-me 15 copeques de pastilhas de hortelã.

Com infinito resfolegar, bocejando, adormecendo em pé e batendo com os joelhos no balcão, o farmacêutico escala a prateleira e alcança o pote...

Dois minutos depois, a mulher do farmacêutico vê Obtióssov sair da farmácia e, após alguns passos, jogar as pastilhas de hortelã na estrada poeirenta. Detrás da esquina, ao seu encontro, vem o doutor… Os dois se juntam e, gesticulando com os braços, desaparecem na névoa matinal.

— Como sou desgraçada! — diz a mulher do farmacêutico, olhando com raiva para o marido, que se despe apressado para voltar a dormir. — Oh, como sou desgraçada! — repete ela, debulhando-se, de repente, em lágrimas. — E ninguém, ninguém compreende…

— Esqueci 15 copeques sobre o balcão — balbucia o farmacêutico, puxando o cobertor. — Guarde, por favor, na gaveta…

E adormece imediatamente.

Camaleão

O inspetor de polícia Otchumiélov atravessa a praça do mercado, de capote, de uniforme novo e com uma trouxinha na mão. Atrás dele, vem marchando um guarda-civil ruivo, com uma peneira cheia até o topo de groselhas confiscadas. Tudo em volta é silêncio... As portas abertas das vendas e dos botequins olham tristonhas para o mundo de Deus, como outras tantas bocas famintas; diante delas, não há nem mesmo mendigos.

— Com que então queres morder, desgraçado? — ouve Otchumiélov de repente. — Não o deixem fugir, pessoal! Hoje em dia, morder não é permitido! Segura! Ah!... ah!

Ouve-se o ganir de um cão. Otchumiélov olha na direção do barulho e vê o seguinte: saltando sobre três patas e olhando para trás, um cachorro sai correndo do depósito de lenha do comerciante Pitchúgin, perseguido por um homem de camisa engomada e colete desabotoado. Correndo atrás do cachorro, o homem se atira para a frente com o corpo inteiro, cai no chão e agarra-o pelas patas traseiras. Novamente, ouve-se o ganido do cão e a gritaria: "Não deixe fugir!" Caras sonolentas aparecem nas portas das vendas e logo, junto ao depósito de lenha, como que surgida de sob a terra, junta-se uma multidão.

— Parece uma desordem, Vossa Excelência!... — diz o guarda.

Otchumiélov faz meia-volta à esquerda e dirige-se para o ajuntamento. Bem junto do portão do depósito, ele vê o indivíduo acima descrito, de colete desabotoado, e que, erguendo o braço direito, mostra ao povo um dedo ensanguentado. Na sua cara meio bêbada, parece estar escrito: "Eu te arranco o couro, demônio!", e o próprio dedo parece um estandarte da vitória. Neste homem, Otchumiélov reconhece o mestre ourives Khriukin. No centro da multidão, as patas fronteiras espalhadas e tremendo dos pés à cabeça, sentado no chão está o próprio causador da comoção — um filhote borzoi branco, de focinho pontudo e mancha amarela nas costas. Nos seus olhos lacrimejantes há uma expressão de miséria e terror.

— Que é que há por aqui? — pergunta Otchumiélov, penetrando no meio da multidão. — Que miséria é esta? Por que está com o dedo para o ar? Quem gritou?

— Eu estava andando, Vossa Excelência, sem mexer com ninguém — começa Khriukin, tossindo para dentro do punho. — Um negócio de lenha com o Mitri Mitritch, e de repente este desgraçado, sem razão alguma, me abocanha o dedo... O senhor me desculpe, eu sou um homem que trabalha... O meu trabalho é delicado. Eu quero que me paguem, porque, este dedo, eu não vou poder mexê-lo uma semana, quem sabe... A lei não diz que a gente tem que sofrer por causa de bichos ferozes, Vossa Excelência... Se qualquer um puder andar por aí mordendo, é melhor nem viver neste mundo...

— Hum! Muito bem... — diz Otchumiélov com severidade, tossindo e franzindo o cenho. — Muito bem... De quem é o cão? Isto não ficará assim. Vou mostrar-lhes como deixar cachorros soltos! Já é tempo de dar a devida atenção a estes senhores que não desejam submeter-se aos regulamentos! Quando pegar uma boa multa, este vilão, aí ele vai aprender o que significa soltar cachorros e não sei que gado vagabundo! Vou mostrar-lhe umas tantas coisas!... Eldirin — dirige-se o inspetor ao guarda-civil —, descobre de quem é este cão e faz o protocolo! Quanto ao cachorro, tem que ser destruído. Sem demora! Com certeza, é cachorro louco... De quem é ele, estou perguntando?

— Parece que é do general Jigalov — diz alguém na multidão.

— Do general Jigalov? Hum!... Eldirin, ajuda-me a tirar o capote... Está um calor horrível! Acho que vai chover... Eu só não entendo uma coisa: como é que ele pôde te morder? — dirige-se Otchumiélov a Khriukin. — Então ele pôde alcançar o teu dedão? O cachorrinho é pequeno, e tu, olha que tamanhão! Na certa, machucaste o dedo num prego e depois tiveste a ideia de arrancar uma indenização. Tu és dos tais... gentinha sabida! Eu vos conheço, diabos!

— Ele o cutucou no focinho com o charuto, por brincadeira, Vossa Excelência, mas o cachorrinho não é besta, abocanhou... Sujeitinho levado, o Khriukin, Vossa Excelência!

— Mentira, zarolho! Não viste nada, então para que mentir? Sua Excelência é um senhor sensato e entende bem quem está mentindo e quem fala a verdade diante de Deus... O juiz de paz que me julgue, se estou mentindo. Ele tem a lei que diz... todos os homens são iguais hoje em dia... Eu mesmo tenho um irmão que é gendarme... se querem saber...

— Nada de discussões!

— Não, este aqui não é do general... — observa o guarda-civil com ar profundo. — O general não tem cachorros assim... Os cachorros do general são todos perdigueiros...

— Tu tens certeza disso?

— Toda a certeza, Vossa Excelência...

— Eu mesmo também sei. Os cachorros do general são animais caros, de raça, enquanto este aqui... sei lá o que é isso! Nem pelo nem vista — uma porcaria! Quem é que pode querer um bicho desses? Onde é que estão com a cabeça? Sabem o que aconteceria se este cão fosse parar em Petersburgo ou Moscou? Ninguém ia olhar a lei, mas era na hora, fim! Tu, Khriukin, foste prejudicado, e não deixes este caso passar assim... É preciso dar-lhes uma lição! Já é tempo...

— Mas... quem sabe, o cão é do general mesmo... — pensa o guarda-civil em voz alta. — Não está escrito no focinho dele... Outro dia eu vi um bem assim, no quintal do general.

— Claro que é do general! — diz uma voz no meio da multidão.

— Hum... Ajuda-me, mano Eldirin, a vestir o capote... Um pé de vento, não sei... estou arrepiado... Tu vais levar o cachorro ao general, perguntarás lá. Dize que fui eu que o encontrei e o mandei... E diz que não o soltem na rua... Pode ser que seja um cachorro caro, e se cada porcalhão vai lhe meter charutos no focinho, não custa arruinar o bicho... Um cão é uma criatura delicada... E tu, bestalhão, abaixa o braço! Chega de exibir o teu estúpido dedo! A culpa é tua mesmo!

— Aí vem o cozinheiro do general, a gente pode perguntar a ele... Eh, Prokhor! Vem cá, velho! Dá uma olhada neste cachorro; é um dos vossos?

— Que ideia! Nunca tivemos cachorros deste tipo!

— E nem tem o que perguntar — diz Otchumiélov. — É um cachorro vagabundo! Não tem muito que falar... Quando eu digo que é vagabundo, quer dizer que é vagabundo mesmo... Mata-se, e está acabado.

— Não é nosso, não — continua Prokhor. — É do irmão do general, aquele que chegou outro dia. O general não gosta da raça borzoi — o irmão dele, sim, este gosta...

— O quê, chegou o irmão do general? Vladimir Ivanitch? — pergunta Otchumiélov, e todo o seu rosto se abre num sorriso estático.

— Ora, vejam só! E eu que não sabia de nada! Veio passar uma temporada?

— É, uma visita...

— Ora, vejam só! Ficou com saudades do irmãozinho... E eu que nem sabia! Então este cãozinho é dele? Muito prazer... Leva-o... É um cachorrinho interessante... Espertinho, sabe... Abocanhou o dedo deste aí! Ha, ha, ha!... Então, por que estás tremendo? Grr... rrr... Está bravinho, o danadinho... bichinho lindo...

Prokhor pega o cachorro e leva-o embora do depósito de lenha. A multidão se diverte à custa de Khriukin.

— A tua vez ainda chegará! — ameaça-o Otchumiélov e, abotoando o capote, continua o seu caminho pela praça do mercado.

Um homem conhecido

A formosíssima Vanda ou, como rezava o seu passaporte, a digna cidadã Nastácia Kanávkina, recebendo alta do hospital, viu-se numa situação em que nunca se encontrara antes: sem moradia e sem um copeque. Que fazer?

Em primeiro lugar, ela se dirigiu à casa de penhores e empenhou o seu anel de turquesa — sua única joia. Deram-lhe um rublo pelo anel, mas... o que é que se pode comprar com um rublo? Com esta quantia não se pode comprar nem um casaquinho curto da moda, nem um chapéu alto, nem sapatos cor de bronze e, sem estas coisas, ela se sentia como que nua. Parecia-lhe que não só as pessoas, mas até os cavalos e cachorros olhavam para ela e zombavam da simplicidade do seu traje. E ela pensava somente na sua roupa, mas o problema do que ela ia comer e onde passaria a noite não a preocupava nem um pouco.

"Se ao menos eu encontrasse um homem conhecido...", pensava ela. "Eu tomaria algum dinheiro emprestado... Nenhum vai me recusar, porque..."

Mas ela não encontrava homens conhecidos. Eles são fáceis de encontrar à noite no Renaissance, mas no Renaissance não a deixarão entrar com este vestido simples e sem chapéu. O que fazer? Depois de muito sofrer, cansada de caminhar, de ficar sentada, de pensar, Vanda resolveu tentar o último recurso: ir até a própria residência de algum dos homens conhecidos e pedir dinheiro.

"Qual deles eu poderia procurar?", pensava ela. "O Micha não pode ser, ele tem família... e o velho ruivo está na repartição..."

Vanda lembrou-se do dentista Finkel, que uns três meses atrás a presenteara com uma pulseira e sobre cuja cabeça, uma noite, durante um jantar no Clube Alemão, ela derramara um copo de cerveja. Lembrando-se deste Finkel, ela ficou contentíssima.

"Ele vai me emprestar com certeza, é só encontrá-lo...", pensava ela, indo para a casa do dentista. "E se não emprestar, eu vou lá e quebro-lhe todas as lâmpadas."

Ao chegar à porta do dentista, ela já tinha um plano elaborado: subirá a escada correndo, invadirá rindo o gabinete do dentista e exigirá

25 rublos... Mas quando ela pôs a mão na campainha, este plano escapou-lhe da cabeça, sozinho. De repente, Vanda ficou acovardada, nervosa, coisa que nunca lhe acontecera antes. Ela costumava ser ousada e atrevida, porém, só em companhia de farristas embriagados; mas agora, trajando um vestido simples, vendo-se no papel de mera pedinte, que pode não ser recebida, sentiu-se tímida e humilde. Ficou envergonhada e amedrontada.

"Quem sabe ele já nem se lembra de mim...", pensava ela, sem se decidir a tocar a campainha. "E como é que eu posso visitá-lo com este vestido? Que nem uma mendiga ou uma burguesa qualquer..."

E tocou a campainha, hesitante.

Passos soaram atrás da porta — era o porteiro.

— O doutor está em casa? — perguntou ela.

Agora, lhe seria mais agradável se o porteiro dissesse "não", mas ele, em vez de responder, a fez entrar no vestíbulo e ajudou-a a tirar o casaco. A escada pareceu-lhe luxuosa, magnífica, mas, de toda a magnificência, a primeira coisa que ela notou foi o grande espelho, no qual ela viu uma maltrapilha sem chapéu alto, sem casaquinho moderno e sem sapatos cor de bronze. E parecia-lhe estranho que agora, quando ela estava pobremente vestida e parecia uma costureira ou lavadeira, surgisse nela um sentimento de pudor, e não houvesse mais nem atrevimento nem ousadia, e nos seus pensamentos ela já não se chamava mais Vanda, e sim Nastácia Kanávkina, como antes...

— Entre, por favor! — disse a criada, acompanhando-a ao gabinete. — O doutor vem já... Sente-se.

Vanda acomodou-se na poltrona macia.

"Vou dizer assim mesmo: faça-me um empréstimo!", pensava ela. "Isto fica decente, porque ele é meu conhecido. Eu só queria que a criada saísse daqui... não dá jeito na frente dela... E para que ela fica parada aqui dentro?"

Uns cinco minutos mais tarde, a porta se abriu e entrou Finkel, um sujeito alto e moreno, de bochechas gordas e olhos saltados. As bochechas, os olhos, o ventre, os quadris gordos, tudo nele era tão desagradável, áspero. No Renaissance e no Clube Alemão, ele costumava estar bêbado, gastava muito com as mulheres e suportava pacientemente as suas brincadeiras (por exemplo, quando Vanda lhe derramara um copo de cerveja na cabeça, ele apenas sorrira e ameaçara-a com o dedo); mas agora, ele tinha um aspecto taciturno e sonolento, tinha um olhar solene, frio, como o de um comandante, e mastigava qualquer coisa.

— O que ordena? — perguntou ele, sem olhar para Vanda.

Vanda olhou para o rosto grave da criada, para o vulto satisfeito de Finkel que, ao que parecia, não a estava reconhecendo, e enrubesceu...

— O que ordena? — repetiu o dentista, já com irritação.

— Os de... os dentes... me doem... — balbuciou Vanda.

— Ah... Que dentes? Onde?

Vanda lembrou-se de que tinha um dente cariado.

— Do lado direito, embaixo... — disse ela.

— Hum... abra a boca.

Finkel franziu o cenho, prendeu a respiração e pôs-se a examinar o dente afetado.

— Dói? — perguntou ele, cutucando o dente com um ferrinho.

— Dói — mentiu Vanda. "Eu devia lembrar-lhe... ele me reconheceria na certa", pensava ela. "Mas... a criada! Para que ela fica aqui?"

Súbito, Finkel começou a soprar como uma locomotiva, bem para dentro da sua boca, e disse:

— Não lhe aconselho chumbar este dente... este dente não lhe vai servir mesmo, de qualquer maneira.

Depois de cutucar o dente mais um pouco e de sujar os lábios e as gengivas de Vanda com seus dedos cheirando a tabaco, ele prendeu a respiração de novo e meteu-lhe na boca uma coisa fria... De repente, Vanda sentiu uma dor horrível, deu um grito e agarrou a mão de Finkel.

— Não é nada, não é nada — murmurava ele. — Não tenha medo... Este dente não serve para nada mesmo. Precisa ter coragem.

E os dedos sujos de fumo, ensanguentados, puseram-lhe diante dos olhos o dente arrancado, enquanto a criada se aproximava e encostava-lhe aos lábios uma tigela.

— Em casa, a senhora bochecha com água fria — disse Finkel. — Então, o sangue vai estancar.

Ele estava diante dela, na atitude de um homem que espera, quando, afinal, irão embora, quando o deixarão em paz...

— Até logo — disse ela, voltando-se para a porta.

— Hum!... E quem é que vai me pagar pelo serviço? — perguntou Finkel com voz de riso.

— Ah, sim... — lembrou-se Vanda, enrubesceu e entregou-lhe o rublo que recebera pelo anel de turquesa.

Ao sair para a rua, ela sentia uma vergonha ainda maior do que antes, mas agora já não era vergonha da sua pobreza. Ela já não sentia que estava sem casaquinho moderno e chapéu alto. Ela andava pela rua, cuspia sangue, e cada cusparada vermelha lhe falava da sua vida, vida ruim, difícil, penosa, daqueles insultos que ela suportara e que ainda iria suportar amanhã, daqui a uma semana, daqui a um ano — a vida inteira, até a morte...

— Oh, como isso é terrível! — murmurava ela. — Como é medonho, meu Deus!

Entretanto, no dia seguinte, ela já estava no Renaissance, e dançava. Na cabeça, ela tinha um enorme chapéu vermelho, trajava um casaquinho novo da última moda e calçava sapatos cor de bronze. E quem lhe pagava o jantar era um jovem comerciante, chegado de Kazan.

Falta do que fazer (Romance de férias)

Nikolai Andrêievitch Kapitonov, tabelião, almoçou, fumou um charuto e dirigiu-se ao seu dormitório, para descansar. Deitou-se, cobriu-se com uma gaze contra os mosquitos e fechou os olhos, mas não conseguiu adormecer. A cebola, comida junto com a sopa, deu-lhe uma azia tamanha que não era possível nem pensar em sono.

— Não, hoje não conseguirei dormir — decidiu ele, depois de se virar de um lado para outro umas cinco vezes. — Vou ler os jornais.

Nikolai Andrêievitch levantou-se da cama, enfiou a bata e, de meias, sem sapatos, foi para o escritório buscar os jornais. Ele nem pressentia que no escritório o aguardava um espetáculo bem mais interessante do que a azia e os jornais!

Quando ele atravessou a soleira do escritório, diante dos seus olhos descortinou-se um quadro: no sofá de veludo, com os pés sobre o escabelo, reclinava-se a sua mulher, uma senhora de 33 anos; sua pose, displicente e lânguida, semelhava àquela atitude na qual se costuma representar a Cleópatra egípcia, no ato de se envenenar pelas víboras. Diante dela, com um joelho em terra, estava o estudante Vánia Tchupaltzev, repetidor dos Kapitonov, primeiranista de Técnica, menino rosado e imberbe de uns 19, 20 anos. O sentido deste quadro "vivo" era fácil de compreender: no momento da entrada do tabelião, os lábios da patroa e do jovem fundiram-se num prolongado, perturbador e ardente ósculo.

Nikolai Andrêievitch parou, como petrificado, prendeu a respiração e ficou à espera do que viria depois, mas não aguentou e pigarreou. O estudante voltou-se para o pigarro e, vendo o tabelião, ficou atarantado por um momento, mas em seguida enrubesceu, levantou-se de um pulo e saiu correndo do escritório. Ana Semiônovna ficou desconcertada.

— Exce-e-elente! Encantador! — começou o marido, cumprimentando e abrindo os braços. — Meus parabéns! Lindo e maravilhoso!

— Da parte do senhor, também é muito lindo bisbilhotar! — balbuciou Ana Semiônovna, lutando para se recompor.

— *Merci*! É encantador! — continuava o tabelião, num largo sorriso maldoso. — Tudo isso é tão lindo, mamãezinha, que estou pronto a pagar cem rublos para ver tudo mais uma vez.

— E nem aconteceu nada... Foi impressão do senhor... é até tolo...

— Pois sim, e quem é que estava se beijando?

— Beijando, sim, mas nada mais que... nem compreendo de onde você foi inventar...

Nikolai Andrêievitch olhou zombeteiro para o rosto confuso da esposa e abanou a cabeça.

— Deu vontade de comer pepinos novinhos, depois de velha! — começou ele com voz cantante. — Enjoou do esturjão, deu apetite de comer sardinha. Eh, você, desavergonhada! Entretanto, que é que tem... É a idade balzaquiana! Não se pode fazer nada com esta idade! Compreendo! Compreendo e simpatizo!

Nikolai Andrêievitch sentou-se junto da janela e começou a tamborilar com os dedos no peitoril.

— Continuem do mesmo jeito daqui para a frente — bocejou ele.

— Que estupidez! — disse Ana Semiônovna.

— É o diabo, este calor! Você podia mandar comprar limonada ou coisa que o valha. Pois é, minha senhora. Compreendo e simpatizo. Todos esses beijos, ais e suspiros, arre, que azia! Tudo isso é muito bom e interessante, só que você não deveria, minha cara, confundir o menino. Pois é. O menino é bonzinho, direito... tem uma boa cabeça, merece um destino melhor. Conviria poupá-lo.

— O senhor não entende nada. O menino está apaixonadíssimo por mim, e eu quis lhe ser agradável... permiti que me beijasse.

— Apaixonadíssimo... — arremedou Nikolai Andrêievitch. — Antes que ele ficasse apaixonadíssimo, você não deixou de lhe pôr cem armadilhas e ratoeiras, com certeza.

O tabelião bocejou e espreguiçou-se.

— Que coisa extraordinária! — rosnou ele, olhando pela janela. — Se eu beijasse uma mocinha, com a mesma inocência de você ainda agora, sabe Deus o que despencaria por cima de mim: Criminoso! Sedutor! Pervertido! Mas para vocês, madames balzaquianas, tudo passa, assim... Da próxima vez, mande não pôr cebola na sopa, senão a gente arrebenta de tanta azia... Arre! Venha dar uma olhadela no seu *objet*! Lá vai ele correndo pela aleia, pobre filhote, feito gato escaldado, sem olhar para trás. Quem sabe imagina que eu vou me bater em duelo com ele, por causa de um tesouro como você. Matreiro como um gato, medroso como uma lebre. Pois espere aí, filhote, que eu vou te ensinar umas coisinhas! Ainda vais pular bem mais do que isso!

— Não, você faça o favor de não lhe dizer nada! — disse Ana Semiônovna. — Não discuta com ele, ele não tem culpa de nada.

— Não vou discutir, mas só assim... por brincadeira.

O tabelião bocejou, apanhou os jornais e, segurando as fraldas da bata, encaminhou-se para o dormitório. Depois de se espreguiçar na cama umas duas horas e de ler os jornais, Nikolai Andrêievitch vestiu-se e foi passear. Ele andava pelo jardim sacudindo alegremente a bengalinha, mas, ao avistar de longe o estudante, pôs-se a caminhar em passos de trágico de província que se prepara para um encontro com o rival. Tchupaltzev, sentado num banco debaixo de uma árvore, pálido e trêmulo, preparava-se para uma penosa explicação. Ele se esforçava para ter coragem, fazia uma cara séria, mas estava, como se diz, com cãibras. Vendo o tabelião, ele empalideceu ainda mais, respirou fundo, angustiado, e encolheu as pernas resignadamente.

Nikolai Andrêievitch aproximou-se dele, de lado, ficou parado em silêncio por alguns momentos e, sem fitá-lo, começou:

— Naturalmente, prezado senhor, vós sabeis que assunto me leva a querer falar convosco. Depois do que eu pude assistir, nossas boas relações não podem mais continuar. Pois é! A emoção impede-me de falar, mas... vós compreendereis, mesmo sem as minhas palavras, que eu e vós não podemos viver sob o mesmo teto! Eu ou vós!

— Eu o compreendo — balbuciava o moço, ofegante.

— Esta casa de campo pertence à minha mulher, e por isso aqui ficareis vós, e eu... eu irei embora. Não vim aqui para vos reprochar, não! Lágrimas e acusações não podem devolver aquilo que está perdido para sempre. Eu vim apenas para interrogar-vos a respeito das vossas intenções... (Pausa.) Naturalmente, não é da minha conta intrometer-me nos vossos assuntos, mas, deveis convir que, no desejo de conhecer o destino futuro da mulher ardentemente amada, não há nada de... assim... que pudesse vos parecer uma intromissão. Vós pretendeis viver com a minha mulher?

— Mas... quer dizer... mas como? — perturbou-se o estudante, encolhendo ainda mais as pernas debaixo do banco. — Eu... eu não sei. Tudo isso é tão estranho.

— Vejo que vós fugis a uma resposta direta — rosnou o tabelião, taciturno. — Pois então, eu vos falarei diretamente: ou ficais com a mulher que seduzistes e lhe proporcionais os meios de subsistência ou nós nos batemos em duelo. O amor impõe certas obrigações, prezado senhor, e vós, como homem de honra, deveis compreender isto! Daqui a uma semana, eu volto para a cidade, e Ana, com a família, passa a ser vossa responsabilidade. Para as crianças, eu darei periodicamente uma quantia determinada.

— Se Ana Semiônovna o desejar — balbuciava o moço —, então eu... eu, como homem de honra tomarei a mim... mas se eu sou pobre! Se bem que...

— Sois um homem digno! — rouquejou o tabelião, sacudindo a mão do estudante. — Agradeço! Em todo caso, dou-vos uma semana para meditar. Pensai mais um pouco!

O tabelião sentou-se ao lado do estudante e cobriu o rosto com as mãos.

— Mas o que fizestes comigo! — gemeu ele. — Vós destruístes minha vida! Tirastes de mim a mulher que eu amava mais do que a própria vida. Não, eu não poderei suportar este golpe!

O moço olhou para ele, aflito, e coçou a testa. Estava apavorado.

— O senhor mesmo é culpado, Nikolai Andrêievitch! — suspirou ele. — Quem perde a cabeça não chora pelos cabelos. Lembre-se de que o senhor se casou com Ana só pelo dinheiro dela... depois, a vida inteira, o senhor não a compreendia, a tiranizava... era displicente com os mais puros, os mais nobres impulsos do seu coração de mulher.

— Foi ela mesma quem lhe disse isso? — perguntou Nikolai Andrêievitch, tirando de repente as mãos do rosto.

— Sim, ela mesma. Estou a par de toda a sua vida, e pode crer, eu amei nela tanto a mulher como a sofredora.

— Sois um homem digno... — suspirou o tabelião, levantando-se. — Adeus, e sede feliz. Espero que tudo o que foi dito aqui fique entre nós.

Nikolai Andrêievitch suspirou mais uma vez e encaminhou-se para casa.

No meio do caminho, encontrou-se com Ana Semiônovna.

— Ah, você procura o seu menininho? — perguntou ele. — Vá, vá dar uma olhadela no suador que eu lhe dei!... E você já teve tempo de se confessar a ele! Mas que maneira vocês balzaquianas têm, palavra de honra! Não podendo conquistar com juventude e viço, usam as confissões e as palavras lamurientas! Contou-lhe umas três toneladas de mentiras, hein? Que eu me casei por dinheiro, e que não a compreendo, e que a tiranizo, e o diabo, e o demônio!

— Eu não lhe disse nada disso! — enrubesceu Ana Semiônovna.

—Vamos, vamos... eu compreendo tudo, ponho-me no seu lugar. Não se impressione, não a estou recriminando. Só tenho pena do menino, tão bonzinho, honesto, sincero.

Quando caiu a noite e a escuridão envolveu toda a terra, o tabelião saiu outra vez para um passeio. A noite estava maravilhosa. As árvores dormiam e parecia que tempestade alguma poderia despertá-las do seu sono jovem e primaveril. No céu, lutando com a sonolência, piscavam as estrelas. Ao longe, atrás do jardim, os sapos coaxavam preguiçosamente e piava uma coruja. Ouviam-se os assovios breves, entrecortados, de um rouxinol distante.

Passando, no escuro, debaixo de uma tília frondosa, Nikolai Andrêievitch, inesperadamente, chocou-se com Tchupaltzev.

— Que está fazendo parado aqui? — perguntou ele.

— Nikolai Andrêievitch — começou Tchupaltzev com voz trêmula de emoção. — Concordo com todas as suas condições, mas... tudo isso é um tanto... estranho. De repente, assim sem mais nem menos, o senhor ficou infeliz... o senhor sofre e diz que está com a vida destruída...

— Sim, e então?

— Se o senhor se sente insultado, então... então, se bem que eu seja contrário aos duelos, eu posso dar-lhe satisfações. Se um duelo o aliviar ainda que um pouco, então, estou às ordens, estou pronto... mesmo para cem duelos...

O tabelião começou a rir e pôs o braço no ombro do estudante.

— Vamos, vamos... basta! Eu estava só brincando, amiguinho! — disse ele. — Tudo isso são ninharias e tolices. Aquela mulher tola e insignificante não merece que o senhor desperdice com ela suas boas palavras e sua emoção. Chega, meu jovem! Vamos passear.

— Eu... eu não o compreendo...

— E nem há o que compreender. Mulherzinha à toa e imprestável, e nada mais!... O senhor não tem gosto, amiguinho. Por que parou? Espanta-se de me ouvir dizer tais palavras da minha própria mulher? É claro, eu não deveria falar-lhe nestas coisas, mas como o senhor é, de certo modo, uma parte interessada no caso, não há razão para fingimentos de minha parte. Digo-lhe com sinceridade: mande-a às favas! O defunto não vale as velas. Tudo o que ela lhe disse era mentira, e, como "sofredora", ela não vale um vintém furado, essa madame balzaquiana e psicopata. É burra e mente muito. Palavra de honra, amiguinho! Não estou pilheriando!...

— Mas ela é sua esposa! — espantou-se o estudante.

— Então, e daí? Eu já fui assim como o senhor, e me casei, agora seria bom descasar, mas... pfff... Às favas, meu caro! Não existe amor nenhum aqui, só reinação, tédio. Se quer brincar, aí tem a Nástia que vem vindo... Eh, Nástia, para onde vais?

— Buscar *kvass*,[8] patrão! — ouviu-se uma voz feminina.

— Isto é coisa que se compreende — continuou o tabelião —, mas todas essas donas psicopatas, sofredoras... bolas para elas! A Nástia é burra, mas pelo menos não tem pretensões... Vamos continuar o passeio?

O tabelião e o estudante saíram do jardim, olharam para trás e, com um suspiro uníssono, se foram pelo campo.

---

[8] Cerveja de baixo teor alcoólico. (N.T.)

Veraneio

"Eu o amo. O senhor é minha vida, minha felicidade, tudo! Perdoe-me a confissão, mas não tenho forças para sofrer e calar. Não peço reciprocidade, mas compaixão. Esteja hoje às oito horas da noite no velho caramanchão... Considero supérfluo assinar o meu nome, mas não se assuste com o meu anonimato. Sou jovem, bela... que mais pode desejar?"

Tendo lido esta carta, o veranista Pavel Ivanitch Vihodsev, homem de família e ponderado, encolheu os ombros e coçou a testa, perplexo.

"Que diabo é isto?", pensou ele. "Sou um homem casado, e de repente esta carta estranha... tão tola! Quem terá escrito isso?"

Pavel Ivanitch revirou a carta diante dos olhos, releu-a e cuspiu.

— "Eu o amo..." — arremedou ele. — Encontraste um moleque, hein! Vou já sair correndo para o teu caramanchão, pois sim!... Eu, minha queridinha, há muito que perdi o costume desses romances e *fleur d'amoures*... Hum! Há de ser uma sirigaita qualquer, atarantada... Arre, que povinho, essas mulheres! Que tipo de lambisgoia, Deus me perdoe, que ela precisa ser para escrever uma carta dessas a um desconhecido, e ainda por cima um homem casado! Amoralidade pura!

Durante os oito anos da sua vida matrimonial, Pavel Ivanitch perdera o hábito dos sentimentos finos e não recebia cartas de espécie alguma, a não ser de congratulações, e por isso, por mais que ele procurasse fazer-se de desinteressado, a carta mencionada deixou-o muito perturbado e perplexo.

Uma hora depois de recebê-la, ele estava deitado no divã, pensando:

"Claro que eu não sou nenhum moleque e não vou correr para este estúpido rendez-vouz, mas sempre seria interessante descobrir quem foi que me escreveu. Hum... A letra é, sem dúvida, feminina... A carta está escrita com sinceridade, de coração, e por isso é pouco provável que se trate de uma pilhéria... Com certeza, será alguma psicopata ou viúva... As viúvas em geral são levianas e excêntricas. Hum... Mas quem poderá ter sido?"

A solução deste problema era tanto mais difícil porque, em toda a vila de veraneio, Pavel Ivanitch não conhecia mulher alguma, além da própria esposa.

"Esquisito...", ponderava ele. "'Eu o amo'... Mas quando é que ela teve tempo de se enamorar? Mulher extraordinária! E enamorou-se assim, de repente, mesmo sem ser apresentada e sem saber que espécie de homem eu sou!... Deve ser ainda muito jovem e romântica, se é capaz de se apaixonar com um ou dois olhares... Mas... quem é ela?!"

De repente, Pavel Ivanitch lembrou-se de que ontem e anteontem, quando estava passeando na pracinha, ele cruzara várias vezes com uma loirinha jovem, de vestido azul-claro e narizinho arrebitado. A loirinha volta e meia olhava para ele e, quando ele se sentou num banco, sentou-se logo ao seu lado...

"Ela?", pensou Vihodzev. "Não é possível! Será que aquela criaturinha efêmera e sutil poderia enamorar-se de um bagre velho e surrado como eu? Não, isto não pode ser!"

Durante o almoço, Pavel Ivanitch fitava a mulher com olhos parados e ponderava:

"Ela escreve que é jovem e bela... Quer dizer que não é nenhuma velhota... Hum... Falando francamente, com sinceridade, eu ainda não estou tão velho e estragado a ponto de não ser possível alguém se enamorar de mim... Pois não me ama a minha mulher? E de mais a mais, o amor é cego; ama-se até um prego..."

— Em que estás pensando tanto? — perguntou-lhe a mulher.

— Nada... estou com dor de cabeça... — mentiu Pavel Ivanitch.

Ele decidira que é tolice dar atenção a uma bobagem tão grande como uma carta de amor, zombava da carta e da sua autora, mas — ai! — o inimigo do homem é forte. Depois do almoço, Pavel Ivanitch deitou-se na sua cama, mas, em vez de dormir, pensava:

"Vai ver que ela tem esperanças de que eu venha! Mas que bobona! Estou só imaginando como ela vai ficar nervosa e sacudir as anquinhas quando não me encontrar no caramanchão!... Mas eu não vou! Era só o que faltava!"

Mas, repito, o inimigo do homem é forte.

"Entretanto, quem sabe... dar uma chegadinha até lá, só de curiosidade...", pensava o veranista, meia hora mais tarde. "Ir até lá e espiar de longe que tipo de coisa é essa... Seria interessante dar uma olhadela! Uma boa risada, e é só! Com efeito, por que não rir um pouco, se aparece uma oportunidade?"

Pavel Ivanitch levantou-se da cama e começou a se vestir.

— E para onde você vai, tão enfeitado? — perguntou a esposa, reparando que ele enfiava uma camisa limpa e punha uma gravata moderna.

— Nada... estou com vontade de dar uma volta... dói-me a cabeça... Hhhmm...

Pavel Ivanitch arrumou-se todo e, ao chegarem finalmente as oito horas, saiu de casa. Quando, diante dos seus olhos, sobre o fundo verde-vivo, inundado pela luz do sol poente, começaram a brilhar as figuras coloridas dos veranistas e das veranistas, o seu coração bateu mais forte.

"Qual delas?", pensava ele, espiando de soslaio, encabulado, os rostos dos veranistas. "Não vejo a loirinha... Hum... Mas se foi ela que escreveu, já deve estar no caramanchão, esperando..."

Vihodzev saiu para a alameda, no fim da qual, por entre a folhagem fresca das altas tílias, espiava "o velho caramanchão"... Dirigiu-se para lá, lentamente...

"Vou espiar de longe...", pensava ele, continuando a andar, hesitante. "Ora, por que estou tão nervoso? Pois se eu não vou ao encontro! Mas que... toleirão! Caminha firme, homem! E se eu entrasse no caramanchão? Ora, ora... para quê!"

O coração de Pavel Ivanitch palpitou mais forte ainda... Involuntariamente, contra a própria vontade, ele imaginou de repente o interior do caramanchão... Na sua imaginação, passou a graciosa loirinha de vestido azul-claro e narizinho arrebitado... Ele imaginou como ela, envergonhada do seu amor e tremendo da cabeça aos pés, aproxima-se dele, tímida, com a respiração ofegante... de repente, o cerra nos seus braços.

"Se ao menos eu não fosse casado, ainda não teria importância...", pensava ele, enxotando da cabeça os pensamentos pecaminosos. "Entretanto... uma vez na vida não seria mau experimentar, senão a gente acaba morrendo sem saber o que foi isso... E a esposa... bem, que é que lhe vai acontecer? Graças a Deus, há oito anos que não arredo pé do lado dela, nem um passo... Oito anos de serviços sem mácula! Chega para ela... Até dá raiva... Dá vontade de... pegar e, só por desaforo, enganá-la uma vez!"

Tremendo dos pés à cabeça e tentando controlar a respiração perturbada, Pavel Ivanitch aproximou-se do caramanchão, coberto de hera e vinha silvestre, e espiou lá dentro... Recebeu-o um bafo de umidade e mofo...

"Parece que não há ninguém...", pensou ele, entrando no caramanchão, e imediatamente percebeu num canto um vulto humano...

O vulto pertencia a um homem... Fitando-o bem, Pavel Ivanitch reconheceu nele o irmão de sua mulher, o estudante Mítia, que morava com eles na casa de campo.

— Ah, é você... — resmungou ele com voz desapontada, tirando o chapéu e sentando-se.

— Sim, eu... — respondeu Mítia.

Uns dois minutos passaram em silêncio...

— Desculpe-me, Pavel Ivanitch — começou Mítia —, mas eu lhe pediria que me deixasse só... Eu estou meditando na minha tese para o exame e... e a presença de qualquer pessoa me perturba...

— E por que você não vai para alguma alameda escura... — observou Pavel Ivanitch com candura. — Ao ar livre, a gente pensa melhor, e depois... quer dizer... eu estava com vontade de tirar uma soneca aqui no banco... Aqui não faz tanto calor...

— O senhor quer dormir, mas eu preciso pensar na minha tese... — resmungou Mítia. — A tese é mais importante...

Novamente caiu o silêncio... Pavel Ivanitch, que já dera rédea solta à imaginação e ouvia passos a todo instante, pôs-se de pé de um salto e começou a falar em tom lamentoso:

—Vamos, Mítia, eu lhe peço! Você é mais moço do que eu, precisa respeitar... Eu estou doente e... e quero dormir... vá embora!

— Isto é egoísmo... Por que é justamente o senhor quem tem que ficar aqui e não eu? Não vou embora, por princípio...

— Mas eu estou pedindo! Pode ser que eu seja egoísta, despótico, tolo... Mas estou lhe pedindo! Uma vez na vida eu lhe peço alguma coisa, tenha respeito!

Mítia abanou a cabeça.

"Que porcalhão...", pensou Pavel Ivanitch. "Com ele aqui não haverá encontro! Não é possível na frente dele!"

— Ouça, Mítia — disse ele —, eu lhe peço pela última vez... Prove que você é um homem inteligente, humano, civilizado!

— Não entendo por que o senhor insiste comigo... — Mítia deu de ombros. — Eu disse: não vou sair, e não vou mesmo. Vou ficar aqui, por princípio...

Nesse momento, para dentro do caramanchão espiou um rosto feminino de narizinho arrebitado.

Vendo Mítia e Pavel Ivanitch, o rostinho se fechou e sumiu...

"Foi-se!", pensou Pavel Ivanitch, olhando com ódio para Mítia. "Viu este patife e foi embora! Está tudo estragado!"

Após mais um pouco de espera, Vihodzev levantou-se, pôs o chapéu e disse:

— Você é um porcalhão, patife e canalha! Sim! Porcalhão! Isto foi vil e... cretino! Entre nós está tudo acabado!

— Muito me alegro! — rosnou Mítia, levantando-se também e pondo o chapéu. — Fique sabendo que o senhor, com a sua presença, acaba de me fazer uma sujeira tal, que não lhe perdoarei até a morte!

Pavel Ivanitch saiu do caramanchão e, atordoado de raiva, dirigiu-se a passos nervosos para a sua *datcha*... Não conseguiu aplacá-lo nem mesmo o aspecto da mesa, servida para o jantar.

"Uma vez na vida aparece uma chance dessas", afligia-se ele, "e atrapalham tudo! Agora ela está ofendida... arrasada!"

Durante o jantar, Pavel Ivanitch e Mítia não tiravam os olhos dos seus pratos, num silêncio taciturno... Ambos se odiavam mutuamente, do fundo da alma.

— Que sorrisinho é este na sua cara? — Pavel Ivanitch agrediu a esposa. — Só as pessoas burras riem sem motivo!

A mulher fitou a cara irada do marido e espirrou uma risada...

— Que carta foi aquela que você recebeu hoje de manhã? — perguntou ela.

— Eu?... Eu não recebi nada... — encafifou Pavel Ivanitch. — Você está inventando... imaginação...

— Pois sim, vá falando! Confesse que recebeu! Pois fui eu mesma quem lhe mandou aquela carta! Palavra de honra! Hahaha!

Pavel Ivanitch enrubesceu e debruçou-se sobre o prato.

— Brincadeiras idiotas — rosnou ele.

— Que é que eu podia fazer? Julgue você mesmo... Hoje nós tínhamos que lavar os assoalhos, e como íamos espremer você para fora da casa? Só com um truque desses... Mas não fique zangado, bobinho... Para você não ficar muito sozinho no caramanchão, eu mandei uma carta igualzinha para o Mítia também! Mítia, você foi ao caramanchão?

Mítia deu um sorriso sardônico e deixou de olhar com ódio para o seu rival.

Aniuta

No quartinho mais barato da casa de cômodos Lisboa, o estudante Stepan Klotchkov, terceiranista médico, andava de um lado para outro, decorando, compenetrado, a sua medicina. A memorização ininterrupta e concentrada deixara-o com a boca seca e com bagas de suor na testa.

Junto da janela, enfeitada nas beiradas pelos desenhos do gelo, sentava-se num tamborete a sua companheira de quarto, Aniuta, morena pálida de meigos olhos cinzentos. De costas curvadas, ela bordava com linha vermelha a gola de uma camisa de homem. O trabalho era urgente... O relógio rouco do corredor já batera as duas da tarde, e o quartinho ainda não estava arrumado. O cobertor amarrotado, os travesseiros jogados, livros, roupas, a grande bacia suja, cheia de água de sabão servida, com tocos de cigarro boiando, lixo no chão — tudo parecia empilhado num só monte, misturado de propósito, amassado...

— O pulmão direito se compõe de três partes... — decorava Klotchkov. — Limites! A parte superior na parede frontal do tórax atinge até quatro, cinco costelas, na superfície lateral, até a quarta costela... atrás vai até a *spina scapulae*...

Tentando imaginar o que acabava de ler, Klotchkov levantou os olhos para o teto. Não conseguindo uma imagem satisfatória, ele começou a apalpar as próprias costelas superiores, através do colete.

— Estas costelas parecem teclas de piano — disse ele. — Para não se atrapalhar na contagem, a gente precisa sem falta acostumar-se com elas. Vai ser preciso estudar sobre um esqueleto ou uma pessoa viva... Venha cá, Aniuta, deixe eu me orientar um pouco!

Aniuta largou o bordado, tirou a blusa e endireitou-se. Klotchkov sentou-se diante dela, franziu a testa e pôs-se a contar-lhe as costelas.

— Hum... a primeira costela não se apalpa... fica atrás da clavícula... Esta aqui será a segunda costela... Isso... E aqui está a terceira... Esta é a quarta... Hum... Isso... Por que você se encolhe?

— O senhor está com os dedos gelados!

— Ora, ora... você não vai morrer, não se mexa. Quer dizer que esta é a terceira costela, e esta é a quarta... Para quem a olha, você é tão magricela, mas ao tato mal dá para apalpar as costelas. Esta é a segunda, esta a terceira... Não, assim a gente se confunde e não fica com uma ideia clara... Vai ser preciso desenhar... Onde está o meu carvão?

Klotchkov pegou o carvão e riscou sobre o peito de Aniuta algumas linhas paralelas correspondentes às costelas.

— Excelente. Tudo na palma da mão... Bem, agora podemos dar umas batidinhas. Fique de pé!

Aniuta levantou-se e ergueu o queixo. Klotchkov começou a percuti-la e ficou tão absorvido nessa ocupação que nem percebeu que o nariz, os lábios e os dedos de Aniuta ficaram roxos de frio, Aniuta tremia e tinha medo de que o estudante, notando o seu tremor, parasse de desenhar e de percutir e depois, quem sabe, prestasse um mau exame.

— Agora está tudo claro — disse Klotchkov, parando de percutir. — Fique sentada como está e não apague o carvão, enquanto eu decoro mais um pouco.

E o estudante recomeçou a andar e a decorar. Aniuta, com o peito cheio de riscos pretos, como tatuagens, encolhida de frio, continuou sentada pensando. Em geral ela falava muito pouco, sempre ficava calada e pensava, pensava...

Durante os seis, sete anos de sua peregrinação pelas casas de cômodos, ela conhecera uns cinco rapazes como Klotchkov. Agora, todos eles já terminaram o curso, arrumaram sua vida e, naturalmente, como pessoas decentes, há muito que se esqueceram dela. Um deles vive em Paris, dois são médicos, o quarto é pintor, e o quinto, dizem, já é até professor catedrático. Klotchkov é o sexto... Logo também ele terminará o curso, arrumará a vida. Sem dúvida, o seu futuro é brilhante. Klotchkov decerto virá a ser um grande homem, mas o presente é bem ruim: Klotchkov não tem mais tabaco, não tem mais chá e do açúcar sobraram apenas quatro torrões. É preciso terminar depressa o bordado, levá-lo à freguesa e, com o quarto de rublo recebido, comprar chá e tabaco.

— Posso entrar? — ouviu-se da porta.

Aniuta atirou depressa um xale de lã sobre os ombros. Entrou o pintor Fetissov.

— Venho fazer-lhe um pedido — começou ele, dirigindo-se a Klotchkov, com um olhar feroz de sob o cabelo caído na testa. — Faça o favor, empreste-me a sua formosa donzela por um par de horas! É que estou pintando um quadro e sem modelo não sai nada!

— Ora, com muito prazer! — concordou Klotchkov. — Ande, vá com ele, Aniuta.

— Que é que eu tenho a ver lá! — disse Aniuta, baixinho.

— Ora, deixe disso! O homem está pedindo pela arte, não é para alguma tolice. Por que não ajudá-lo, se você pode?

Aniuta começou a se vestir.

— O que é que o senhor está pintando? — perguntou Klotchkov.

— Psiquê. O tema é bom, mas não há meio de sair, sempre tenho que pintar com modelos diferentes. Ontem, pintei uma de pernas azuis. Por que, perguntei-lhe, você tem as pernas azuis? São as meias, diz ela, que desbotam. E o senhor, sempre "torrando"! Que homem feliz, tem paciência.

— A medicina é uma coisa assim, não vai sem "torrar".

— Hum... Desculpe-me, Klotchkov, mas o senhor vive dum jeito muito porco! Só o diabo entende uma vida assim!

— Como assim? Não dá para viver de outro jeito... Eu só recebo 12 por mês do velho, e com este capital é duro viver com decência.

— Lá isso é... — disse o pintor, com uma careta de nojo — mas sempre é possível viver um pouco melhor... Um homem culto não pode deixar de ser um esteta. Não é verdade?

— Mas o senhor aqui tem uma imundície! A cama desarrumada, sujeira, lixo... a aveia de ontem grudada no prato... Arre!

— É verdade — disse o estudante, confundido —, mas é que Aniuta não teve tempo de arrumar hoje, esteve ocupada o tempo todo.

Quando o pintor e Aniuta saíram, Klotchkov deitou-se no divã e começou a estudar deitado, depois, sem querer, adormeceu e, acordando uma hora mais tarde, apoiou a cabeça nos punhos fechados e mergulhou em pensamentos sombrios. Lembrou-se das palavras do pintor, de que um homem culto tem que ser um esteta, e o seu ambiente pareceu-lhe agora de fato desagradável e repugnante. Como que com os olhos do espírito, ele previu o seu futuro, quando receberia os seus doentes no consultório, tomaria chá numa sala de jantar ampla, em companhia da esposa, mulher decente — e, agora, esta bacia de água servida com tocos de cigarros boiando parecia-lhe incrivelmente nojenta. Aniuta também lhe parecia feia, desleixada, lamentável... E ele decidiu separar-se dela, imediatamente, sem falta.

Quando ela, de volta do pintor, tirava o casaco, ele se levantou e disse-lhe em tom sério:

— Sabe duma coisa, minha cara... Sente-se e ouça. Nós precisamos nos separar! Numa palavra, eu não desejo mais viver com você.

Aniuta voltara da sessão com o pintor tão fatigada, exausta! Da prolongada pose, de pé, ao natural, o seu rosto ficou abatido, mais magro, o queixo ficou mais pontudo. Em resposta às palavras do estudante, ela não disse nada, só os seus lábios começaram a tremer.

— Convenha que mais cedo ou mais tarde nós teríamos de nos separar de qualquer maneira — disse o estudante. —Você é sossegada, boazinha, e não é boba, você vai compreender...

Aniuta tornou a vestir o casaco, embrulhou o seu bordado num papel sem dizer uma palavra, juntou as agulhas, as linhas; encontrou o pacotinho com os quatro torrões de açúcar no peitoril da janela e o pôs sobre a mesa, ao lado dos livros.

— Isto é do senhor... açúcar... — disse ela baixinho e virou o rosto para esconder as lágrimas.

— Mas por que você está chorando? — perguntou Klotchkov.

Ele deu alguns passos pelo quarto, perturbado, e disse:

—Você é esquisita, mesmo... Pois não sabe muito bem que temos de nos separar? Bem sabe que não vamos ficar juntos a vida inteira.

Ela já apanhara todos os seus embrulhos e se voltara para ele a fim de se despedir, e ele sentiu pena dela.

"E se eu a deixo ficar aqui mais uma semana?", pensou ele. "Com efeito, que fique mais um pouco, e daqui a uma semana eu a mando embora."

E, indignado com a própria falta de caráter, ele gritou-lhe, áspero:

— Bem, que é que está fazendo plantada aí? Se vai sair, vá, e se não quer, então tire o casaco e fique! Fique!

Aniuta tirou o casaco, calada, devagarinho, depois assoou-se, também baixinho, suspirou e dirigiu-se silenciosamente para o seu posto permanente — o tamborete junto à janela.

O estudante alcançou o compêndio e recomeçou a andar de um lado para outro.

— O pulmão direito compõe-se de três partes... — martelava ele. — A parte superior na parede frontal do tórax alcança até quatro, cinco costelas...

E no corredor alguém berrava a plenos pulmões:

— Grrrregório, o samovar!

Sobrenome cavalar

O general-major aposentado Buldêiev amanheceu com dor de dente. Ele bochechou com vodca, conhaque, aplicou compressas de alcatrão, ópio, cânfora, querosene, untou a bochecha com iodo, pôs nos ouvidos algodão embebido em álcool, mas tudo isso ou não adiantava nada ou lhe provocava náuseas. Veio o dentista. Ele cutucou o dente, receitou quinino, mas isso tampouco adiantou. À proposta de arrancar o dente dolorido, o general respondeu com uma negativa. Todas as pessoas da casa — a esposa, os filhos, os criados, até mesmo o aprendiz de cozinheiro Petka — ofereciam cada uma o seu remédio. Entre outros, veio também Ivan Ievsêitch, intendente do general, e aconselhou que se tratasse com esconjuro.

— Aqui, no nosso distrito, Vossa Excelência — disse ele —, faz uns dez anos, servia um funcionário, Iákov Vassílitch. Esconjurava os dentes, coisa de primeira classe. Acontecia às vezes, ele se virava para a janela, dava umas cochichadas, umas cuspidas e pronto, era como se tirasse a dor com a mão! É uma força assim que lhe foi dada...

— E onde está ele agora?

— Depois que foi demitido do serviço público, ele mora em Saratov, com a sogra. Agora ele só vive de dentes mesmo. Quando alguém fica com dor de dente, logo vai à casa dele, e ele resolve... A gente de lá, de Saratov, ele trata lá mesmo, mas quando é de alguma outra cidade, então o chamam pelo telégrafo. Mande-lhe, Vossa Excelência, um despacho dizendo que as coisas estão do jeito que estão: o servo de Deus, Alexei, está com dor de dente, favor prestar o serviço. Quanto ao dinheiro do tratamento, manda-se pelo correio.

— Bobagem! Charlatanice!

— Mas tente, Vossa Excelência. O homem é forte amigo da vodca, não vive com a mulher dele, e sim com uma alemã, pragueja, mas, pode-se dizer, é um senhor milagreiro!

— Mande o despacho, Aliocha! — implorou a generala. — Você não acredita em esconjuro, mas eu já experimentei na própria pele. Mesmo se você não acredita, por que não mandar? Não lhe vão cair as mãos por causa disso.

— Bem, vá lá — concordou Buldêiev. — Numa hora destas, a gente manda despacho ao próprio diabo, quanto mais ao tal funcionário... Ui! Não aguento mais! Vamos, onde mora o seu milagreiro? Como vou escrever-lhe?

O general sentou-se à mesa e pegou a caneta.

— Lá em Saratov não há cachorro que não o conheça — disse o intendente. — Faça o favor de escrever, Excelência, para a cidade de Saratov, naturalmente... À Sua Senhoria, o senhor Iákov Vassílitch... Vassílitch...

— Então?

— Vassílitch... Iákov Vassílitch... mas o sobrenome... Mas eu esqueci o sobrenome dele!... Vassílitch... Diabo... Mas como era mesmo o sobrenome? Ainda agora, quando vinha para cá, eu lembrava... Com licença...

Ivan Ievsêitch revirou os olhos para o teto e pôs-se a mover os lábios. Buldêiev e a generala esperavam com impaciência.

— Então, como é? Pense depressa!

— Vai já... Vassílitch... Iákov Vassílitch... Esqueci! E é um sobrenome tão simples... Uma coisa assim, como se fosse cavalar... Cavalinsky? Não, não é Cavalinsky. Espere... Potrinsky, talvez? Não, também não é Potrinsky. Lembro bem que o sobrenome era cavalar, mas qual, escapou da cabeça!

— Potrankoff?

— Não, senhor... Espere... Eguinsky... Equinovsky... Equininov...

— Este já não é cavalar, é farmacêutico. Será Corcelinsky?

— Não, também não é Corcelinsky... Cavalgadurov... Cavaloff... Moruarinsky... Não, nada disso!

— Mas então, como é que eu vou escrever-lhe? Pense melhor!

— Vai já... Ginetovsky... Ginetinsky... Trotintzev...

— Trotovsky? — perguntou a generala.

— Não, senhora. Atrelinsky... não, não é! Esqueci!

— E para que veio se intrometer com os seus conselhos se esqueceu, que o diabo o carregue! — enfureceu-se o general. — Ponha-se daqui para fora!

Ivan Ievsêitch saiu lentamente, e o general apertou a bochecha com a mão e pôs-se a andar pelos aposentos.

— Ui, meu pai do céu! — uivava ele. — Ai, minha mãe do céu! Ohhh, não enxergo a luz do dia!

O intendente saiu para o jardim e, de olhos erguidos para o céu, pôs-se a tentar lembrar o sobrenome do exorcista:
— Alazovsky... Alazenko... Cavalenko... Não, não é isso! Cavalevitch... Alazevitch... Montarenko... Equinovitch...
Pouco depois, ele foi chamado para dentro da casa.
— Lembrou-se? — perguntou o general.
— Não, senhor, Vossa Excelência.
— Quem sabe é Poneisky? Murselinov? Garanhinksy? Não?
E na casa inteira, todos, em emulação, puseram-se a inventar sobrenomes. Repassaram todas as idades, sexos e raças de cavalo, lembraram a crina, os cascos, os arreios... Na casa, no jardim, nos quartos dos criados e na cozinha, as pessoas andavam dum canto para outro e, coçando a testa, procuravam o sobrenome...
O intendente era requisitado para dentro da casa a toda hora.
— Manadinsky? — perguntaram-lhe. — Ferradurov? Atrelenko?
— Não, senhor — respondia Ivan Ievsêitch e, revirando os olhos para o céu, continuava a pensar em voz alta: — Percheronsky... Galopenko... Arreiopevsky... Baiovsky...
— Papai! — gritavam do quarto das crianças. — Troikin! Postalovsky!
Toda a quinta ficou em polvorosa. O general, impaciente, atormentado, prometeu dar cinco rublos àquele que lembrasse o sobrenome certo, e atrás de Ivan Ievsêitch começou a andar toda uma multidão...
— Estribinov! — diziam-lhe. — Selinovsky! Rocinenko!
Mas chegou a noite, e o sobrenome ainda não tinha sido encontrado. E foram dormir, sem ter mandado o telegrama.
O general passou toda a noite em claro, andando de um canto para outro e gemendo... Pelas três da madrugada, ele saiu de casa e foi bater na janela do intendente.
— Não será Capadinov? — perguntou ele com voz lacrimosa.
— Não, não é Capadinov, Vossa Excelência — respondeu Ivan Ievsêitch, com um suspiro culpado.
— Mas, então, quem sabe o sobrenome nem é cavalar, mas um outro qualquer?!
— Palavra de honra, Vossa Excelência, que é cavalar... disto eu me lembro até muito exatamente.
— Mas como você é desmemoriado, homem... Para mim este sobrenome agora é mais caro do que tudo no mundo, parece... Estou exausto!

De manhã, o general mandou chamar novamente o dentista.

Chegou o dentista e arrancou o dente. A dor cedeu logo e o general adormeceu. Tendo prestado o seu serviço e cobrado pelo trabalho, como é devido, o dentista tomou a sua charrete e foi-se para casa. Atrás do portão, ele cruzou com Ivan Ievsêitch... O intendente estava parado à beira da estrada e, olhando fixamente para a ponta dos próprios pés, pensava com ar compenetrado. A julgar pelas rugas que lhe sulcavam a fronte e pela expressão dos olhos, seus pensamentos eram tensos, torturantes...

— Selinovsky... Estribinov... — balbuciava ele. — Chicotinsky...

— Ivan Ievsêitch! — dirigiu-se a ele o dentista. — Será que eu não poderia comprar do senhor umas cinco medidas de aveia? Os camponeses me vendem aveia, mas é muito inferior...

Ivan Ievsêitch fitou um olhar atarantado no dentista, sorriu um estranho sorriso aloucado e, sem responder uma só palavra, bateu as mãos e saiu a correr para a quinta com uma velocidade tal, como se estivesse sendo perseguido por um cão hidrófobo.

— Lembrei, Vossa Excelência! — gritou ele, jubiloso, com voz estentórea, irrompendo pelo gabinete do general adentro: — Lembrei, que Deus dê longa vida ao doutor dentista! Aveiánsky! Aveiánsky é o sobrenome do homem! Aveiánsky, Vossa Excelência! Mande o despacho para Aveiánsky!

— Tome! — disse o general com desprezo, e encostou-lhe no nariz duas figas.[9] — Não preciso do seu sobrenome cavalar! Tome!

---

[9] Mostrar uma figa é um gesto insultuoso. (N.T.)

Inimigos

Ao redor das dez horas de uma escura tarde de setembro, morreu o filho único de Kirilov, o médico do Zemstvo,[10] André de seis anos de idade. Quando a esposa do doutor caiu de joelhos ao lado da caminha da criança morta e foi tomada pela primeira crise de desespero, ouviu-se, no vestíbulo, o toque insistente da campainha.

Por causa da difteria, todos os criados tinham sido mandados para fora da casa, ainda de manhã. Kirilov, como estava, sem paletó, de colete desabotoado, sem enxugar o rosto molhado e as mãos queimadas de ácido carbólico, foi ele mesmo abrir a porta. O vestíbulo estava escuro, e do homem que entrou podia-se distinguir apenas o porte mediano, o cachecol branco e o rosto grande extremamente pálido, tão pálido que parecia que, com o seu aparecimento, o vestíbulo ficara mais claro...

— O doutor está em casa? — perguntou ele, apressado.

— Estou em casa — respondeu Kirilov. — O que deseja?

— Ah, é o senhor? Muito prazer! — alegrou-se o homem e pôs-se a procurar no escuro a mão do médico, encontrou-a e apertou-a com força entre as suas. — Muito... muito prazer! Nós já nos conhecemos!... Eu sou Abóguin... tive a satisfação de vê-lo no verão, em casa de Gnutchev. Estou tão contente por tê-lo encontrado... Pelo amor de Deus, não recuse vir comigo imediatamente... Minha mulher adoeceu, é grave... Eu trouxe a carruagem...

Pela voz e os movimentos do homem, percebia-se que ele se encontrava num estado de grande excitação. Como que assustado por um incêndio ou um cão raivoso, ele mal continha a respiração ofegante e falava depressa, com voz trêmula, e uma sinceridade verdadeira, um medo infantil, soavam em sua fala. Como todas as pessoas assustadas e atarantadas, ele falava em frases curtas, aos arrancos, e proferia muitas palavras supérfluas, que nada tinham com o caso.

— Eu receava não encontrá-lo — continuava ele. — Pelo caminho até aqui, cansei-me de sofrer... vista-se e vamos, pelo amor de Deus... A coisa aconteceu assim. Chegou lá em casa o Paptchinski, Alexei

---

[10] Governo rural autônomo na Rússia pré-revolucionária. (N.T.)

Semiônovitch, que o senhor conhece... Conversamos um pouco... depois, sentamo-nos para tomar chá; de repente, minha mulher dá um grito, aperta o coração com a mão e cai no encosto da cadeira. Carregamo-la para a cama, e... eu já lhe esfreguei as fontes com amoníaco, aspergi-a com água... ela não se mexe, está como morta... Tenho medo de que seja um aneurisma... Vamos... O pai dela também morreu de aneurisma...

Kirilov ouvia e se calava, como se não entendesse a língua russa.

Quando Abóguin lembrou outra vez o nome de Paptchinski e o pai de sua mulher, e pôs-se de novo a procurar no escuro, o doutor sacudiu a cabeça e disse, esticando apaticamente cada palavra:

— Desculpe, mas eu não posso ir... Faz uns cinco minutos que... morreu meu filho...

— Não me diga! — balbuciou Abóguin, recuando um passo. — Deus meu, em que má hora eu fui aparecer! Que dia incrivelmente infeliz... incrível! Que coincidência... como que de propósito!

Abóguin pôs a mão na maçaneta da porta e abaixou a cabeça, pensativo. Ao que parecia, ele hesitava e não sabia o que fazer: ir embora ou continuar a chamar o doutor.

— Escute — disse ele com ardor, segurando Kirilov pela manga —, eu compreendo perfeitamente a sua situação! Sabe Deus que estou com vergonha de procurar prender sua atenção num momento como este, mas que posso eu fazer? Diga o senhor mesmo, quem é que eu vou procurar? Pois se, além do senhor, não existe médico nenhum por aqui. Venha comigo, pelo amor de Deus! Não peço por mim, não sou eu que estou doente!

Fez-se um silêncio. Kirilov deu as costas a Abóguin, ficou um instante parado e saiu lentamente do vestíbulo para a sala. A julgar pelo seu andar incerto e mecânico, pela atenção com que, na sala, ele arrumou o abajur na lâmpada apagada e olhou dentro de um livro grosso que estava sobre a mesa, naqueles momentos ele não tinha intenções nem desejos, não pensava em nada e, decerto, nem mesmo se lembrava mais que no vestíbulo de sua casa estava um homem estranho. A penumbra e o silêncio da sala reforçaram, ao que parece, o seu estado de estupefação. Passando da sala para o seu gabinete, ele erguia o pé direito mais do que o necessário, tateava com as mãos pelas molduras das portas e, neste ínterim, em toda a sua figura havia uma espécie de perplexidade, como se ele tivesse entrado em casa alheia ou estivesse embriagado pela primeira vez na vida e se entregasse agora a essa nova sensação. Numa das paredes do gabinete, por sobre estantes de livros, estendia-se uma larga faixa de luz; junto com o cheiro ativo, denso, de ácido carbólico e éter, esta luz passava pela porta entreaberta, que ligava o gabinete ao quarto de dormir... O doutor deixou-se cair na poltrona diante da mesa; ficou um minuto olhando com ar sonolento para os seus livros iluminados, depois se levantou e foi para o dormitório.

Ali, no dormitório, reinava um silêncio de morte. Tudo, até a última minúcia, falava com eloquência da tempestade recente, da fadiga, e tudo repousava. Uma vela, em cima dum tamborete, entre a multidão de potes, caixinhas e frascos, e uma grande lâmpada sobre a cômoda iluminavam fortemente todo o aposento. Na cama, bem junto da janela, jazia um menino de olhos abertos e expressão de espanto no rosto. Ele não se mexia, mas os seus olhos abertos pareciam escurecer cada momento mais e sumir mais no fundo do crânio. Com as mãos sobre seu corpo e o rosto escondido nas dobras do leito, a mãe permanecia de joelhos, ao lado da cama. Como o marido, ela não se movia, mas quanto movimento de vida se percebia no arqueado do seu corpo e nas mãos! Ela aderia ao leito com todo o seu ser, com força e avidez, como se temesse perturbar a posição pacífica e confortável que finalmente encontrara para o seu corpo fatigado. Cobertores, panos, bacias, poças no chão, colheres e pincéis espalhados por toda parte, um garrafão branco com água de cal, o próprio ar, opressivo e denso — tudo estava parado e parecia mergulhado em repouso.

O doutor parou ao lado da mulher, meteu as mãos nos bolsos das calças e, a cabeça inclinada para um lado, pousou o olhar sobre o filho. Seu rosto exprimia indiferença, apenas pelas gotas de orvalho que brilhavam em sua barba percebia-se que ele havia chorado.

Aquele horror repelente em que se pensa quando se fala de morte estava ausente do quarto. No estupor geral, na posição da mãe, na indiferença do rosto do doutor havia qualquer coisa de atraente, que tocava o coração; era justamente aquela beleza delicada, quase imperceptível da dor humana, que tão cedo ninguém conseguirá compreender e descrever, e que apenas a música parece poder transmitir. Esta beleza sentia-se também no silêncio taciturno; Kirilov e sua mulher não falavam, não choravam, como se, além do peso da sua perda, tivessem consciência também de todo o lirismo da sua situação: assim como, há tempos, passara a sua mocidade, assim agora, junto com este menino, passava para sempre, para a eternidade, também o seu direito de ter filhos! O doutor tem 45 anos, já está grisalho e parece um velho; sua mulher, apagada e doente, tem 35 anos. André não era apenas o único, mas também o último.

Ao contrário da mulher, o médico pertencia àquelas naturezas que, diante do sofrimento moral, têm necessidade de movimento. Depois de ficar ao lado da mulher uns cinco minutos, ele, levantando muito a perna direita, passou do dormitório para um quarto pequeno, meio ocupado por um grande divã largo; dali passou para a cozinha. Errando um pouco pela cozinha e junto da cama da cozinheira, ele abaixou-se e, atravessando uma portinhola baixa, saiu para o vestíbulo.

Ali, ele tornou a ver o cachecol branco e o rosto pálido.

— Finalmente! — suspirou Abóguin, pegando na maçaneta da porta. — Vamos, por favor!

O doutor estremeceu, olhou para ele e lembrou-se...

— Escute, mas eu já lhe disse que não posso ir! — disse ele, vivamente. — Que coisa estranha!

— Doutor, eu não sou de pedra, compreendo a sua situação... Lamento-o! — disse Abóguin em tom de súplica, pondo a mão sobre o cachecol. — Mas não é por mim que lhe peço... Minha mulher está morrendo! Se o senhor ouvisse aquele grito, se tivesse visto o seu rosto, compreenderia a minha insistência! Meu Deus, e eu que pensei que o senhor já tinha ido se vestir! Doutor, o tempo é precioso! Vamos, suplico-lhe!

— Não posso ir! — disse Kirilov pausadamente, e entrou na sala.

Abóguin seguiu-o e agarrou-o pela manga.

— O senhor sofre, eu sei, mas eu não o convido para tratar de dentes nem para uma perícia, e sim para salvar uma vida humana! — continuava ele, implorando como um mendigo. — Esta vida está acima de qualquer sofrimento pessoal! Olhe, eu lhe peço coragem, peço-lhe um feito! Em nome do amor ao próximo!

— O amor ao próximo é um pau de dois bicos — disse Kirilov, irritado. — Em nome do mesmo amor ao próximo, eu lhe peço que não me leve embora. Que coisa esquisita, palavra de honra! Eu mal me tenho de pé, e o senhor quer me assustar com o amor ao próximo! Neste momento, eu não sirvo para nada... não irei de maneira alguma, e depois, com quem vou deixar minha mulher? Não, não...

Kirilov pôs-se a agitar as mãos, recuando.

— E... e nem me peça! — continuou ele, perturbado. — Desculpe-me... Pelo décimo terceiro volume da lei eu sou obrigado a segui-lo, o senhor tem o direito de me arrastar pelos colarinhos... Pois não, pode me arrastar, mas... eu não sirvo... Não sou capaz nem de falar... desculpe...

— O senhor não devia falar assim comigo, doutor — disse Abóguin, segurando-o novamente pela manga. — Que me importa o décimo terceiro volume? Não tenho nenhum direito de forçar a sua vontade. Se quiser, venha, se não quiser, paciência, mas eu não me dirijo à sua vontade e sim aos seus sentimentos. Uma mulher jovem está morrendo! Agora mesmo, acaba de me dizer, morreu seu filho; quem melhor do que o senhor pode compreender a minha angústia?

A voz de Abóguin tremia de emoção; e este tremor e o seu tom eram muito mais convincentes do que as palavras. Abóguin era sincero, mas, coisa singular, quaisquer que fossem as frases que proferia, todas lhe saíam rígidas, sem alma, inoportunamente floreadas, e como que até insultavam tanto a atmosfera da casa do médico como até a mulher moribunda. Ele próprio sentia isso, e por isso mesmo, receando não ser compreendido, procurava com todas as forças imprimir à sua voz suavidade e meiguice, para convencer, se não pelas palavras, pelo menos pela sinceridade do tom. De um modo geral, a frase, por bela e profunda que seja, impressiona só os indiferentes, mas nem sempre pode satisfazer aqueles que são felizes ou desgraçados; é por isso que a mais alta expressão da felicidade ou da infelicidade é quase sempre o silêncio; os enamorados se entendem melhor quando se calam, e o discurso ardente, apaixonado, proferido sobre uma sepultura comove somente os estranhos, porém, à viúva e aos filhos do falecido ele parece frio e mesquinho.

Kirilov permanecia calado. Quando Abóguin disse mais algumas frases sobre a sublime vocação do médico, sobre o sacrifício pessoal etc., o médico perguntou, taciturno:

— É longa a viagem?

— Umas 13, 14 verstas. Os meus cavalos são excelentes, doutor! Dou-lhe minha palavra de honra de que o levarei e trarei de volta em uma hora. Apenas uma hora!

As últimas palavras tiveram sobre o doutor um efeito mais forte que as referências ao amor ao próximo e à vocação do médico. Ele pensou um pouco e disse com um suspiro:

— Está bem, vamos!

Ligeiro, já com o andar seguro, ele entrou no seu gabinete e logo voltou, envergando a sobrecasaca longa. Sapateando ao lado dele em passinhos miúdos, Abóguin ajudou-o a vestir o sobretudo e juntos saíram da casa.

Fora, estava escuro, porém menos que no vestíbulo. Na penumbra, já se desenhava nitidamente a figura encurvada do médico, de barbicha comprida e estreita e nariz aquilino. De Abóguin, além do rosto pálido, agora se via a cabeça grande e o gorrinho de estudante que mal lhe cobria o crânio. O cachecol branquejava só na frente, atrás ele estava escondido pelos longos cabelos.

— Creia, eu saberei apreciar a sua generosidade — balbuciava Abóguin, ajudando o doutor a subir para o carro. — Chegaremos depressa. Tu aí, Lucas, meu caro, toca o mais que puderes! Por favor!

O cocheiro guiava depressa. A princípio, passaram por uma série de construções insignificantes ao longo do pátio do hospital; tudo estava escuro, só no fundo do pátio, de uma janela, através da paliçada, coava-se uma luz brilhante, e três janelas do andar superior do prédio hospitalar pareciam mais pálidas do que o ar. Em seguida, o carro penetrou em trevas espessas; aqui cheirava a umidade e cogumelos, e ouvia-se o sussurro das árvores. As gralhas, sobressaltadas pelo ruído das rodas, mexeram-se entre as folhagens e ergueram uma gritaria inquieta e lamurienta, como se soubessem que o filho do doutor morrera e que a mulher de Abóguin estava doente. Mas eis que surgiram árvores isoladas, arbustos; uma lagoa brilhou taciturna, com longas sombras negras deitadas na sua superfície, e o carro rodou por uma campina lisa. A gritaria das gralhas já se ouvia abafada longe, lá atrás, e logo silenciou de todo.

Durante quase todo o caminho, Kirilov e Abóguin ficaram calados. Só uma vez, Abóguin soltou um suspiro profundo e murmurou:

— Que sensação torturante! Nunca se ama tanto entes queridos como quando se está em risco de perdê-los.

E quando o carro passou mansamente pelo rio, Kirilov teve um sobressalto repentino, como se o barulho da água o tivesse assustado, e moveu-se.

— Escute, deixe-me ir embora — disse ele, doloridamente. — Eu virei mais tarde. Eu só queria mandar o enfermeiro para ficar com minha mulher. Pois ela ficou sozinha!

Abóguin se calava. O carro, oscilando e batendo nas pedras, passou a ribanceira arenosa e rodou adiante. Kirilov começou a se agitar, angustiado, e a olhar em volta. Atrás, na luz escassa das estrelas, via-se o caminho e os salgueiros da ribanceira sumindo na escuridão. À direita, estendia-se a planície, tão lisa e infinita como o próprio céu; nela, ao longe, aqui e ali, decerto nas turfeiras, dançavam foguinhos pálidos. À esquerda, paralelo à estrada, estendia-se um morro, crespo de arbustos miúdos, e por sobre o morro pairava imóvel um crescente grande, rubro, levemente encoberto pela neblina e cercado de nuvenzinhas miúdas, que pareciam examiná-lo por todos os lados e guardá-lo para que não fosse embora.

Em toda a natureza, havia qualquer coisa de mórbido, sem esperança; como uma mulher caída, que está sozinha no quarto escuro, procurando não pensar no passado, a terra sentia as recordações da primavera e do verão, e aguardava, apática, o inverno inevitável. Para onde quer que se olhasse, por toda parte a natureza se apresentava como um fosso sem fundo, escuro e gelado, de onde não conseguiriam escapar nem Kirilov, nem Abóguin, nem o crescente rubro...

Quanto mais o carro se aproximava do seu destino, mais impaciente ficava Abóguin. Ele se agitava, ficava de pé, espiava o caminho por sobre o ombro do cocheiro. E quando, por fim, o carro parou diante de um terraço de entrada, elegantemente drapeado com lona de listras, e quando ele olhou para as janelas iluminadas do segundo andar, podia-se ouvir o tremor de sua respiração.

— Se alguma coisa acontecer, eu... não poderei sobreviver — disse ele, entrando no vestíbulo com o doutor e esfregando as mãos, agitado. — Mas não se ouve ruído de comoção, isso quer dizer que por enquanto vai tudo bem — acrescentou ele, escutando o silêncio.

No vestíbulo, não se ouviam nem vozes nem passos, e toda a casa parecia adormecida, apesar da iluminação profusa. Já agora, o doutor e Abóguin, que estiveram no escuro até este momento, podiam enxergar-se mutuamente. O doutor era alto, encurvado, trajava-se com desalinho e seu rosto era feio. Havia qualquer coisa desagradável, áspera, severa e taciturna nos seus lábios grossos como os de um negro, nariz aquilino e olhar apático e indiferente. Sua cabeça desgrenhada, as fontes fundas, as cãs prematuras na barba estreita e longa, através da qual se via o queixo, o tom cinza pálido de sua tez e as maneiras negligentes e angulosas — tudo isso, pela sua dureza, sugeria toda uma vida de privações e pobreza, fazia pensar em cansaço da vida e dos homens. Olhando para este vulto seco, era difícil acreditar que este homem pudesse ter uma esposa, que fosse capaz de chorar por um filho. Já Abóguin aparentava algo bem diverso. Era um homem forte, louro, sólido, de cabeça grande e feições graúdas mas suaves, elegantemente trajado segundo os últimos ditames da moda. No seu porte, no paletó abotoado, na juba e no rosto, sentia-se algo de nobre, de leonino; ele andava de cabeça erguida e peito proeminente, falava com um barítono agradável, e na maneira com que tirava o seu cachecol ou arranjava os cabelos, transparecia uma graça requintada, quase feminina. Nem mesmo a palidez e o medo infantil, com que ele, tirando o sobretudo, lançava olhares escada acima, perturbavam o seu porte nem diminuíam o ar de satisfação, saúde e segurança que emanava de toda a sua figura.

— Não está ninguém e nada se ouve — disse ele, subindo a escada. — Não há barulho. Deus permita!

Ele levou o doutor através do vestíbulo para um grande salão, onde se percebia o vulto escuro de um piano e pendia um lustre envolto numa capa branca; dali, ambos passaram para uma sala de visitas pequena, muito aconchegante e bonita, mergulhada em penumbra rósea.

— Bem, sente-se aqui, doutor — disse Abóguin — enquanto eu... vou num instante. Vou olhar e avisar.

Kirilov ficou só. O luxo da sala, a penumbra agradável e a sua própria presença nesta casa estranha e desconhecida, com o seu caráter de aventura, não lhe produziam, ao que parecia, nenhuma impressão. Sentado na poltrona, ele examinava as suas mãos queimadas de ácido carbólico. Apenas de relance, viu o abajur vermelho-vivo, a caixa do violoncelo, e, lançando um olhar de soslaio para o lado de onde vinha o tique-taque do relógio, percebeu um lobo empalhado, tão sólido e satisfeito como o próprio Abóguin.

Tudo estava em silêncio... Longe, em algum dos outros aposentos, alguém emitiu alto uma exclamação, "ah!", uma porta de vidro tiniu, decerto um armário, e de novo tudo se aquietou. Depois de uns cinco minutos de espera, Kirilov tirou os olhos das mãos queimadas e fitou a porta por onde sumira Abóguin.

Na soleira dessa porta, estava Abóguin, mas não aquele que saíra. O ar de plenitude e requintada elegância desaparecera, e seu rosto, suas mãos, sua atitude estavam deformados por uma expressão repulsiva, de uma espécie de horror ou de uma dor física insuportável. Seu nariz, lábios, bigodes, todas as feições se moviam e pareciam querer soltar-se do rosto, enquanto os olhos pareciam estar rindo de dor...

Abóguin deu um passo pesado e largo para o meio da sala, dobrou-se, gemeu e sacudiu os punhos.

— Ela me enganou! — gritou ele, carregando na sílaba "ou". — Enganou! Fugiu! Adoeceu e me mandou buscar o médico, somente para poder escapar com aquele palhaço, Paptchinski! Deus meu!

Abóguin plantou-se, pesado, diante do doutor, estendeu para o seu rosto os punhos macios e brancos, e, sacudindo-os, continuou a se lamentar:

— Foi-se embora!! Enganou-me! E para que esta mentira?! Meu Deus, meu Deus! Para que este truque imundo, esta trapaça, este jogo diabólico, de víbora? Que foi que eu lhe fiz? Ela se foi!

As lágrimas espirraram-lhe dos olhos. Ele voltou-se sobre o calcanhar e começou a andar pela sala. Agora, no seu paletó curto, nas calças estreitas da moda, nas quais as pernas pareciam muito finas para o corpo, com a sua grande cabeça e a juba, ele se assemelhava extraordinariamente a um leão. No rosto impassível do médico, surgiu uma expressão de curiosidade. Ele se levantou e fitou Abóguin.

— Perdão, onde está a doente? — perguntou ele.

— Doente! Doente! — urrou Abóguin, rindo, chorando e sempre sacudindo os punhos. — Ela não é doente, e sim maldita! Que baixeza! Que infâmia! Nem o próprio Satanás seria capaz de inventar nada mais ignóbil! Mandou-me embora para fugir, fugir com um palhaço, um *clown* estúpido, um casanova! Oh, meu Deus, antes ela tivesse morrido! Eu não suporto isso! Não suporto!

O doutor endireitou-se. Seus olhos piscaram, encheram-se de lágrimas, a barba estreita começou a mover-se dum lado para outro, junto com o maxilar.

— Perdão, mas como é isso? — perguntou ele, olhando em volta, curiosamente. — O meu filho morreu, minha mulher está em desespero, sozinha na casa inteira... eu mesmo mal me tenho em pé, estou sem dormir há três noites... o que acontece? Obrigam-me a representar numa comédia vulgar, fazer o papel de objeto de palco! Eu... eu não compreendo!

Abóguin abriu um punho, atirou no chão um bilhete amarrotado e pisou-o como se fosse um inseto que ele quisesse esmagar.

— E eu não enxergava! Não compreendia! — dizia ele por entre dentes cerrados, sacudindo um dos punhos junto ao próprio rosto, e com uma expressão tal, como se lhe tivessem pisado num calo. — Eu não notava que ele vinha todos os dias, não reparei que hoje ele veio de carruagem! Por que de carruagem? E eu não percebi! Pobre inocente!

— Eu... eu não entendo! — murmurava o médico. — Mas que diabo é isso? Mas isto é um escárnio, é zombar do sofrimento humano! É uma coisa impossível... nunca vi uma coisa dessas na vida!

Com o espanto surdo de um homem que apenas começa a compreender que foi gravemente ofendido, o doutor encolheu os ombros, abriu os braços e, sem saber o que dizer, o que fazer, deixou-se cair na poltrona, exausto.

— Está bem, não me amas mais, gostas de outro; está certo, mas para que enganar, para que este truque canalha, traiçoeiro? — dizia Abóguin em tom choroso. — Para quê? Que foi que eu te fiz? Escute, doutor — disse ele, com voz apaixonada, parando diante de Kirilov. — O senhor foi testemunha involuntária da minha desgraça, e eu não vou ocultar-lhe a verdade. Eu lhe juro que eu amava esta mulher, amava-a religiosamente, como um escravo! Por ela, eu sacrifiquei tudo, rompi com os parentes, deixei o emprego e a música, perdoava-lhe coisas que não perdoaria à própria mãe ou irmã... Nem uma vez eu tive para ela um olhar zangado... nunca lhe dei o menor motivo! Por que então esta mentira? Eu não exijo amor, mas para que este logro ignóbil? Se não amas, dize-o na cara, honestamente, tanto mais que conheces meus pontos de vista a este respeito...

Com lágrimas nos olhos, o corpo inteiro a tremer, Abóguin abria sinceramente sua alma diante do doutor. Falava com ardor, apertando o coração com as duas mãos, desvendava seus segredos familiares sem a menor hesitação e parecia até satisfeito porque esses segredos, finalmente, escapavam do seu peito. Se falasse assim uma hora ou dias, se derramasse tudo o que tinha no coração, com toda a certeza ele se sentiria melhor. Quem sabe, se o doutor o escutasse, se lhe manifestasse simpatia amistosa, pode ser que ele, como sói acontecer, se transformasse com a sua desgraça sem protesto, sem fazer tolices supérfluas... Mas não foi assim que aconteceu. Enquanto Abóguin falava, o médico ofendido mudava visivelmente. No seu rosto, a indiferença e o espanto cederam lugar, pouco a pouco, à expressão de insulto amargo, indignação e ira. Suas feições ficaram ainda mais ásperas, agressivas e desagradáveis.

Quando Abóguin lhe pôs diante dos olhos o retrato de uma mulher jovem, de rosto bonito mas seco e inexpressivo, como o de uma freira, e perguntou se era possível, vendo esse rosto, admitir que ele é capaz de exprimir desonestidade, o doutor de súbito pôs-se de pé num salto, com os olhos faiscantes, e disse, articulando grosseiramente cada palavra:

— Para que o senhor me diz tudo isso? Não desejo ouvi-lo! Não quero! — gritou ele e deu um murro na mesa. — Não preciso dos seus segredos vulgares, que o diabo os carregue! O senhor não tem o direito de me dizer essas vulgaridades! Ou pensa que ainda não fui bastante insultado? Que sou um lacaio, a quem se pode insultar até o fim? É isso?

Abóguin recuou e fixou em Kirilov um olhar atarantado.

— Por que o senhor me trouxe aqui? — continuava o doutor, sacudindo a barba. — Se o senhor se casa por falta de assunto, se delira por falta do que fazer e representa melodramas, que é que eu tenho com isso? Que é que eu tenho em comum com os seus romances? Deixe-me em paz! Continue com a sua nobre espoliação, ostente ideias humanitárias, toque (o doutor lançou um olhar de esguelha para o estojo do violoncelo), toque contrabaixos e trombones, engorde como um capão, mas não se atreva a escarnecer de um homem! Se não sabe respeitá-lo, ao menos livre-o da sua atenção!

— Com licença, o que significa tudo isso? — perguntou Abóguin, enrubescendo.

— Significa simplesmente que é baixo e vil brincar desta maneira com as pessoas! Eu sou médico, e os senhores consideram os médicos e, em geral, os trabalhadores que não cheiram a perfume e prostituição, como sendo seus lacaios e gente de *mauvais ton*, pois bem, pensem o que quiserem, mas ninguém lhes deu o direito de transformar um homem que está sofrendo num objeto de palco!

— Como se atreve a dizer-me isso? — perguntou Abóguin em voz baixa, e seu rosto começou a tremer de novo, mas desta vez já era claramente de ira.

— Não, como é que o senhor, sabendo que eu estou sofrendo, se atreve a trazer-me aqui para ouvir as suas vulgaridades? — gritou o doutor e deu outro murro na mesa. — Quem lhe deu o direito de zombar da desgraça alheia?

— O senhor enlouqueceu! — gritou Abóguin. — Que falta de generosidade! Eu mesmo estou profundamente infeliz e... e...

— Infeliz — riu o médico com desprezo. — Não toque nesta palavra, ela não lhe diz respeito. Vagabundos que não conseguem arranjar dinheiro contra letras de câmbio também se dizem infelizes. O capão, sufocado pelo excesso de banha, também é infeliz. Gentinha!

— O senhor está se excedendo, cavalheiro! — guinchou Abóguin. — Por palavras como essas... dá-se pancada! Está entendendo?

Abóguin meteu a mão apressada no bolso lateral, arrancou a carteira e, tirando duas notas, atirou-as sobre a mesa.

— Aqui tem pela sua visita! — disse ele, de narinas arfando. — Está pago!

— Não se atreva a oferecer-me dinheiro! — gritou o doutor, e varreu as notas da mesa para o chão. — Não se paga insultos com dinheiro!

Abóguin e o médico estavam frente a frente e continuavam, na sua ira, a lançar-se mutuamente insultos imerecidos. Parecia que nunca na vida, nem mesmo em delírio, eles disseram tanta coisa injusta, cruel e absurda. Em ambos manifestava-se, violento, o egoísmo dos infelizes. Os infelizes são egoístas, maus, injustos, cruéis e, mais do que os tolos, incapazes de compreender uns aos outros. A desgraça não une, mas separa os homens, e mesmo lá, onde aparentemente a gente deveria estar ligado pelo sofrimento comum, praticam-se muito mais injustiças e crueldades do que num meio relativamente satisfeito.

— Tenha a bondade de mandar-me levar para casa! — gritou o médico, ofegante.

Abóguin tocou a sineta, com violência. Quando ninguém respondeu ao seu chamado, ele tornou a tocar e atirou a sineta ao chão, raivoso; esta bateu surdamente no tapete e soltou um som lamentoso, como um gemido de moribundo. Apareceu um lacaio.

— Onde é que andaste escondido, que o diabo te carregue? — atirou-se o patrão sobre ele, de punhos fechados. — Onde é que estavas agora? Anda, vai dizer que tragam a charrete para este cavalheiro, e para mim manda atrelar a carruagem! Espera! — gritou ele quando o lacaio se voltou para sair. — Amanhã não quero nem um único traidor na minha casa! Rua, todos! Vou contratar todos novos! Canalha!

À espera dos carros, Abóguin e o doutor ficaram calados. O primeiro já recuperara a expressão satisfeita e a graça requintada. Ele andava pela sala, sacudia a cabeça com elegância e, evidentemente, planejava alguma coisa. Sua ira não esfriara, mas ele procurava fingir que não notava a presença do seu inimigo... O doutor, porém, estava de pé, apoiando-se com uma das mãos na beira da mesa, e fitava Abóguin com aquele desprezo profundo, um tanto cínico e feio, com que só sabem olhar a desgraça e a pobreza quando veem diante de si a plenitude e a elegância.

Quando, pouco depois, o doutor subiu para o carro e partiu, seus olhos ainda conservavam a expressão de desprezo. Estava escuro, muito mais escuro do que uma hora atrás. O crescente rubro já se escondera atrás do morro, e as nuvens que o guardavam eram manchas negras junto das estrelas. Uma carruagem com faróis vermelhos rodou pela estrada e passou na frente do doutor. Era Abóguin a caminho do seu protesto, a caminho de fazer tolices...

Por todo o tempo da volta, o doutor não pensou nem em sua mulher nem em André, mas em Abóguin e nas pessoas que moravam na casa que ele acabara de deixar. Seus pensamentos eram injustos e desumanamente cruéis. E ele condenou Abóguin, e sua mulher e Paptchinski, e todos aqueles que vivem em penumbra rosada e cheiram a perfume, e durante todo o percurso ele os odiou e desprezou a ponto de sentir uma dor no coração. E na sua mente formou-se uma forte convicção a respeito dessa gente.

Passará o tempo, passará a dor de Kirilov, mas esta convicção injusta, indigna de um coração humano, não passará, e ficará na mente do doutor até a sepultura.

Angústia

"Com quem a dor partilharei?..."

Anoitece. A neve graúda e úmida gira preguiçosamente ao redor dos lampiões recém-acesos e deita-se em placas macias e finas nos telhados, nos lombos dos cavalos, nos ombros, nos gorros. O cocheiro Iona Potápov está todo branco, como um fantasma. Está sentado na boleia, curvado, tão curvado quanto é possível curvar-se um corpo vivo, e não se mexe. Se toda uma avalanche se despencasse sobre ele, nem assim, ao que parece, ele acharia necessário sacudir a neve... A sua eguazinha também está branca e imóvel. Pela sua imobilidade, suas formas angulosas e as pernas retas como paus, até de perto ela parece um cavalinho de pão de mel de um copeque. Ao que tudo indica, ela está mergulhada em meditações. Quem foi arrancado do arado, das costumeiras paisagens cinzentas, e atirado aqui, neste atoleiro, cheio de luzes monstruosas, zoeira incessante e gente apressada, este não pode deixar de meditar...

Iona e a sua eguazinha não se movem do lugar já faz muito tempo. Saíram do pátio ainda antes do almoço, porém não fizeram nem uma corrida. Mas eis que a sombra da noite desce sobre a cidade. A luz pálida dos lampiões cede lugar à cor viva, e o bulício das ruas torna-se mais ruidoso.

— Cocheiro, para a Viborgskaia! — ouve Iona. — Cocheiro!

Iona estremece e, através dos cílios grudados pela neve, vê um militar de capote e capuz.

— Para Viborgskaia! — repete o militar. — Mas tu estás dormindo, hein? Para Viborgskaia!

Em sinal de assentimento, Iona puxa as rédeas e, em consequência, placas de neve caem dos seus ombros e do lombo do cavalo. O militar toma assento no trenó. O cocheiro estala os lábios, estica o pescoço à maneira de um cisne, soergue-se e, mais por hábito que por necessidade, brande o chicote. A eguazinha também estica o pescoço, arqueia as pernas magras e, insegura, põe-se em movimento.

— Por onde te metes, lobisomem?! — ouve Iona, assim que sai, gritarem de dentro da massa escura que balança para diante e para trás. — Aonde te carrega o diabo? Para a dirr-reita!

— Não sabes dirigir! Aguenta a direita! — ralha o militar.

Um cocheiro de carruagem particular prageja ao cruzar, e um transeunte, que atravessara a rua correndo e batera com o ombro no focinho da égua, olha furioso e sacode a neve da manga. Iona se contorce na boleia como se estivesse sentado em alfinetes, joga os cotovelos para os lados, e seus olhos correm como possessos, como se ele não compreendesse quem é e por que está aqui.

— Como todos são canalhas! — zomba o militar. — Só procuram abalroar-te ou se jogar debaixo do teu cavalo! É que estão todos de conluio contra ti!

Iona olha para trás, para o passageiro, e move os lábios... Vê-se que quer dizer alguma coisa, mas da sua garganta não sai nada, a não ser um som gutural.

— O que é? — pergunta o militar.

Iona torce a boca num sorriso, força a garganta e rouqueja:

— É que... patrão... coisa... o... meu filho... e finou esta semana.

— Hum!... E de que foi que ele morreu?

Iona volta-se de corpo inteiro para o passageiro e fala:

— E quem sabe lá! Vai ver foi a febre... Ficou três dias no hospital e se finou... É a vontade de Deus.

— Vira, demônio! — soa na escuridão. — Estás tonto, ou o quê, cachorro velho? Toca para a frente!

O cocheiro torna a esticar o pescoço e a soerguer-se, brandindo o chicote com graça pesada. Depois, por várias vezes, ele se volta para o passageiro, mas este fechou os olhos e, pelo visto, não está disposto a escutar. Deixando-o na Viborgskaia, Iona para diante de um botequim, dobra-se na boleia e torna a ficar imóvel... De novo, a neve úmida tinge de branco a ele e à sua égua. Passa uma hora, outra...

Pelo passeio, pisando ruidosamente com as galochas e altercando, passam três rapazes: dois deles são altos e magros, o terceiro é baixo e corcunda.

— Cocheiro, para a ponte policial! — grita o corcunda com voz de *tremolo*. — Nós três, por vinte copeques!

Iona puxa as rédeas e estala os lábios. Vinte copeques não é preço justo, mas ele não está para pensar em preço... um rublo ou cinco copeques, para ele dá na mesma agora — haja passageiros... Os moços, aos empurrões e palavrões, vêm para o trenó e sobem no assento todos ao mesmo tempo. Começa a discussão do problema: quais os dois que irão sentados, e qual o terceiro que irá de pé? Após longos debates, bate-boca e acusações, eles chegam à decisão de que deve viajar de pé o corcunda, por ser o menor.

— Anda, toca! — range o corcunda, firmando-se e bafejando na nuca de Iona. — Descansa o cavalo! Mas que gorro o teu, hein, mano! Pior não se acha em toda Petersburgo!...

— Hehe... hehe... — gargalha Iona. — É o que é...

— Anda, tu aí, "é o que é", toca pra frente! É assim que vais andar o caminho inteiro? E que tal um pescoção?

— A cabeça me estala... — diz um dos compridos. — Ontem, na casa dos Dukmássov, nós dois, o Vaska e eu, limpamos quatro garrafas de conhaque.

— Não entendo por que mentir! — enfeza o outro comprido.

— Mentes que nem um animal!

— Que Deus me castigue se não é verdade...

— É tão verdade quanto um piolho tossir.

— He... he... — ri Iona. — Que senhores alegres...

— Arre, que os diabos te carreguem!... — indigna-se o corcunda. —Vais andar, carcaça velha, ou não? Isto é maneira de dirigir? Chicote nela! Upa, diabo! Upa! Dá-lhe rijo!

Iona sente atrás das costas o corpo irrequieto e a vibração da voz do corcunda. Ouve os insultos que lhe são dirigidos, vê a gente, e o aperto da solidão pouco a pouco começa a afrouxar no seu peito. O corcunda continua a imprecar até que engasga num palavrão de seis andares e começa a tossir. Os dois compridos põem-se a conversar sobre uma certa Nadejda Petrovna. Iona olha para eles por cima do ombro. Escolhendo um momento propício, volta-se novamente e balbucia:

— E eu nesta semana... coisa... finou-se meu filho!

— Todos vamos nos finar... — suspira o corcunda, enxugando os lábios depois do acesso de tosse. — Anda, toca, toca! Deus meu, palavra que não aguento mais viajar assim! Quando é que nós vamos chegar?

— Você poderia animá-lo um tiquinho — na nuca!

— Estás ouvindo, traste velho? Vou te encher de pescoções! Se a gente começa a fazer cerimônia com a tua laia, acaba andando a pé! Estás ouvindo, Dragão Gorinitch? Ou não te importa o que dizemos?

E Iona ouve, mais do que sente, o ruído do pescoção.

— Heehe... — ri ele. — Que senhores alegres... benza-os Deus!

— Cocheiro, és casado? — pergunta um dos compridos.

— Eu, é? Heeehe... a-alegres senhores! Eu agora só tenho uma mulher: a terra úmida... Hehe... hoho... A sepultura, é que é!... O filho, este morreu... e eu estou vivo... Coisa esquisita, a morte errou de porta... Em vez de vir me buscar, foi ao filho...

E Iona volta-se para contar como morreu seu filho, mas aí o corcunda suspira aliviado e declara que, graças a Deus, eles já chegaram, finalmente. Tendo recebido os vinte copeques, Iona fica longamente a olhar no encalço dos farristas, que desaparecem num portão escuro. Outra vez ele está só, e outra vez o silêncio cai sobre ele... A angústia, que amainara um pouco, surge de novo e oprime o peito com força maior ainda. Os olhos de Iona correm aflitos e martirizados pelas turbas que se agitam de ambos os lados da rua: não haverá no meio desses milhares de pessoas ao menos uma que quisesse ouvi-lo? Mas as turbas correm sem notá-lo, nem a ele nem à sua angústia... Angústia enorme, que não conhece limites. Se estourasse o peito de Iona e a angústia se derramasse, ela inundaria, parece, o mundo inteiro — e no entanto, ela é invisível. Ela conseguiu aninhar-se numa casca tão ínfima, que não se pode enxergá-la nem com lanterna à luz do sol...

Iona vê um zelador de prédio com um saco na mão e decide falar com ele.

— Mano, que horas serão? — pergunta ele.

— Passa das nove... E por que ficas parado aqui? Vai andando!

Iona afasta-se alguns passos, dobra o corpo e entrega-se à angústia... Dirigir-se aos homens, ele já considera inútil. Mas não passam nem cinco minutos e ele se endireita, sacode a cabeça como se sentisse uma dor aguda e puxa as rédeas... Ele não aguenta mais.

"Para casa", pensa ele. "Para casa!"

E a eguazinha, como que adivinhando-lhe o pensamento, põe-se a correr a trote miúdo. Cerca de hora e meia depois, Iona já está sentado junto a uma estufa grande e suja. Em cima da estufa, nos bancos, no chão, homens estão roncando. O ar está denso e abafado... Iona olha para os dorminhocos, coça-se, e lamenta que voltou para casa tão cedo.

"Não ganhei nem para a aveia", pensa ele. "É por isso que estou aflito. Um homem que entende do seu trabalho... que está de barriga cheia e o cavalo também, este está sempre sossegado..."

Num dos cantos, acorda um cocheiro moço, pigarreia e estende a mão para o balde de água.

— Deu vontade de beber? — pergunta Iona.

— De beber, pelo visto!

— Pois é... Bom proveito... Pois eu, mano... morreu meu filho... Soube? Esta semana, no hospital... Que história!

Iona olha para ver o efeito que produziram suas palavras, mas não vê nada. O moço puxou a coberta por cima da cabeça e já dorme. O velho suspira e se coça. Assim como o moço tinha vontade de beber, ele tem vontade de falar. Logo vai fazer uma semana que o filho morreu, e ele ainda não conversou direito com ninguém... É preciso conversar com vagar, com calma... É preciso contar como o filho ficou doente, como sofreu, o que disse antes de morrer, como morreu. É preciso descrever o enterro e a viagem ao hospital para buscar a roupa do defunto. Na aldeia, ficou uma filha, Aníssia... Também dela é preciso falar... Há tanta coisa de que ele poderia falar agora... O ouvinte deve gemer, suspirar, compadecer-se... Melhor ainda seria falar com mulheres. Elas podem ser burras, mas põem-se a chorar à segunda palavra.

"Vou ver o cavalo", pensou Iona. "Sempre terei tempo para dormir... Dormirei até que chegue..."

Iona se veste e vai para a cavalariça, onde está a sua égua. Ele pensa na aveia, na palha, no tempo... No filho, quando está sozinho, ele não consegue pensar. Falar com alguém a respeito do filho, isso ele poderia, mas pensar sozinho e imaginá-lo é-lhe insuportável e assustador...

— Mastigas? — pergunta Iona ao seu cavalo, vendo-lhe os olhos brilhantes. — Mastiga, anda, mastiga... Se não ganhamos para a aveia, comeremos palha... Pois é... Já estou velho para este trabalho... O filho é que devia trabalhar, e não eu... Aquele sim, é que era cocheiro de verdade... Se ao menos vivesse...

Iona cala-se um pouco, depois continua:

— Assim é, mana eguinha... Não temos mais Kusma Ionitch... Foi-se desta para melhor... Pegou e morreu, à toa... Agora, imagina tu, por exemplo. Tu tens um potrinho, e tu és a mãe deste potrinho... E de repente, imagina, este mesmo potrinho se despacha desta para melhor... Dá pena ou não dá?

A eguazinha mastiga, escuta e esquenta com seu bafo as mãos do dono... Iona se deixa arrebatar e conta-lhe tudo...

A descoberta

*"Ciscando num monte de lixo,
Um galo encontrou uma pérola…"*

— Krylov

O conselheiro civil engenheiro Bakhromkin estava sentado diante da sua escrivaninha e, por falta de assunto, procurava afinar-se para um tom melancólico. Não mais distante que nesta mesma noite, num baile em casa de conhecidos, ele encontrou-se, por acaso, com uma senhora por quem, há uns vinte, 25 anos, estivera apaixonado. No seu tempo, ela fora uma beldade maravilhosa, por quem era tão fácil ficar apaixonado, como pisar no calo do vizinho. Ele se lembrava especialmente dos seus imensos olhos profundos, cujo fundo parecia forrado de delicado veludo azul-celeste, e das longas madeixas de cabelo castanho dourado, parecendo um trigal maduro, ondulando ao vento antes da tempestade… A beldade era severa, de olhar taciturno, sorria raramente, mas, em compensação, quando sorria "da vela a chama bruxuleante com seu sorriso reavivava…" E, agora, era uma velhota ressequida e tagarela, de olhos azedos e dentes amarelos… Brrr!

"É inominável!", pensava Bakhromkin, rabiscando maquinalmente com o lápis no papel. "Nenhum mau-olhado é capaz de pregar tamanha peça a um ser humano, como a própria natureza. Se aquela beldade soubesse então que viria a se transformar nesta droga, teria morrido de horror…"

Durante muito tempo, ficou Bakhromkin a ruminar estes pensamentos, quando, de repente, deu um pulo, como se tivesse sido mordido por uma cobra…

—Valha-me Deus padre! — exclamou, chocado. — Que novidade é esta? Eu sei desenhar?

Na folha de papel, pela qual o seu lápis corria distraidamente, por entre traços desajeitados e rabiscos, espiava uma encantadora cabecinha de mulher, aquela mesma pela qual, em outros tempos, ele estivera apaixonado. De um modo geral, o desenho era fraco, mas o olhar lânguido e severo, a macieza dos contornos e a onda turbulenta da espessa cabeleira lá estavam, transmitidos à perfeição...

— Mas que história é esta? — continuava a espantar-se Bakhromkin. — Eu sei desenhar! Há 52 anos que vivo no mundo sem nunca ter suspeitado em mim quaisquer talentos, e, de repente, depois de velho — muito obrigado, por esta eu não esperava —, apareceu-me um talento! Não pode ser!

Não acreditando nos próprios olhos, Bakhromkin agarrou o lápis e, ao lado da linda cabecinha, desenhou a cabeça da velha... E esta saiu tão bem como a primeira...

— Extraordinário! — disse ele, dando de ombros. — E não está nada mal, com os diabos! Que tal! Pelo visto, sou um artista! Quer dizer que tenho vocação! E como é que não percebi isto mais cedo? Que coisa estranha!

Se Bakhromkin encontrasse dinheiro num colete velho ou recebesse a notícia de que fora promovido a conselheiro efetivo, não ficaria tão agradavelmente surpreendido como agora, tendo descoberto em si mesmo a capacidade de criar. Passou uma hora inteira à mesa, desenhando cabeças, árvores, incêndios, cavalos...

— Excelente! Bravo! — exclamava ele, encantado. — Um pouco de estudo de técnica, e serei perfeito!

Impediu-o de continuar desenhando e se encantando o criado, que entrou no escritório trazendo a mesinha com a ceia. Depois de devorar uma perdiz e entornar dois copos de Borgonha, Bakhromkin amoleceu e ficou pensativo... Lembrou-se de que durante os seus 52 anos de vida jamais pensara, uma vez que fosse, na existência, nele, de qualquer espécie de talento. É verdade que a atração pelo belo, ele a sentira a vida toda. Quando moço, fizera teatro de amadores, representara, cantara, pintara cenários... Depois, até a velhice, ele jamais deixou de ler, de amar o teatro, de copiar para lembrança as boas poesias... Era espirituoso, bom na conversa, agudo na crítica. Evidentemente, a chama existia, mas estava sempre sufocada pelo bulício da vida...

"Que pilhérias mais pode o diabo inventar?", pensou Bakhromkin. "Quem sabe eu ainda sou capaz de fazer versos e escrever romances? Com efeito, como teria sido se eu tivesse descoberto o meu talento na mocidade, quando ainda não era tarde, e tivesse chegado a ser pintor ou poeta? Hein?"

E diante da sua imaginação, descortinou-se uma vida diferente de milhões de outras vidas. Compará-la com as vidas dos simples mortais não seria possível.

"Têm razão os homens, que não dão a 'eles' títulos nem condecorações...", pensou ele. "Eles estão acima de todas as categorias e capítulos... E mesmo julgar a sua atividade só podem os eleitos..."

E aí, a propósito, Bakhromkin recordou um caso do seu longínquo passado... Sua mãe, mulher nervosa e excêntrica, saindo uma vez com ele, encontrou-se na escada com um homem estranho, bêbado e hediondo, e beijou-lhe a mão. "Mamãe, por que fez isso?", perguntou ele, espantado. "É um poeta!", respondeu ela. E ele achou que a mãe tinha razão... Se ela tivesse beijado a mão de um general ou senhor, isto seria subserviência, rebaixamento, a pior coisa que se pode imaginar para uma mulher civilizada; mas beijar a mão de um poeta, artista ou compositor é muito natural...

"Vida liberta, festiva...", pensava Bakhromkin, dirigindo-se para a cama. "E a glória, a fama? Como quer que eu avance no meu emprego, por mais alto que suba, o meu nome não sairá do formigueiro... Já com eles é tudo diferente... Um poeta ou um artista pode dormir ou farrear despreocupado, enquanto, sem que ele ao menos perceba, nas cidades e galerias decoram os seus versos ou admiram os seus quadros... Não conhecer-lhes o nome considera-se falta de educação, ignorância... *mauvais ton*..."

Bakhromkin, completamente derretido, sentou-se na cama e acenou para o criado... O criado aproximou-se e começou a tirar-lhe do corpo, delicadamente, uma peça de roupa após outra.

"Sssim... vida extraordinária... As estradas de ferro um dia serão esquecidas, mas Fídias e Homero serão eternamente lembrados... Trediakovski, ruinzinho como é, até dele se lembram... Brrr... que frio!... E como seria se eu fosse um artista, agora, neste momento? Como é que eu me sentiria?"

Enquanto o lacaio tirava do seu corpo a camisa e lhe vestia a camisola, ele imaginou o quadro... Ei-lo, pintor ou poeta, arrastando-se para casa nas trevas da noite... Os talentos não costumam possuir cavalos; queira ou não queira, têm que andar a pé... Lá vai ele, pobrezinho, no seu sobretudo ruço, quiçá até sem galochas... Na entrada da casa de cômodos, cochila o porteiro; este animal grosseiro abre a porta e nem olha para ele... Lá, algures, no meio da multidão, o nome do poeta ou pintor goza de respeito, mas este respeito não lhe faz diferença: o porteiro não é mais cortês, a criada não é mais atenciosa, os domésticos não são mais condescendentes... O nome é respeitado, mas o indivíduo, abandonado... Ei-lo que, finalmente, cansado e faminto, entra no seu quarto numerado, escuro e abafado... Tem vontade de comer e de beber, mas perdizes e Borgonha, aí! — não existem... A vontade de dormir é enorme, tão grande que os olhos se fecham e a cabeça cai sobre o peito, mas a cama é dura, fria, cheirando a hospedaria... Ele tem que buscar a água sozinho, despir-se sozinho... andar descalço pelo chão frio... E, afinal, ele adormece, tremendo, e sabendo que não tem charutos, cavalos... que na gaveta do meio da escrivaninha ele não tem as ordens de Ana e de Stanislau, e na gaveta debaixo, o talão de cheques...

Bakhromkin sacudiu a cabeça, deixou-se afundar no colchão de molas e cobriu-se depressa com o acolchoado de plumas de ganso.

"Para o diabo com ele!", pensou, aninhando-se e adormecendo gostosamente. "Para o diabo... com... o talento... Ainda bem que eu... na mocidade... não descobri..."

O criado apagou a luz e saiu nas pontas dos pés.

Ninharias da vida

Nikolai Ilitch Beliaiev, proprietário de Petersburgo, frequentador das corridas de cavalo, homem moço, de uns 30 anos, robusto, corado, entrou certo dia, à noitinha, em casa da senhora Irnina, Olga Ivanovna, com a qual vivia, ou, como ele mesmo se expressava, com quem mantinha um longo e tedioso romance. E, de fato, as primeiras páginas deste romance, interessantes e inspiradas, já tinham sido lidas há muito tempo; agora, as páginas se arrastavam e se arrastavam, não apresentando nada de novo nem de interessante.

Não tendo encontrado Olga Ivanovna em casa, meu herói deitou-se no sofá da sala de visitas e pôs-se a esperar.

— Boa noite, Nikolai Ilitch! — ouviu ele uma voz infantil. — Mamãe volta já. Ela foi à costureira com a Sônia.

Na mesma sala, no divã, estava o filho de Olga Ivanovna, Aliocha, menino de uns 8 anos, esbelto, bem-tratado, vestido com um figurino de casaquinho de veludo e longas meias pretas. Ele estava deitado sobre uma almofada de cetim e, evidentemente imitando o acrobata que vira fazia pouco tempo no circo, esticava para o ar ora uma perna, ora outra. Quando suas elegantes pernas se cansavam, ele punha em andamento os braços ou se levantava de um salto e se punha de quatro, tentando ficar de pernas para o ar. Tudo isso ele executava com a cara mais séria, bufando penosamente, como se se sentisse muito infeliz por Deus lhe ter dado um corpo tão irrequieto.

— Ah, viva, meu amigo! — disse Beliaiev. — Então você estava aqui? E eu que nem o notei. A mamãe está boa?

Aliocha, que segurava com a mão direita a ponta do sapato esquerdo, assumindo a mais antinatural das atitudes, virou-se, pôs-se de pé e olhou para Beliaiev por detrás do grande quebra-luz franjado.

— Como lhe direi? — falou ele e encolheu os ombros. — A mamãe de fato nunca está boa de todo. Pois ela é mulher, e as mulheres, Nikolai Ilitch, têm sempre alguma coisa que está doendo.

Por falta do que fazer, Beliaiev pôs-se a examinar o rosto de Aliocha. Antes, durante todo o tempo que duraram as suas relações com Olga Ivanovna, ele nunca prestara atenção ao menino e nem mesmo notara a sua existência: havia um menino diante dos seus olhos, mas para que ele estava ali, que papel representava, nisso ele nem tinha vontade de pensar.

Na penumbra do crepúsculo, o rosto de Aliocha, com a sua fronte pálida e os olhos negros fixos sem piscar, fizeram Beliaiev se recordar de Olga Ivanovna, tal qual ela era nas primeiras páginas do romance. E ele sentiu vontade de ser gentil com o menino.

— Venha até aqui, mosquito! — disse ele. — Deixe-me examiná-lo mais de perto.

O menino pulou do divã e correu para junto de Beliaiev.

— Então? — começou Nikolai Ilitch, pondo a mão no ombro magro do menino. — Que tal! Vamos vivendo?

— Como dizer-lhe? Antigamente, vivia-se bem melhor.

— Por quê?

— Muito simples! Antes a Sônia e eu só tínhamos que estudar música e leitura, mas agora mandam a gente decorar versos franceses. O senhor esteve no barbeiro faz pouco tempo?

— Sim, faz pouco.

— Eu bem que reparei. O seu cavanhaque está mais curto. Posso mexer nele um pouco?... Não dói?

— Não, não dói.

— Por que será que quando a gente puxa um fio só dói, mas quando se puxa uma porção não dói nem um pinguinho? Ha, ha! Pena que o senhor não usa suíças. Escanhoava aqui, e dos lados... aqui, deixava a barba crescida...

O menino encostou-se em Beliaiev e começou a brincar com a sua corrente.

— Quando eu entrar no ginásio — dizia ele —, a mamãe vai me comprar um relógio. Vou pedir que ela me compre uma corrente igual a esta... Que me-da-lhão! O papai tem um medalhão igualzinho, só que o do senhor tem aqui uns risquinhos, e o dele tem letras... E dentro, ele tem o retrato da mamãe. O papai agora tem uma outra corrente, que não é de argolas, é de fita...

— Como é que você sabe? Será que você tem se encontrado com seu pai?

— Eu? Hmmmm... não! Eu...

Aliocha enrubesceu e, muito encabulado, apanhado na mentira, pôs-se a raspar furiosamente o medalhão com a unha. Beliaiev fitou-lhe fixamente o rosto e perguntou:

— Tem visto o seu pai?
— N... não!...
— Não, vamos, seja franco, consciencioso... Pois eu estou vendo pela sua cara que você não está dizendo a verdade. Já que a coisa escapou, não adianta mais querer fugir. Fale, você o viu? Vamos, entre amigos!

Aliocha ficou pensativo.
— O senhor não vai contar para a mamãe? — perguntou ele.
— Era só o que faltava!
— Palavra de honra?
— Palavra de honra.
— Jure!
— Mas que menino impossível! Por quem você me toma?!

Aliocha lançou um olhar em volta de si, arregalou os olhos e pôs-se a cochichar:
— Só que o senhor, pelo amor de Deus, não conte à mamãe... E ncm a ninguém mais, porque isto é um segredo. Deus me livre se mamãe souber, vamos apanhar todos, eu e a Sônia e a Pelagueia... Escute. Sônia e eu nos encontramos com papai toda terça e sexta-feira. Quando a Pelagueia sai conosco para passear antes do almoço, nós entramos na confeitaria Apfel, e lá dentro o papai já está à nossa espera... Ele fica sempre naquela salinha reservada, o senhor sabe, onde há uma mesinha de mármore e um cinzeiro que parece um ganso sem costas...
— E o que é que vocês fazem lá?
— Nada! A gente se cumprimenta, depois sentamos todos em torno da mesinha e o papai começa a nos oferecer café e pasteizinhos. A Sônia, sabe, come pastéis de carne, mas eu não suporto pastéis de carne! Eu gosto de pastéis de repolho e de ovo. A gente se empanturra tanto que depois, no almoço, para a mamãe não reparar, a gente come o mais que pode!
— E sobre o que é que vocês conversam?
— Com o papai? Sobre tudo. Ele nos beija, nos abraça, conta toda sorte de histórias engraçadas. O senhor sabe, ele diz que, quando nós crescermos, vai nos levar para morar com ele. A Sônia não quer, mas eu estou de acordo. Claro, vai ser meio triste sem a mamãe, mas eu vou lhe escrever cartas, sempre! Coisa esquisita, nós vamos até poder visitá-la nos feriados. Não é verdade? E papai disse também que ele vai me comprar um cavalo. Que homem bom que ele é! Não entendo

por que a mamãe não o chama para viver com ela e nos proíbe de nos encontrarmos com ele. Ele que gosta tanto da mamãe! Ele sempre nos pergunta como ela vai de saúde, o que faz. Quando ela esteve doente, ele pôs as mãos na cabeça, assim, e andava de um lado para outro, andava, andava. E sempre nos pede que sejamos obedientes, que a respeitemos. Escute: é verdade que nós somos desgraçados?

— Hummm… Por que isso?

— É o papai que diz. Vocês, diz ele, são crianças desgraçadas. É até esquisito ouvi-lo… Vocês são desgraçados, ele fala, eu sou desgraçado e a mamãe é desgraçada. Rezem, ele fala, orem a Deus por vocês mesmos e por ela.

Aliocha fixou o olhar no pássaro empalhado e ficou pensativo.

— Então é assim… — resmungou Beliaiev. — Então é assim que vocês… Realizando congressos em confeitarias… E a mamãe não sabe?

— Nãão… Como é que ela vai saber? A Pelagueia é que nunca vai contar nada. Sabe, anteontem papai nos deu umas peras doces que nem geleia! Eu comi duas.

— Hmmm… Mas como é que… Escute, seu pai não fala nada de mim?

— Do senhor? Como é que eu vou dizer…

Aliocha fitou um olhar perscrutador no rosto de Beliaiev e deu de ombros.

— Não fala nada de especial.

— Mas, por exemplo, o que é que ele fala?

— O senhor não vai ficar ofendido?

— Ora essa, por que razão? Será que ele fala mal de mim?

— Ele não fala mal, mas sabe como é… ele está zangado com o senhor. Ele diz que é por causa do senhor que a mamãe é desgraçada e que o senhor… foi a perdição da mamãe. Ele é tão esquisito! Eu lhe expliquei que o senhor é bonzinho, que nunca grita com a mamãe, mas ele só fica balançando a cabeça.

— Ele fala assim mesmo, que eu fui a perdição dela?

— Sim. Mas o senhor não se ofenda, Nikolai Ilitch!

Beliaiev levantou-se, ficou parado um instante e pôs-se a andar pela sala.

— Isto é estranho e… ridículo! — balbuciava ele, encolhendo os ombros e sorrindo ironicamente. — A culpa é toda dele, e eu é que sou a perdição, hein? Vejam só, que cordeirinho inocente. E foi assim mesmo que ele lhe disse, que eu fui a perdição da sua mãe?

— Sim, mas... mas o senhor falou que não ia ficar ofendido!

— Eu não estou ofendido e... e não é da sua conta! Não, mas isto é... isto é até engraçado! Eu caí que nem um pato na esparrela, e eu é que sou o culpado!

Ouviu-se a campainha. O menino deu um pulo e saiu correndo. Um instante depois, entrava na sala uma senhora com uma menina — era Olga Ivanovna, mãe de Aliocha. Atrás dela, saltitando, cantarolando alto e abanando os braços, vinha a irmã. Beliaiev acenou com a cabeça e continuou a andar.

— Naturalmente, quem é que deve ser acusado agora, a não ser eu? — resmungou ele, bufando. — Ele é que tem razão! Ele é o marido ofendido!

— De que é que você está falando aí? — perguntou Olga Ivanovna.

— De quê?... Pois escute aqui, ouça as coisas que o teu legítimo anda pregando! Resulta que eu sou um canalha e um malfeitor, que eu causei a perdição de você e das crianças. Todos vocês são uns pobres desgraçados, e só eu é que sou muito feliz! O grande felizardo!

— Não estou entendendo, Nikolai! O que foi?

— Pois venha cá e ouça este jovem cavalheiro! — disse Beliaiev, indicando Aliocha.

Aliocha enrubesceu, depois empalideceu de repente, e todo o seu rosto convulsionou-se de susto.

— Nikolai Ilitch! — sussurrou ele, alto. — Psssst!

Olga Ivanovna lançou um olhar admirado para Aliocha, para Beliaiev e depois outra vez para Aliocha.

— Vamos, pergunte! — continuava Beliaiev. — A sua Pelagueia, aquela cretina, os carrega pelas confeitarias e arranja encontros com o papaizinho. Mas isso não importa, o que importa é que o papaizinho é um mártir e eu sou o malfeitor, o bandido, que destruiu a vida de vocês dois...

— Nikolai Ilitch! — gemeu Aliocha. — O senhor deu sua palavra de honra!

— Deixe-me em paz, você! — afastou-o Beliaiev. — Isto aqui é mais importante que qualquer palavra de honra. O que me deixa indignado é a hipocrisia, a mentira!

— Não entendo! — articulou Olga Ivanovna, e as lágrimas brilharam-lhe nos olhos. — Escute aqui, Liôlka — dirigiu-se ela ao filho —, você tem se encontrado com o seu pai?

Aliocha não a escutava e olhava horrorizado para Beliaiev.

— Não pode ser! — disse a mãe. — Vou lá dentro interrogar a Pelagueia.

Olga Ivanovna saiu.

— Escute, o senhor deu sua palavra de honra! — articulou Aliocha, tremendo com o corpo inteiro.

Beliaiev afastou-o com um gesto de enfado e continuou a andar pela sala. Ele estava mergulhado na sua indignação e, como dantes, já não notava a presença do menino. Ele, um homem adulto e sério, não tinha tempo nem disposição para garotinhos.

Aliocha aninhou-se num canto e, cheio de horror, pôs-se a contar a Sônia como ele fora enganado. Ele tremia, gaguejava, chorava; era a primeira vez na vida que ele se chocara assim, grosseiramente, face a face, com a mentira; antes disso, ele não sabia que neste mundo, além de peras, pasteizinhos e relógios caros, existem ainda muitas outras coisas, que não possuem nome na linguagem infantil.

A CORISTA

Certo dia, quando ela ainda era mais jovem, mais bonita e sua voz era melhor, Nikolai Petrovitch Kolpakov, seu adorador, estava sentado na sala de sua *datcha*.[11] O calor era abafado e insuportável. Kolpakov acabara de almoçar e de tomar uma garrafa inteira de mau vinho do Porto, e sentia-se indisposto e mal-humorado. Ambos se aborreciam e esperavam que o calor amainasse para poderem sair a passear.

Súbito, inesperadamente, soou a campainha do vestíbulo. Kolpakov, que estava sem paletó e de chinelos, pôs-se de pé num salto e lançou a Pachas um olhar interrogador.

— Deve ser o carteiro ou, quem sabe, uma amiga — disse a cantora.

Kolpakov não se acanhava nem diante das amigas de Pacha nem dos carteiros, mas, em todo caso, agarrou sua roupa e entrou no aposento vizinho, enquanto Pacha correu para abrir a porta. Para seu grande espanto, na soleira estava não o carteiro e não uma amiga, mas uma senhora desconhecida, jovem, bonita, trajada com distinção e, por todos os indícios, uma mulher das decentes.

A desconhecida estava pálida e tinha a respiração ofegante, como quem acabasse de galgar uma escada alta.

— O que deseja a senhora? — perguntou Pacha.

A senhora não respondeu logo. Ela deu um passo para diante, examinou o aposento lentamente e sentou-se com um ar tal, como se não pudesse ficar de pé, de cansaço ou doença. Depois, ficou longamente movendo os lábios exangues, tentando articular alguma coisa.

— Meu marido está aqui? — perguntou ela, afinal, erguendo para Pacha seus grandes olhos de pálpebras inchadas de chorar.

— Que marido? — balbuciou Pacha, e súbito sentiu um susto tão grande que lhe gelou as mãos e os pés.

— O meu marido... Nikolai Petrovitch Kolpakov.

— Na... não, minha senhora... Eu... eu não conheço nenhum marido.

Um minuto transcorreu em silêncio. A desconhecida passou o lenço algumas vezes pelos lábios pálidos e, para vencer o tremor interno,

---

[11] Casa de campo, chalé de veraneio. (N.T.)

prendeu a respiração, enquanto Pacha permanecia diante dela, imóvel, como petrificada, e a fitava cheia de perplexidade e medo.

— A senhora diz, então, que ele não está aqui? — perguntou a senhora com a voz firme, e sorriu de um modo estranho.

— Eu... eu não sei por quem a senhora pergunta.

— Nojenta que a senhora é, baixa, ignóbil... — balbuciou a desconhecida, envolvendo Pacha num olhar de ódio e repugnância. — Sim, sim, a senhora é nojenta. Estou muito, muito contente por poder, finalmente, dizer-lhe isso!

Pacha sentiu que, a esta senhora distinta, vestida de negro, de olhos irados e longos dedos alvos, ela causava a impressão de algo asqueroso, disforme, e ela sentiu vergonha de suas faces vermelhas e rechonchudas, das sardas no nariz e da franjinha na testa, que não se deixava pentear para cima de jeito nenhum. E parecia-lhe que, se ela fosse magra, não empoada e sem franjinha, seria possível esconder que ela não é séria, e não seria tão terrível e vergonhoso estar diante desta senhora misteriosa e desconhecida.

— Onde está meu marido? — continuou a senhora. — Entretanto, se ele está aqui ou não, é-me indiferente, mas devo dizer-lhe que foi descoberto um desfalque e Nikolai Petrovitch está sendo procurado... Querem prendê-lo. Eis o que a senhora fez!

A senhora levantou-se e começou a andar pela sala, presa de grande agitação. Pacha olhava para ela e, de terror, não compreendia nada.

— Hoje mesmo ele será encontrado e detido — disse a senhora num soluço, e neste som ouvia-se insulto e desgosto. — Eu sei o que o levou até este horror! Nojenta, asquerosa! Criatura vendida, repugnante! (Os lábios da senhora se torceram e o nariz se contraiu de nojo.) Eu estou impotente... ouça aqui, mulher baixa! Eu estou impotente, a senhora é mais forte do que eu, mas existe quem me defenda, a mim e aos meus filhos! Deus vê tudo! Ele é justo! Ele lhe pedirá contas por cada lágrima pequenina, por todas as noites insones! Chegará o dia, a senhora se lembrará de mim!

Novamente, fez-se silêncio. A senhora andava pela sala e torcia as mãos, e Pacha continuava a fitá-la estupidamente, perplexa, não compreendia e esperava dela alguma coisa terrível.

— Eu, senhora, não sei de nada! — articulou ela, e de repente desatou a chorar.

— Mente! — gritou a senhora e lançou-lhe um olhar faiscante de raiva. — Eu sei de tudo! Há muito tempo que eu sei de tudo! Eu a conheço de longa data! Eu sei que, neste último mês, ele passa aqui na sua casa todos os dias!

— Sim. E então? Que é que tem isso? Recebo muitas visitas, mas não obrigo ninguém. Aos livres, a liberdade.

— Eu lhe digo: foi descoberto um desfalque! Ele gastou dinheiro alheio, da repartição! Por uma... uma como a senhora, por sua causa, ele cometeu um crime. Escute — disse a senhora em tom decidido, parando diante de Pacha —, a senhora não pode ter princípios, a senhora só vive para causar mal, este é o seu escopo, mas não é possível pensar que tenha caído tão baixo que não lhe sobre nem um resquício de sentimento humano! Ele tem esposa, filhos... Se for condenado e deportado, eu e meus filhos morreremos de fome... Compreenda isso! E no entanto, existe um meio de salvá-lo, e a nós, da miséria e da desonra. Se eu depositar hoje novecentos rublos, o deixarão em paz. Apenas novecentos rublos!

— Que novecentos rublos? — perguntou Pacha baixinho. — Eu... eu não sei... Eu não tomei...

— Eu não lhe peço novecentos rublos... a senhora não tem dinheiro nem eu quereria do seu. Peço outra coisa... Os homens costumam dar a essas... a mulheres como a senhora, presentes de objetos de valor. Devolva-me apenas aquelas coisas com que meu marido a presenteou!

— Madame, ele não me deu presente algum! — guinchou Pacha, começando a compreender.

— Onde está então o dinheiro? Ele esbanjou tudo, o meu e o alheio... Onde foi parar tudo isso? Escute, eu lhe peço! Eu estava indignada e disse-lhe coisas desagradáveis, mas eu peço desculpas. A senhora deve odiar-me, eu sei, mas se é capaz de compaixão, procure colocar-se no meu lugar! Imploro-lhe, devolva-me os objetos!

— Hum — disse Pacha e encolheu os ombros. — Eu teria muito prazer, mas, que Deus me castigue, ele nunca me deu nada. Ponha a mão na consciência. Entretanto, a senhora tem razão — encabulou a cantora —, uma vez ele me trouxe duas coisinhas. Pois não, eu devolvo, se a senhora deseja...

Pacha abriu uma gaveta e tirou uma pulseira de ouro chapeado e um anelzinho ralo com um rubi.

— Aqui tem! — disse ela, estendendo estas coisas à visitante.

A senhora enrubesceu, seu rosto começou a tremer. Ela sentiu-se insultada.

— Que é que a senhora está me dando? — disse ela. — Não lhe peço esmola, e sim aquilo que não pertence à senhora... aquilo que a senhora, aproveitando-se da situação, extorquiu do meu marido... desse homem fraco e infeliz... Quinta-feira, quando eu a vi com o meu marido no cais, a senhora usava pulseiras e broches caros. Portanto, não adianta representar diante de mim o cordeirinho inocente! É pela última vez que lhe peço: vai dar-me as joias ou não?

— Como a senhora é esquisita, palavra — disse Pacha, começando a ficar ofendida. — Asseguro-lhe que do seu Nikolai Petrovitch, além desta pulseira e do anelzinho, eu nunca vi nada. Ele só me trazia pasteizinhos doces.

— Pasteizinhos doces... — sorriu a desconhecida com ironia. — Em casa, as crianças não têm o que comer, mas aqui, pasteizinhos doces. A senhora se recusa definitivamente a devolver as joias?

Não tendo recebido resposta, a senhora sentou-se e, pondo-se a pensar, fixou os olhos num ponto qualquer.

— Que fazer agora? — articulou ela. — Se eu não conseguir novecentos rublos, ele está perdido, e eu com os meus filhos também estamos perdidos. Matar esta canalha ou cair de joelhos diante dela, quem sabe?

A senhora apertou o lenço ao rosto e desatou a soluçar.

— Eu lhe peço! — ouvia-se através dos soluços. — Foi a senhora que arruinou e destruiu meu marido, salve-o... A senhora não tem compaixão dele, mas as crianças... as crianças... que culpa têm as crianças?

Pacha imaginou criancinhas pequenas, jogadas na rua e chorando de fome, e ela mesma debulhou-se em lágrimas.

— Que é que eu posso fazer, madame? — disse ela. — A senhora diz que eu sou uma canalha e arruinei Nikolai Petrovitch, mas eu lhe digo, como diante do próprio Deus... asseguro-lhe que nunca tirei proveito nenhum do seu marido... No nosso coro, só a Mótia tem um amante rico, mas todas nós, as outras, vivemos da mão para a boca. Nikolai Petrovitch é um senhor instruído e delicado, está aí, e eu o recebia. Nós não podemos deixar de receber.

— Eu peço as joias! Dê-me as joias! Estou chorando... me rebaixando... Se quiser, eu ficarei de joelhos! Pronto!

Pacha deu um grito e começou a agitar as mãos de susto. Ela sentia que esta senhora pálida e bonita, que se exprime com tanta nobreza, como no teatro, podia de fato cair de joelhos diante dela, justamente por orgulho, por nobreza, para se elevar ainda mais e para humilhar a corista.

— Está bem, eu lhe darei as joias! — afligia-se Pacha, enxugando os olhos. — Pois não. Só que elas não são de Nikolai Petrovitch... Eu as ganhei de outros visitantes. Como quiser, senhora...

Pacha abriu a gaveta de cima da cômoda, tirou dela um broche com uma esmeralda, um fio de coral, alguns anéis, uma pulseira, e estendeu tudo à senhora.

— Leve, se deseja, só que de seu marido eu nunca tive proveito nenhum. Tome, fique rica — continuava Pacha, insultada pela ameaça de cair de joelhos. — Mas se a senhora é tão distinta... sua esposa legítima, devia segurá-lo junto de si. Está aí! Eu não o chamei para a minha casa, ele veio sozinho...

Através das lágrimas, a senhora examinou as joias recebidas e disse:
— Isto não é tudo... Aqui não há nem para quinhentos rublos.

Impulsivamente, Pacha arrancou da cômoda mais um relógio de ouro, uma cigarreira e abotoaduras e disse, abrindo os braços:
— Além disso, não me ficou mais nada... Pode dar busca!

A visitante suspirou, embrulhou as joias com mãos trêmulas no seu lencinho e, sem dizer uma palavra, sem mesmo acenar com a cabeça, saiu.

Abriu-se a porta do aposento vizinho e entrou Kolpakov. Ele estava pálido e sacudia nervosamente a cabeça, como se acabasse de engolir algo muito amargo; nos seus olhos, brilhavam lágrimas.

— Que coisas o senhor já me trouxe? — atirou-se Pacha sobre ele. — Quanto, permita-me que lhe pergunte?

— Coisas... Ninharias isto — coisas! — articulou Kolpakov e sacudiu a cabeça. — Deus meu! Ela chorou diante de ti, ela se humilhou...

— Eu lhe pergunto: que joias o senhor me trouxe? — gritou Pacha.

— Deus meu, ela, decente, altiva, pura... quis até cair de joelhos diante desta... desta rameira! E fui eu que a levei a isso! Fui eu que o permiti!

Ele apertou a cabeça com as mãos e gemeu:
— Não, jamais me perdoarei por isso! Não perdoarei! Afasta-te de mim... vagabunda! — bradou ele com repugnância, recuando diante de Pacha e afastando-a de si com as mãos trêmulas. — Ela quis cair de joelhos e... diante de quem? Diante de ti! Oh, meu Deus!

Ele vestiu-se depressa e, desviando-se de Pacha com nojo, dirigiu-se para a porta e saiu.

Pacha deitou-se e começou a chorar alto. Ela já lamentava suas joias, que entregara num impulso, e estava ofendida. Lembrou-se de como três anos atrás, sem motivo algum, um comerciante lhe dera uma surra, e chorou mais alto ainda.

O marido

O batalhão de cavalaria de N., em manobras, aquartelou-se por uma noite na cidadezinha provinciana de K. Um acontecimento como o pernoitar dos senhores oficiais sempre tem sobre a população civil um efeito excitante e inspirador. Os vendeiros, que sonham livrar-se das linguiças velhas e emboloradas e das "melhores" sardinhas, que já estão na prateleira há dez anos, os donos dos botequins e demais comerciantes não fecham os seus estabelecimentos a noite inteira; o comandante da região, o seu lugar-tenente e a guarnição local envergam os uniformes de gala; a polícia se agita como louca, e com as senhoras, então, acontece o diabo!

As senhoras de K., ouvindo a aproximação do batalhão, largaram os tachos quentes com geleia e saíram correndo para a rua. Esquecidas do seu *déshabillé* e com aspecto desgrenhado, ofegantes e embevecidas, elas se atiravam ao encontro do batalhão, escutando avidamente os sons da marcha militar. Vendo os seus rostos pálidos e inspirados, podia-se pensar que estes sons não vinham das trombetas dos soldados, mas do próprio céu.

— O batalhão! — diziam elas, entusiasmadas. — O batalhão vem vindo!

E para que precisam elas desse batalhão desconhecido, que entrou por acaso e partirá amanhã mesmo, de madrugada? Quando, mais tarde, os senhores oficiais estavam no meio da praça e, com as mãos atrás das costas, resolviam o problema do alojamento, todas elas já estavam em casa da esposa do promotor e criticavam o batalhão à porfia. Deus sabe como, elas já sabiam que o comandante é casado, mas não vive com a mulher, que a mulher do oficial superior tem filhos natimortos todos os anos, que o tenente está desesperadamente apaixonado por certa condessa e até já chegou a tentar o suicídio. Elas estavam a par de tudo. Quando, debaixo da janela, passou correndo um soldado sardento, de blusão vermelho, elas sabiam que era o ordenança do subtenente Rimzov procurando, pela cidade, para o seu patrão, *bitter* inglês a crédito. Quanto aos oficiais, elas só chegaram a vê-los de relance e pelas costas, mas já concluíram que entre eles não havia nenhum bonitinho ou interessante... Tendo se fartado de falar, elas requisitaram a presença do comandante da região e da diretoria do clube, e ordenaram-lhes que organizassem um baile, sem falta.

Seu desejo foi executado. Pouco depois das nove horas da noite, na rua, diante do clube, tocava a orquestra militar e, no próprio clube, os senhores oficiais dançavam com as senhoras de K. As senhoras sentiam-se aladas. Inebriadas pela dança, pela música, e pelo tilintar das esporas, elas se entregavam de corpo e alma à amizade momentânea, e se esqueciam inteiramente dos seus civis. Seus pais e maridos, agora em último plano, aglomeravam-se no vestíbulo junto ao magro bufê. Todos esses tesoureiros, secretários e supervisores, ressequidos, hemorroidais e balofos, tinham plena consciência da sua inferioridade, e não entravam no salão, mas apenas espiavam de longe como suas filhas e esposas dançavam com os ágeis e elegantes oficiais.

Entre os maridos, estava o coletor de sisas Ciril Petrovitch Chalikov, criatura bêbada, estreita e má, de cabeça grande e rapada e grossos beiços caídos. Tempos houve em que ele frequentava a universidade, lia Pisarev e Dobroliúbov, cantava canções, mas agora ele se dizia assessor colegiado e nada mais. Ele estava encostado à moldura da porta e não tirava os olhos da sua mulher. Esta, Ana Pavlovna, morena miúda de uns 30 anos de idade, de nariz e queixo pontudos, empoada e espartilhada, dançava sem cessar, até a exaustão. As danças a fatigavam, mas ela só sentia o cansaço do corpo, não da alma... Todo o seu vulto exprimia entusiasmo delicado. Seu peito arfava, nas faces ardiam manchas rubras, os movimentos eram harmoniosos, lânguidos; via-se que ao dançar recordava o seu passado, aquele passado distante quando dançava no Instituto e sonhava com uma vida luxuosa e alegre, e quando tinha certeza de que o seu marido seria sem falta um barão ou um duque.

O coletor observava-a e contraía o rosto de raiva... Ele não sentia ciúmes, mas era-lhe desagradável, em primeiro lugar, que por causa das danças não havia onde jogar baralho; em segundo, ele não suportava música de sopro; em terceiro, parecia-lhe que os senhores oficiais tratam os civis com excessiva altivez e condescendência e, o que era mais importante, em quarto lugar, ele ficava irritado e indignado com a expressão de beatitude no rosto da sua mulher...

— Dá nojo de olhar! — resmungava ele. — Tem quase 40 anos, nem pele nem carne, e veja só, também se mete, empoou-se, frisou-se, apertou-se no espartilho! E se rebola e saracoteia e imagina que isso a orna... Ai, meu Deus, como sois formosa!

Ana Pavlovna estava tão absorta na dança que não olhou para o marido uma única vez.

— Naturalmente, quem somos nós, pobres labregos! — ironizava o coletor. — Agora somos meros civis... Somos bichos do mato, ursos de província! Mas ela é a rainha do baile; pensa que está tão bem conservada que até os oficiais podem interessar-se por ela. Quem sabe não recusaria até se apaixonar!

Durante a mazurca, o rosto do coletor se convulsionou de ódio. Ana Pavlovna dançava a mazurca com um oficial moreno de olhos saltados e zigomas de tártaro. Ele trabalhava com as pernas a sério e com sentimento, com uma expressão severa no rosto, e revirara os joelhos de tal maneira que parecia um palhaço de brinquedo puxado por um cordão. E Ana Pavlovna, pálida, vibrante, o corpo languidamente curvado e os olhos entrefechados, procurava dar a impressão de que mal tocava o chão, e, ao que parece, ela mesma achava que não estava mais na Terra, no clube provincial, mas algures, muito longe — nas nuvens! Não só o seu rosto, mas todo o seu corpo exprimia beatitude... O coletor não aguentava mais; ele queria escarnecer desta beatitude, fazer Ana Pavlovna sentir que ela passava da conta, que a vida não é tão bela assim, como lhe parece agora, no seu entusiasmo...

— Espera, eu já te mostro como sorrir embevecida! — resmungava ele. — Não és mais nenhuma colegial, não és uma garota. Um focinho velhusco tem que entender que é um focinho!

E os sentimentos mesquinhos de inveja, despeito, amor-próprio espicaçado, o misantropismo pequeno de provinciano, aquele mesmo que se cria nos funcionários subalternos com o excesso de vodca e vida sedentária, começaram a se agitar dentro dele, como ratos... Ele esperou pelo fim da mazurca, entrou no salão e dirigiu-se à mulher. Ana Pavlovna estava sentada ao lado de um cavalheiro e, abanando-se com o leque, piscava os olhos e contava como, tempos atrás, ela dançara em Petersburgo. (Seus lábios se franziam em forma de coração e ela pronunciava assim: "Lá em Piutiursbiurgo.")

— Aniuta, vamos para casa! — rouquejou o coletor.

— Por quê? Ainda é cedo!

— Eu te peço que venhas para casa! — disse o coletor pausadamente, fazendo uma cara zangada.

— Para quê? Será que aconteceu alguma coisa? — perguntou Ana Pavlovna, preocupada.

— Não aconteceu nada, mas eu desejo que tu venhas para casa neste minuto... Desejo e está acabado, e, por favor, nada de conversas.

Ana Pavlovna não temia o marido, mas sentia vergonha diante do cavalheiro que fitava o coletor com surpresa zombeteira. Levantou-se e foi com o marido para um canto.

— Que foi que inventaste? — começou ela. — Para que hei de ir para casa? Pois se não são nem 11 horas ainda!

— Eu quero e basta! Quero que vás para casa. E é só.

— Deixa de inventar bobagens! Vai sozinho, se estás com vontade.

— Muito bem, então, eu faço um escândalo!

O coletor observava como a expressão beatífica pouco a pouco abandonava o rosto da sua mulher, como ela estava envergonhada e como sofria — e ele começou a sentir-se como que mais leve.

— Para que precisas de mim, agora? — perguntou a esposa.

— Não preciso de ti, mas desejo que fiques em casa. Eu desejo, é tudo.

A princípio, Ana Pavlovna nem queria ouvir nada, depois, começou a suplicar ao marido que a deixasse ficar pelo menos mais meia hora; depois, sem mesmo saber por quê, ela pediu perdão, jurou — e tudo isso cochichando, entre sorrisos, para que o público não pensasse que ela estava tendo alguma desavença com o marido. Ela prometia que ficaria só mais um pouco, só dez minutos, cinco minutos: mas o coletor obstinava-se e insistia.

— Como queiras, fica! Só que eu vou armar um escândalo.

E, enquanto conversava com o marido, agora, Ana Pavlovna ficava abatida, emagrecia, envelhecia. Pálida, mordendo os lábios e quase chorando, ela saiu do salão e começou a vestir o agasalho...

— Para onde vai tão cedo? — Admiravam-se as senhoras de K. — Ana Pavlovna, por que vai embora, queridinha?

— Ela está com dor de cabeça — respondia o coletor pela mulher.

Saindo do clube, os esposos caminharam em silêncio até a casa. O coletor vinha atrás da mulher e, olhando para o seu pequeno vulto encurvado, abatido pelo desgosto e pela humilhação, recordava a beatitude que tanto o irritava no clube, e a consciência de que esta beatitude já não existia enchia-lhe a alma de um sentimento de vitória. Ele estava contente e satisfeito, e ao mesmo tempo faltava-lhe alguma coisa, e tinha vontade de voltar para o clube, e fazer com que todo mundo ficasse aborrecido e amargurado, que todo mundo sentisse como esta vida é chata e mesquinha quando se caminha assim pela rua e se ouve a lama chapinhar debaixo dos pés, e quando se sabe que amanhã cedo é preciso acordar, e novamente nada, além de vodca e baralho! Oh, como tudo isso é horroroso!

E Ana Pavlovna mal conseguia andar... Ela ainda estava sob a impressão das danças, da música, das conversas, do brilho, da algazarra; ela andava e pensava, por que será que Deus a castigava assim? E ela se sentia amargurada, insultada, e sufocava de ódio ao ouvir atrás de si os passos pesados do marido. Ela se calava e procurava encontrar uma palavra qualquer, a mais ofensiva, corrosiva e venenosa, para atirá-la ao marido, e ao mesmo tempo sentia que o seu coletor de sisas é invulnerável a quaisquer palavras. Que são as palavras para ele? O pior dos inimigos não poderia inventar uma situação mais desamparada do que a dela.

E, enquanto isso, a música continuava a tocar, e as trevas estavam cheias dos sons mais alegres e excitantes.

Libertinagem

Realizando o seu passeio da noite, o assessor colegiado Miguiev parou ao lado de um poste telegráfico e exalou um suspiro profundo. Uma semana atrás, neste mesmo lugar, quando, à mesma hora, ele voltava do passeio para casa, fora alcançado pela sua ex-arrumadeira Ágnia, que lhe dissera com raiva:

— Deixa estar! Vou te preparar uma cama tal, que vais ficar sabendo como arruinar raparigas inocentes! Vou te jogar o bastardinho, e vou te denunciar ao juiz, e vou contar tudo à tua mulher...

E exigiu que ele depositasse no banco, no nome dela, cinco mil rublos. Miguiev lembrou-se disso, suspirou, e, mais uma vez, exprobrou-se, com doloroso arrependimento, a paixão de um instante que lhe causava agora tantos incômodos e sofrimentos.

Chegando à sua *datcha*, Miguiev sentou-se no degrau da entrada para descansar. Eram dez horas em ponto, e por detrás das nuvens espiava um pedacinho da lua. Na rua e por perto das casas, não havia vivalma: os veranistas velhos já estavam deitados e os jovens passeavam no bosque. Ao procurar nos dois bolsos os fósforos para acender o cigarro, Miguiev esbarrou com o cotovelo em algo mole; por falta de assunto, olhou por debaixo do cotovelo direito e, de repente, todo o seu rosto se convulsionou num horror tamanho como se tivesse visto ao seu lado uma cobra venenosa. Sobre o degrau, bem junto da porta, jazia uma espécie de trouxa. Uma coisa de forma oblonga estava embrulhada em algo, a julgar pelo tato, parecido com um pequeno cobertor acolchoado. Um lado da trouxa estava entreaberto e o assessor colegiado, enfiando a mão pela abertura, apalpou algo tépido e úmido. De um salto, ele pôs-se de pé e correu os olhos em volta, como um criminoso pronto para fugir da guarda...

— E enjeitou mesmo! — sussurrou ele entre os dentes, crispando os punhos com raiva. — Ei-la jazendo aqui... jazendo aqui, a libertinagem. Oh, Senhor!

O medo, o ódio e a vergonha o paralisavam... Que fazer agora? Que dirá a mulher, se souber? Que dirão os colegas de trabalho? Sua Excelência, com certeza, agora lhe dará umas palmadinhas na barriga, com uma risadinha, e dirá: "Parabéns... He-he-he... Barba grisalha e o diabo no corpo... levadinho, hein, Semion Erástovitch!" Toda a vila balneária ficará conhecendo o seu segredo e, quiçá, as dignas mães de família lhe fecharão suas portas. As histórias de enjeitados são publicadas em todos os jornais e, deste modo, o nome respeitável de Miguiev será arrastado na lama por toda a Rússia...

A janela central da *datcha* estava aberta e por ela podia-se ouvir claramente como Ana Filipovna, mulher de Miguiev, preparava a mesa para a ceia; no quintal, logo atrás do portão, o zelador Iermolai tilintava na sua balalaica lamurienta... Era só o nascituro começar a choramingar e o segredo seria descoberto. Miguiev sentiu uma vontade irresistível de se apressar.

— Depressa, depressa... — balbuciava ele. — Neste instante, enquanto ninguém viu. Preciso levá-lo embora... deixá-lo em qualquer porta estranha...

Miguiev apanhou a trouxa com uma mão e comedidamente, devagar, para não parecer suspeito, começou a andar pela rua...

"Que situação extraordinariamente nojenta!", pensava ele, esforçando-se por assumir um aspecto indiferente. "Um assessor colegiado andando pela rua com um recém-nascido! Oh, meu Deus, se alguém me vir e compreender a situação, estarei perdido... Vou deixá-lo neste degrau... não, espere, aqui as janelas estão abertas, quem sabe alguém está olhando. Onde é que poderia... ha, já sei — vou levá-lo para a casa do comerciante Melkin... Os comerciantes são gente rica e de bom coração, quiçá ele vai ficar contente em educar a criatura."

E Miguiev resolveu levar sem falta a criança ao Melkin, apesar de a casa do comerciante ficar na rua mais extrema da vila balneária, bem junto do rio.

"Se ao menos ele não começasse a guinchar ou não caísse para fora da trouxa", pensava o assessor colegiado. "Essa agora... muito grato, não contava com tanto! Eu, carregando uma criatura humana debaixo do braço, como se fosse uma pasta. Uma criatura humana, viva, com alma, com sentimentos, como todo mundo... Se, quem sabe, os Melkin ficarem com ele para criar, é capaz de sair dele um desses... Quem sabe ele acaba sendo um professor, ou general, ou escritor... Já se viu de tudo neste mundo! Agora, eu o carrego debaixo do braço, como uma porcaria qualquer, mas daqui a uns trinta ou quarenta anos, quem sabe, eu mesmo vou ter de me perfilar na frente dele..."

Quando passava pela viela escura e deserta, ao longo das cercas compridas, sob a sombra espessa e negra das tílias, Miguiev começou a ter a sensação de que estava praticando algo muito cruel e criminoso.

"Mas, afinal de contas, isto é uma baixeza!", pensava ele. "Uma baixeza tão grande que maior não se pode imaginar... Por que razão estamos atirando a desgraçada criatura de uma soleira para outra? Será que ela tem culpa de ter nascido? E que mal nos fez ela? Somos uns canalhas... Gostamos de passear de trenó, mas arrastar o trenó morro acima, isto fica para as criancinhas inocentes... Quando a gente se põe a pensar nestas coisas... Eu caí na libertinagem, e agora este pobre garotinho está diante de um destino cruel... Vou deixá-lo na porta do Melkin, e o Melkin vai mandá-lo para um orfanato... e lá é tudo estranho, oficial, sem carinho, nem amor, nem mimos... Depois, vão despachá-lo... para ser sapateiro... o coitado começará a beber, aprenderá a praguejar, viverá morrendo de fome... Sapateiro, quando ele é filho de assessor colegiado, de sangue fidalgo... Minha própria carne e sangue..."

Miguiev saiu da sombra das tílias para a estrada inundada pelo luar e, desatando a trouxa, olhou para a criança.

— Dorme — sussurrou ele. — Ora veja, o patife tem o nariz aquilino, puxou ao pai... Dorme e nem sente que está sendo observado pelo próprio progenitor... Que drama, irmão... Bem, que fazer, perdoa... perdoa, mano... Quer dizer que assim estava escrito no teu destino...

O assessor colegiado começou a piscar os olhos e sentiu como que formigas escorregando-lhe pelas faces... Tornou a embrulhar a criança, colocou-a debaixo do braço e continuou a andar. Durante todo o caminho até a casa de Melkin, na sua cabeça se atropelavam problemas sociais, e no peito arranhava a consciência.

"Se eu fosse um homem digno e honesto", pensava ele, "mandaria tudo às favas, me apresentaria com esta criancinha diante de Ana Filipovna, cairia de joelhos diante dela e diria: 'Perdoa! Pequei! Tortura-me, mas não arruinemos a criança inocente! Não temos filhinhos — fiquemos com este, para criar e educar!' Ela é mulher bondosa, concordaria... E então o meu filho ficaria comigo... Eh!"

Ele aproximou-se da casa de Melkin e parou, hesitante... Imaginou-se sentado na sua sala, lendo o jornal, e junto dele esfrega-se um garoto de nariz aquilino, brincando com as franjas do seu roupão; e, ao mesmo tempo, na sua imaginação, se insinuavam os colegas de trabalho, com piscadelas maliciosas, e Sua Excelência, dando risadinhas e palmadinhas na barriga... Mas na alma, ao lado da consciência arranhando, instalara-se algo terno, tépido, triste...

O assessor colegiado depositou o recém-nascido cuidadosamente no degrau do terraço e abanou a mão num desânimo. Novamente, sentiu formigas lhe correrem pelo rosto, de cima para baixo...

— Perdoa-me, mano... perdoa este canalha! — murmurou ele. — Não me recordes mal!

Ele deu um passo para trás, mas no mesmo instante soltou um pigarro decidido e disse:

— Eh, que venha o que vier! Vou mandar tudo às favas! Fico com ele, e deixa que as gentes falem o que quiserem!

Miguiev apanhou a criança e marchou rapidamente de volta.

"Que falem o que quiserem", pensava ele. "Vou já, caio de joelhos, e digo: 'Ana Filipovna!' Ela é boa mulher, vai compreender... E vamos criá-lo... Se for menino, chamaremos de Vladimir, e se for menina, de Ana... Pelo menos, será um consolo na velhice..."

E ele fez conforme decidira. Chorando, quase desfalecendo de medo e vergonha, cheio de esperanças e de vago encantamento, ele entrou em sua *datcha*, dirigiu-se à mulher e pôs-se de joelhos diante dela...

— Ana Filipovna! — disse ele, soluçando e pondo a criança no chão. — Não me mandes matar, manda antes falar... Pequei! Esta criança é minha... Tu te lembras de Agniúchka, pois é... tentou-me o tinhoso...

E, atordoado de vergonha e de medo, sem esperar pela resposta, ele se levantou de um pulo e, como quem levou uma surra, saiu correndo para o ar livre...

"Ficarei aqui no quintal até que ela me chame", pensava ele. "Vou dar-lhe tempo de recobrar a calma e de pensar..."

O zelador Iermolai passou com a balalaica, olhou para ele e deu de ombros... Um minuto mais tarde, ele tornou a passar e tornou a dar de ombros...

— Que história, faça-me um favor — resmungou ele, com um sorriso atravessado. — Veio aqui agora há pouco uma mulher, a lavadeira Aksínia. A burra deixou o seu filhote na rua, aqui no degrau, e enquanto ela estava lá dentro, comigo, alguém passou e levou a criança... Que trapalhada!

— O quê? O que estás dizendo?! — berrou Miguiev com toda a força dos pulmões.

Iermolai, que interpretou a ira do patrão à sua própria moda, coçou a nuca e suspirou.

— Desculpe, Semion Erástovitch — disse ele —, mas nestes tempos de verão, férias... não dá jeito sem estas coisas... sem mulher, quer dizer...

E, vendo os olhos do patrão, arregalados numa fúria espantada, ele pigarreou com ar culpado e continuou:

— Isto é pecado, claro, mas que é que se vai fazer... O senhor proibiu trazer mulher de fora aqui pro quintal, lá isto é verdade, mas onde é que a gente vai arranjar mulher de casa? Antes, quando a Agniúchka morava aqui, mulher estranha nunca entrou, porque ela era de casa, conhecida, mas agora, o senhor mesmo pode ver... a gente não pode se arranjar sem as de fora... No tempo de Agniúchka, lá isto é certo, não havia desordem, por isso que...

— Fora daqui, velhaco! — berrou Miguiev, batendo com os pés, e voltou para dentro de casa.

Ana Filipovna, espantada e irada, estava sentada no mesmo lugar e não tirava os olhos lacrimosos do recém-nascido...

— Bem, bem — balbuciou Miguiev, pálido, torcendo a boca num sorriso. — Vamos, eu estava brincando... Ele não é meu, é... é da lavadeira Aksínia... Eu... estava brincando... Pode levá-lo para o zelador.

O INVESTIGADOR

Um belo dia de primavera, o médico distrital e o investigador judiciário estavam a caminho de uma autópsia. O investigador, homem de uns 35 anos, fitava nos cavalos o olhar pensativo e dizia:

— Existe na natureza muita coisa enigmática e obscura... Mas mesmo na vida quotidiana, doutor, é comum depararmo-nos com fenômenos que positivamente não se prestam a explicação. Assim, eu sei de várias mortes tão misteriosas e estranhas que só espíritas ou místicos empreenderiam tentar apurar-lhes as causas. Um homem de cabeça clara, porém, encolherá os ombros, perplexo, e é só. Por exemplo, eu conhecia uma senhora muito culta e educada, que predisse a sua própria morte, e morreu sem nenhuma causa aparente, exatamente no dia por ela mesma previsto. Disse que morreria em tal dia, e morreu.

— Não há efeito sem causa — disse o doutor. — Houve a morte, portanto, houve uma causa. E quanto à profecia, não há nisso nada de extraordinário. Todas as nossas mulheres, damas ou camponesas, possuem o dom da profecia e da premonição.

— Isto pode ser verdade, mas a senhora em questão, doutor, é de todo especial. Na sua profecia e na sua morte, não havia nada de superstições nem de dama nem de camponesa. Era uma mulher jovem, sadia, muito inteligente, livre de quaisquer preconceitos. Tinha uns olhos tão vivos, claros, honestos; um rosto aberto, sensato, com um quê de malicioso, ligeiro, bem russo, no olhar e nos lábios. De tipicamente "feminino" ela só tinha, se quiser, uma coisa: a beleza. Toda esguia, graciosa, como este vidoeiro aqui, uma cabeleira maravilhosa! E para que a sua pessoa fique mais compreensível para o senhor, acrescentarei ainda que se tratava de um caráter cheio da mais contagiante alegria, despreocupação e aquela espécie de leviandade boa e inteligente que só existe em gente pensante, simples e bem-humorada. Pode-se então falar aqui de espiritismo, misticismo, dom de premonição ou coisa semelhante? Ela se ria dessas coisas.

O carro do médico parou junto a um poço. O investigador e o doutor tomaram água, espreguiçaram-se e ficaram à espera de que o cocheiro terminasse de abeberar os cavalos.

— Bem, e do que foi que morreu aquela senhora? — perguntou o doutor, quando o carro recomeçou a rodar pela estrada.

— Ela morreu de um modo estranho. Um belo dia, o marido entrou no quarto e disse-lhe que não seria mau vender a carruagem velha e comprar, em seu lugar, alguma coisa mais nova e mais leve, e que também seria bom trocar o cavalo da esquerda e colocar Bobtchinski[12] (o marido tinha um cavalo com este nome) no centro.

"A esposa ouviu tudo e disse:

"'Faça o que quiser, para mim agora é tudo indiferente. No verão eu já estarei no cemitério.'

"O marido, está claro, dá de ombros e sorri.

"'Eu não estou pilheriando', diz ela. 'Declaro-lhe com toda a sinceridade que vou morrer logo.'

"'Que quer dizer "logo"?'

"'Logo depois do parto. Darei à luz e morrerei.'

"O marido não deu a menor atenção a essas palavras. Ele não acredita em qualquer espécie de pressentimentos e, além disso, sabe perfeitamente que as mulheres em estado interessante gostam de fazer manha e, em geral, de se entregar a pensamentos sombrios. Passou um dia, e outra vez a mulher lhe falou nessa história de morrer logo depois do parto; depois, todos os dias ela falava na mesma coisa, e ele ria e a chamava de supersticiosa, adivinhadeira, carpideira. A morte próxima tornou-se ideia fixa da mulher. Quando o marido não a escutava, ela ia para a cozinha e lá falava de sua morte com a velha babá e a cozinheira.

"'Tenho pouco tempo neste mundo, babá querida. Assim que eu der à luz, em seguida vou morrer. Não quero morrer tão cedo, mas parece que o meu destino é este.'

"A babá e a cozinheira, naturalmente, debulhavam-se em lágrimas. Às vezes, vinha visitá-la a mulher do *pope*,[13] ou uma vizinha, e ela as levava para um canto e lá se punha a abrir-lhes o coração — e sempre o mesmo assunto, a morte próxima. E ela falava sério, com um sorriso desagradável, até mesmo com uma expressão de maldade, e não admitia que a contradissessem. Ela era mulher elegante, coquete, mas agora, em vista da proximidade da morte, abandonou tudo e começou a andar relaxada. Já não lia, não se ria, não sonhava em voz

---

[12] Personagem da famosa comédia satírica de Gogol, *O revisor*. (N.T.)
[13] Padre, cura de aldeia, ortodoxo. (N.T.)

alta… E não é só — um dia, foi com uma tia ao cemitério e lá escolheu um lugar para a sua sepultura. E uns cinco dias antes do parto, fez o seu testamento. E tome nota, doutor, tudo isso era feito em estado da mais perfeita saúde, sem qualquer indício de adoecimento ou perigo de qualquer espécie. O parto é uma coisa difícil, às vezes mortal, mas com aquela de quem lhe estou falando tudo estava em perfeita ordem e não havia absolutamente nada a recear. O marido, afinal, enjoou de toda esta história. Uma vez, durante o almoço, ele ficou zangado e disse:

"'Escute, Natacha, quando é que finalmente terão um fim todas essas asneiras?'

"'Não são asneiras. Estou falando sério.'

"'Tolices! Eu a aconselho a deixar dessas bobagens, para depois não ficar com vergonha de si mesma.'

"Mas eis que chegou o parto. O marido trouxe da cidade a melhor das parteiras. Era o primeiro parto da esposa, mas tudo se passou da melhor maneira. Quando tudo terminou, a parturiente desejou ver a criança. Olhou-a e disse:

"'Bem, agora já posso morrer.'

"Despediu-se, fechou os olhos e, meia hora depois, entregou a alma a Deus. Ficou consciente até o último instante. Pelo menos, quando lhe deram leite em vez de água, ela balbuciou:

"'Mas por que me dão leite em vez de água?'

"E está aí a história. Tal como ela predisse, assim ela morreu."

O investigador calou-se, suspirou e disse:

— Agora explique, do que foi que ela morreu? Asseguro-lhe sob palavra de honra que tudo isso não é invenção, mas fato.

Pensativo, o doutor olhou para o céu.

— Seria bom fazer uma autópsia.

— Para quê?

— Para averiguar a causa da morte. Não terá sido da sua profecia que ela morreu. Ela envenenou-se, é o mais provável.

O investigador voltou bruscamente o rosto para o médico e, apertando os olhos, disse:

— E de onde o senhor conclui que ela se envenenou?

— Eu não concluo, apenas suponho. Ela vivia bem com o marido?

— Hum… não inteiramente. As dificuldades começaram logo depois do casamento. Aconteceu uma infeliz coincidência de circunstâncias…

uma vez, a falecida apanhou o marido em flagrante com uma senhora. Entretanto, ela o perdoou logo.

— E o que aconteceu primeiro: a traição do marido ou o aparecimento da ideia da morte?

O investigador olhou fixamente para o médico, como que querendo adivinhar por que ele fazia essa pergunta.

— Com licença — respondeu ele não de imediato. — Com licença, deixe-me lembrar. — O investigador tirou o chapéu e esfregou a fronte. — Sim, sim... ela começou a falar da sua morte justamente pouco depois daquele incidente. Sim, sim.

— Pronto, está vendo... Com certeza, ela resolve envenenar-se já naquela ocasião, mas como provavelmente não queria matar a criança junto consigo, adiou o suicídio para depois do parto.

— Improvável, improvável... não é possível. Pois se ela perdoou na mesma ocasião.

— Se perdoou muito depressa, é que boa coisa não estava pensando. As esposas jovens não perdoam facilmente.

O investigador forçou um sorriso e, para disfarçar a emoção muito perceptível, acendeu um cigarro.

— Improvável, improvável... — continuava ele. — Nem me passou pela cabeça uma hipótese dessas... E além disso... ele nem é tão culpado como parece... Ele traiu de um modo esquisito, sem mesmo desejá-lo: voltou para casa à noite, um pouco bêbado, com vontade de acariciar alguém, mas a mulher está em estado interessante... e aqui, que o diabo a carregue, aparece-lhe pela frente uma senhora, que veio passar três dias em casa, mulherzinha oca, tola, feia. Isto nem se pode considerar adultério. A própria mulher encarou a coisa assim e logo... perdoou; nunca mais se falou neste caso...

— As pessoas não morrem sem uma causa — disse o doutor.

— Isto é verdade, naturalmente, e apesar disso... não posso admitir que ela tenha se envenenado. Mas que estranho que até agora não me tenha passado pela cabeça a possibilidade de uma morte assim! E ninguém pensou nisso! Todos estavam espantados porque a profecia dela se realizou, e a ideia da possibilidade... de uma morte... assim... era remota... E nem pode ser que ela tenha se envenenado! Não!

O investigador ficou preocupado. O pensamento sobre a morte estranha da mulher não o abandonou nem durante a autópsia. Anotando o que lhe ditava o médico, ele franzia o cenho e esfregava a testa.

— Mas será que existem venenos que matam em um quarto de hora, pouco a pouco, e sem sofrimento algum? — perguntou ele ao médico, quando este estava abrindo o crânio.

— Existem, sim. A morfina, por exemplo.

— Hum... estranho... Lembro-me de que ela tinha consigo algo semelhante... Mas não é provável!

No caminho de volta, o investigador estava com um aspecto fatigado, mordiscava nervosamente o bigode e falava sem vontade.

—Vamos andar um pouquinho a pé — propôs ele ao doutor. — Enjoei de ficar sentado.

Tendo caminhado uns cem passos, o investigador, ao que parece ao médico, fraquejou de todo, como se estivesse escalando uma alta montanha. Ele parou e, fitando o médico com uns olhos estranhos, como que bêbados, falou:

— Deus meu, se a sua suposição é justa, quer dizer que... mas isto é cruel, desumano! Ela se envenenou para com isso castigar o outro! Será que o pecado foi tão grande? Ah, meu Deus! E por que o senhor me presenteou com este maldito pensamento, doutor?

O investigador agarrou a cabeça com as mãos, em desespero, e prosseguiu:

— O que eu lhe contei foi sobre a minha própria mulher, sobre mim mesmo. Oh, meu Deus! Seja, fui culpado, eu a ofendi, mas será possível que é mais fácil morrer do que perdoar? Isso sim é que é lógica feminina, lógica cruel, sem piedade. Oh, sim, ela era cruel, ela sempre foi cruel, em vida também! Agora eu compreendo! Agora está tudo claro!

O investigador falava e ora encolhia os ombros, ora agarrava a cabeça. Ora ele subia para o carro, ora andava a pé. O pensamento novo que lhe comunicara o médico parecia tê-lo atordoado, envenenado; ele ficou desorientado, enfraquecido de corpo e alma, e, quando chegaram à cidade, despediu-se do médico, recusando o almoço, ainda que na véspera tivesse prometido almoçar com o doutor.

Meninos

—Volódia chegou! — gritou alguém no quintal.
—Volódtichka *chegaram*! — berrou Natália, irrompendo na sala de jantar — Ai, meu Deus!
Toda a família Korolióv, que aguardava a chegada do seu Volódia de uma hora para outra, atirou-se para as janelas. Diante do portão, estacionara um amplo trenó de campo, e da *troika* de cavalos brancos subia um vapor espesso. O trenó estava vazio, porque Volódia já estava no vestíbulo, desatando o capuz com os dedos vermelhos e entanguidos. O seu capote de colegial, o quepe, as galochas e os cabelos nas pontas estavam cobertos de geada, e todo ele, dos pés à cabeça, exalava um ar de frio tão gostoso que, olhando para ele, dava vontade de ficar arrepiado e dizer: "brrrr!" A mãe e a tia atiraram-se a ele aos beijos e abraços, Natália caiu-lhe aos pés e pôs-se a tirar-lhe as botas de neve. As irmãs levantaram um escarcéu, as portas rangiam e batiam, e o pai de Volódia, de colete e tesoura na mão, entrou correndo no vestíbulo e gritou, atarantado:
— Nós o esperávamos para ontem! Viajou bem? Tudo em ordem? Deus do céu, deixem o menino cumprimentar o pai! Sou o pai dele ou não sou?
— Uau! Uau! — urrava com voz de baixo Milord, um enorme canzarrão preto, batendo com o rabo nos móveis e nas paredes.
Tudo misturou-se numa única zoeira festiva, que durou uns dois minutos. Quando passou o primeiro assomo de alegria, os Korolióv perceberam que, além de Volódia, encontrava-se no vestíbulo um outro homenzinho, embrulhado em lenços, chales e capuzes, e coberto de geada; ele estava parado, imóvel, num canto, na sombra projetada por um grande capote de pele de raposa.
—Volódtichka, e quem é este? — perguntou a mãe em voz baixa.
— Oh! — lembrou-se Volódia. — Este, tenho a honra de apresentar, é o meu colega Tchetchevítzin, aluno do segundo ano... Eu o trouxe comigo, para ser nosso hóspede.
— Muito prazer, seja bem-vindo! — disse o pai alegremente. — Desculpe, estou à caseira, sem paletó... Por favor, entre! Natália, ajude

o senhor Tchetchevítzin a tirar os agasalhos! Pelo amor de Deus, mandem embora este cachorro! Que castigo!

Pouco depois Volódia e seu amigo Tchetchevítzin, atordoados pela ruidosa recepção e ainda corados de frio, assentavam-se à mesa tomando chá. O sol de inverno, varando a neve e os desenhos da geada nas vidraças, dançava no samovar[14] e banhava seus límpidos raios na bacia de água. A sala estava quente e os meninos sentiam como nos seus corpos enregelados, não querendo ceder um ao outro, formigavam o calor e o frio.

— Pois é, logo teremos o Natal! — dizia o pai em voz cantante, enrolando um cigarro de fumo ruivo-escuro. — E parece que foi ainda agora que era verão, e a mamãe chorava, despedindo-se de você... E você já voltou... O tempo passa ligeiro, mano! A gente não tem tempo de dizer ai, e a velhice está aqui! Senhor Tchibisov, coma, peço-lhe, não se acanhe. Aqui é tudo simples, sem cerimônia.

As três irmãs de Volódia — Kátia, Sônia e Macha; a mais velha tinha 11 anos — sentadas em volta da mesa não tiravam os olhos do novo conhecido. Tchetchevítzin tinha a mesma idade e a mesma altura do Volódia, mas não era, como este, gordinho e alvo, mas magro, trigueiro, coberto de sardas. Tinha os cabelos arrepiados, olhos apertados, lábios grossos, e era, de um modo geral, muito feio, e se não fosse o uniforme do ginásio, pela aparência exterior ele poderia ser tomado por um filho da cozinheira. Era taciturno, ficou calado o tempo todo e não sorriu nem uma vez. As meninas, observando-o, compreenderam imediatamente que se tratava, com certeza, de pessoa muito sábia e inteligente. Ele ficava o tempo todo pensando, e tão ocupado estava com os seus pensamentos que, quando alguém lhe perguntava alguma coisa, estremecia, sacudia a cabeça e pedia que repetisse a pergunta.

As meninas repararam que também Volódia, sempre alegre e conversador, desta vez falava pouco, não sorria de todo, e até nem parecia contente de ter voltado para casa. Enquanto durou o chá, ele se dirigiu às irmãs só uma vez, e isso mesmo com umas palavras meio esquisitas. Ele indicou com o dedo o samovar e disse:

— Lá na Califórnia, em vez de chá, bebem gim.

Ele também estava mergulhado em pensamentos e, a julgar pelos olhares que de vez em quando ele trocava com o seu amigo Tchetchevítzin, os pensamentos dos meninos eram os mesmos.

---

[14] Aparelho de mesa, a carvão, para conservar água fervendo para o chá. (N.T.)

Depois do chá, todos foram para o quarto de brinquedos. O pai e as meninas sentaram-se à mesa e recomeçaram o trabalho que fora interrompido pela chegada dos meninos. Eles estavam fazendo franjas e flores de papel colorido para a árvore de Natal. Era um trabalho fascinante e barulhento. Cada flor recém-terminada era saudada pelas meninas com gritos de entusiasmo, e até gritos de terror, como se esta flor se tivesse despencado do céu; o papai também ficava entusiasmado, e de vez em quando atirava a tesoura ao chão, zangado porque ela cortava mal. Mamãe entrava correndo no quarto de brincar, com uma expressão muito preocupada, e perguntava:

— Quem pegou a minha tesoura? Outra vez você, Ivan Nikolaitch, tirou a minha tesoura?

— Deus do céu, nem a tesoura a gente pode pegar! — respondia Ivan Nikolaitch com voz chorosa e, recostando-se no espaldar da cadeira, assumia uma pose de homem ofendido, mas um minuto depois ele estava entusiasmado de novo.

Nas suas vindas anteriores, Volódia também tomava parte na preparação da árvore de Natal, ou corria para o quintal para ver o cocheiro e o pastor construindo um morro de neve, mas, desta vez, ele e Tchetchevítzin não deram a menor atenção ao papel colorido e nem mesmo foram uma só vez até a estrebaria, mas sentaram-se junto da janela e começaram a cochichar; depois, juntos, abriram um atlas geográfico e puseram-se a estudar um mapa.

— Primeiro Perm... — dizia Tchetchevítzin em voz baixa... — dali para Tiúmen... depois Tomsk... depois... depois... Kamtchatka... Daqui, os samoiedos fazem o transporte em barcos através do estreito de Bering... E aí você tem a América... Aqui existem muitos animais de pelo.

— E a Califórnia? — perguntou Volódia.

— A Califórnia é mais para baixo... O principal é entrar na América, aí a Califórnia já fica perto. Quanto ao sustento, pode-se obtê-lo com a caça e os assaltos.

Tchetchevítzin evitou as meninas o dia inteiro, e só as olhava de soslaio. Depois do chá da noite, aconteceu que ele teve de ficar uns cinco minutos a sós com as meninas. Não dava jeito de ficar calado. Ele pigarreou, severo, esfregou a mão esquerda com a palma da direita, lançou um olhar taciturno para Kátia e perguntou:

— A senhora leu Mayne-Reid?

— Não, não li... Escute, o senhor sabe pintar?

Mergulhado nos seus pensamentos, Tchetchevítzin não respondeu nada a esta pergunta, apenas inflou fortemente as bochechas e deu um suspiro, como se estivesse sentindo muito calor. Ergueu mais uma vez os olhos para Kátia e disse:

— Quando um rebanho de bisontes galopa pelos pampas, a terra treme, e nesta hora, os mustangues, assustados, escoiceiam e relincham.

Tchetchevítzin sorriu tristemente e acrescentou:

— E também os índios atacam os trens. Mas o pior de tudo são os mosquitos e as térmitas.

— E o que é isso?

— É uma espécie de formiguinha, só que tem asas. Picam com muita força. Sabe quem sou eu?

— O senhor Tchetchevítzin.

— Não. Eu sou Montihomo, o Garra de Abutre, cacique dos invencíveis.

Macha, menorzinha das meninas, olhou para ele, depois para a janela, por trás da qual já caíra a noite, e disse pensativa:

— Ontem tivemos *tchetchevitza*[15] no almoço.

As palavras inteiramente incompreensíveis de Tchetchevítzin, e o fato de ele estar o tempo todo cochichando com Volódia, e de Volódia não brincar e ficar só pensando — tudo isso era enigmático e estranho. E as duas meninas mais velhas, Kátia e Sônia, puseram-se a observar os meninos com grande atenção. À noite, quando os meninos foram dormir, as meninas aproximaram-se furtivamente da porta e escutaram a conversa dos dois. Oh, as coisas que elas ficaram sabendo! Os meninos se preparavam para fugir para longe, para a América, a fim de procurar ouro; já tinham tudo pronto para a jornada: uma pistola, dois facões, biscoitos, uma lente para fazer fogo, uma bússola e quatro rublos em dinheiro. Souberam que os meninos teriam de andar alguns milhares de verstas a pé e, pelo caminho, lutar com tigres e selvagens, e depois buscar ouro e marfim, matar inimigos, fazer-se piratas do mar, beber gim e, no fim de tudo, casar-se com beldades e explorar plantações. Volódia e Tchetchevítzin conversavam e, no seu entusiasmo, interrompiam um ao outro. E no meio disso tudo, Tchetchevítzin se intitulava "Montihomo, Garra de Abutre", e ao Volódia, "meu irmão Cara Pálida".

---

[15] Lentilha, em russo. (N.T.)

— Olhe aqui, não conte nada à mamãe, hein! — disse Kátia a Sônia, quando foram dormir. — O Volódia vai nos trazer da América ouro e marfim, mas se você disser à mamãe, não vão deixá-lo ir.

Na véspera do Natal, Tchetchevítzin ficou o dia inteiro estudando o mapa da Ásia e fazendo anotações, e Volódia, ensimesmado, com cara de quem foi picado por uma abelha, andava taciturno pelos quartos e não comia nada. E uma vez, no quarto dos brinquedos, ele até parou diante do ícone, fez o sinal da cruz e disse:

— Senhor, perdoa a mim, pecador! Senhor, protege a minha pobre, desgraçada mamãe!

À noitinha, ele chorou. Antes de ir para a cama, ficou longo tempo abraçando o pai, a mãe, as irmãs. Kátia e Sônia compreendiam o que estava acontecendo, mas a menor, Macha, não entendia nada, mas nada mesmo, e, olhando para Tchetchevítzin, ficava pensativa e dizia com um suspiro:

— A babá falou que a gente tem de comer ervilha e lentilha na quaresma.

Na madrugada do dia de Natal, Kátia e Sônia saíram sorrateiramente da cama e foram espiar como os meninos fugiriam para a América. Furtivas, chegaram à porta.

— Então, você não vai? — perguntava Tchetchevítzin, com voz zangada. — Fale: não vai?

— Meu Deus! — chorava Volódia baixinho. — Como é que eu posso? Tenho dó da mamãe!

— Irmão Cara Pálida, suplico-lhe, vamos! Não era você que me garantia que iria, não foi você mesmo que me convenceu? E agora, quando chega a hora de partir, você fica com medo!

— Eu... eu não fiquei com medo... eu... tenho dó da mamãe.

— Mas você diga: você vai ou não vai?

— Eu vou, mas... mas espere um pouco. Eu tenho vontade de ficar em casa só um bocadinho!

— Neste caso, eu vou sozinho! — decidiu Tchetchevítzin. — Posso passar sem você. E era você quem me dizia que queria caçar tigres, lutar! Pois se é assim, muito bem: devolva as minhas espoletas!

Volódia começou a chorar tão sentido que as irmãs não aguentaram e também começaram a chorar baixinho. Fez-se silêncio.

— Quer dizer que você não vai mesmo? — perguntou Tchetchevítzin mais uma vez.

— Eu... eu... vou.

— Então, vista-se!

Tchetchevítzin, para convencer Volódia, elogiava a América, rugia como um tigre, representava um navio a vapor, ralhava, prometia entregar a Volódia todo o marfim e todas as peles de tigres e leões.

E este menino trigueiro e magricela, de cabelos arrepiados e cara sardenta, parecia, aos olhos das meninas, extraordinário, fascinante. Era um herói, um homem resoluto e destemido, e rugia tão bem que, por detrás da porta fechada, podia-se pensar que era um tigre ou um leão de verdade.

Quando as meninas voltaram para o quarto e começaram a se vestir, Kátia disse, com os olhos cheios de lágrimas:

— Oh, estou com tanto medo!

Até as duas horas, quando foram almoçar, tudo estava quieto, mas na hora do almoço descobriu-se que os meninos não estavam em casa. Mandaram procurá-los no quarto da criada, na cavalariça, na sala do feitor — não estavam lá. Foram procurar na aldeia — tampouco lá os encontraram. Tomaram o chá, mais tarde, também sem os meninos, e quando foram jantar, a mamãe já estava muito preocupada, até chorou. E de noite, saíram outra vez para a aldeia, procuraram, foram com lanternas para o rio. Deus, que alvoroço!

No dia seguinte, veio o delegado de polícia; na sala de jantar, escreviam uns papéis. A mamãe chorava.

Mas eis que, diante do portão, parou o grande trenó de campo, e a *troika* de cavalos brancos exalava vapor espesso.

— Volódia chegou! — gritou alguém, no quintal.

— Volódtichka *chegaram*! — berrou Natália, entrando a correr na sala de jantar.

E Milord começou a latir com voz de baixo: "Uau! Uau!" Acontece que os meninos foram interceptados na cidade, na estalagem (onde eles andaram perguntando a todo mundo onde se vende pólvora). Volódia, assim que entrou no vestíbulo, desandou a soluçar e atirou-se ao pescoço da mãe. As meninas, trêmulas, pensavam horrorizadas no que iria acontecer agora, vendo o papai levar Volódia e Tchetchevítzin para o seu escritório e ficar muito tempo lá dentro falando com eles; e a mamãe também falava e chorava.

— Então, pode fazer uma coisa dessas? — insistia o papai. — Deus me livre se ficarem sabendo no ginásio, vocês serão expulsos! E o senhor devia se envergonhar, senhor Tchetchevítzin! Muito feio! O senhor é o culpado e espero que seja castigado pelos seus pais. Então pode fazer isso? Onde é que vocês passaram a noite?

— Na estação! — respondeu Tchetchevítzin, com orgulho.

Depois, Volódia ficou deitado, com uma toalha molhada em vinagre na cabeça. Um telegrama foi despachado, e, no dia seguinte, chegou uma senhora, a mãe de Tchetchevítzin, e levou o seu filho embora.

Quando partia, Tchetchevítzin tinha o rosto taciturno, orgulhoso, e, despedindo-se das meninas, ele não disse nem uma palavra; apenas pegou o caderno de Kátia e escreveu, para recordação:

"Montihomo, o Garra de Abutre."

ZÍNOTCHKA

Uma turma de caçadores pernoitava numa cabana camponesa, sobre o feno fresco. A lua espiava pela janela, lá fora, gemia tristonha uma sanfona, o feno exalava um odor adocicado, levemente excitante. Os caçadores falavam de cães, de mulheres, do primeiro amor, de narcejas. Depois de "passadas em revista" todas as senhoras conhecidas, e de contada uma centena de anedotas, o mais gordo dos caçadores, parecendo, no escuro, um feixe de feno, e falando com vozeirão de oficial de estado-maior, bocejou ruidosamente e disse:

— Não é grande coisa ser amado: as damas foram criadas para isso mesmo, para amar a nossa laia. Mas digam-me, amigos, qual dos senhores já foi odiado, odiado apaixonadamente, loucamente? Qual dos senhores teve ocasião de observar os paroxismos do ódio? Hein?

Não houve resposta.

— Ninguém, senhores? — indagou o vozeirão. — Pois eu fui odiado, fui odiado por uma linda jovem, e pude estudar sobre a própria pele os sintomas do primeiro ódio. O primeiro, senhores, porque era algo exatamente oposto ao primeiro amor. Aliás, o que vou relatar agora aconteceu quando eu ainda não entendia nada nem de amor nem de ódio. Tinha eu então uns 8 anos, mas isto não faz mal: aqui, senhores, o que importa não é ele, e sim *ela*. Bem, solicito a sua atenção. Numa bela tarde de verão, antes do pôr do sol, eu e a minha governanta, Zínotchka, uma criaturinha encantadora e poética, recém-saída do Instituto, estávamos sentados no meu quarto, em aula. Zínotchka olhava distraída pela janela e falava:

"'Bem. Nós inspiramos oxigênio. Agora diga-me, Pêtia, o que é que nós expiramos?'

"'Dióxido de carbono', respondia eu, olhando pela mesma janela.

"'Bem', concordava Zínotchka. 'Com as plantas acontece o contrário: elas inspiram dióxido de carbono e expiram oxigênio. O dióxido de carbono está presente na água de Seltzer e na fumaça do samovar... É um gás muito pernicioso. Perto de Nápoles, existe a chamada Caverna do Cão, que contém dióxido de carbono; se soltarmos lá dentro um cão, ele sufoca e morre.'

"Esta famigerada Caverna do Cão, perto de Nápoles, representa um mistério químico além do qual não se atreve a passar nenhuma governanta. Zínotchka sempre defendia com ardor a utilidade das ciências naturais, mas duvido que ela conhecesse de química algo mais além dessa caverna.

"Bem, ela mandou-me repetir. Eu repeti. Ela perguntou o que é o horizonte. Eu respondi. E lá fora, enquanto nós ruminávamos a caverna e o horizonte, meu pai se preparava para a caçada. Os cães uivavam, os cavalos atrelados escarvavam o chão impacientes e coqueteavam com os cocheiros, os lacaios estufavam a caleça com sacolas e toda sorte de coisas. Ao lado da caleça, estava a carruagem, onde tomavam assento minha mãe e irmãs, que iam para a festa de aniversário dos Ivanitski. Em casa, ficaríamos só eu, Zínotchka e o meu irmão mais velho, acadêmico, que estava com dor de dentes. Podem imaginar a minha inveja e aborrecimento!

"'Então, que é que nós inspiramos?', perguntou Zínotchka, olhando pela janela.

"'Oxigênio.'

"'Sim, e chama-se horizonte aquele lugar onde, aparentemente, a terra se junta com o céu...'

"Mas eis que a caleça se move... atrás dela, a carruagem... Eu vi como Zínotchka tirou do bolso um bilhetinho, amarrotou-o convulsivamente e o apertou contra a fonte, depois enrubesceu e lançou um olhar para o relógio.

"'Lembre-se, pois', disse ela, 'perto de Nápoles existe a chamada Caverna do Cão...' Ela consultou outra vez o relógio e continuou: 'onde, aparentemente, o céu se junta com a terra...'

"Presa de forte emoção, a pobrezinha levantou-se, deu alguns passos pelo quarto, olhou novamente para o relógio. Faltava ainda mais de meia hora até o fim da nossa aula.

"'Agora, a aritmética', disse ela, com a respiração perturbada, e folheando o caderno com mão trêmula. 'Resolva o problema nº 325, e eu... eu volto já...'

"Ela saiu. Ouvi como ela adejou escada abaixo, e depois vi pela janela o seu vestido azul-claro atravessando o quintal e desaparecendo pela cancela do jardim. A rapidez dos seus movimentos, a cor das faces e a sua visível emoção me intrigaram. Para onde corria ela, e para quê? De inteligência precoce como era, eu compreendi tudo logo: ela correu para o jardim para, aproveitando a ausência dos meus severos pais, invadir o pomar e avançar nas framboesas ou nas cerejas! Neste caso, com os diabos, também eu iria comer cerejas! Atirei para o lado o caderno e corri para o jardim. Cheguei às cerejeiras, porém, ela não estava mais lá. Passando pelas framboesas, pelas groselhas e pela tenda do guarda, lá vai ela através da horta em direção à lagoa, pálida, estremecendo ao menor ruído. Eu a sigo furtivamente e vejo, senhores, o seguinte: na margem da lagoa, entre os grossos troncos de dois salgueiros velhos, está o meu irmão mais velho, Sacha; pelo seu rosto, não parece que esteja com dor de dentes. Ele olha em direção a Zínotchka, e todo o seu vulto está iluminado, como de sol interior, pela expressão da felicidade. E Zínotchka, como se a estivessem tocando para dentro da Caverna do Cão e obrigando a inspirar dióxido de carbono, caminha para ele, mal movendo as pernas, a respiração opressa e a cabeça atirada para trás... Tudo indica que é a primeira vez na vida que ela se dirige a um encontro desses. Mas eis que ela chega... Pelo espaço de meio minuto eles se fitam em silêncio, como que não acreditando nos próprios olhos. Depois, uma força desconhecida parece empurrar Zínotchka pelas costas, ela põe as mãos sobre os ombros de Sacha e encosta a cabecinha no seu colete. Sacha ri, balbucia algo incompreensível e, com a falta de jeito de um homem muito apaixonado, põe as palmas de ambas as mãos na carinha de Zínotchka. E o dia, senhores, está maravilhoso... O morro, atrás do qual se esconde o sol, os dois salgueiros, as ribanceiras verdes, o céu — tudo isto, junto com Sacha e Zínotchka, se reflete na lagoa. Silêncio, calma, podem imaginar. Por sobre os juncos, rebrilham milhões de borboletas de longas antenas, atrás do jardim, um pastor toca o seu rebanho. Numa palavra, só falta pintar o quadro.

"De tudo o que eu vi, só compreendi que Sacha e Zínotchka se beijaram. E isto não é decente. Se *maman* souber, os dois vão ver o que é bom. Sentindo uma vaga vergonha, voltei para o meu quarto, sem esperar o fim do encontro. Pelo meu frontispício, espalhava-se um sorriso triunfante. Por um lado, era gostoso conhecer um segredo alheio, por outro, também era muito gostoso sentir que autoridades como Sacha e Zínotchka poderiam, a qualquer momento, ser por mim acusados de desconhecimento das regras do bom comportamento social. Agora eles estão em meu poder, e o seu sossego se encontra em total dependência da minha generosidade. Pois eu vou mostrar-lhes!

"Quando fui me deitar, Zínotchka, como de costume, entrou no meu quarto para ver se eu não adormeci vestido, e se fiz minhas orações. Eu olhei para o seu rosto bonitinho e feliz e dei uma risadinha. O segredo me sufocava e queria sair. Era preciso dar uma indireta e gozar o efeito.

"'Pois eu sei!', disse eu, arreganhando os dentes. 'Huuu!'

"'O que é que você sabe?'

"'Huuu! Eu vi a senhora perto dos salgueiros beijando o Sacha. Eu fui atrás da senhora e vi tudo...'

"Zínotchka estremeceu, enrubesceu toda e, atingida pela minha observação, deixou-se cair na cadeira, sobre a qual estavam o copo com água e o castiçal.

"'Eu vi a senhora... beijando...', repeti eu, com uma risadinha, gozando a sua confusão. 'Viu! Agora vou contar para a mamãe!'

"A pusilânime Zínotchka encarou-me fixamente e, convencida de que eu realmente sabia de tudo, agarrou a minha mão, em desespero, e pôs-se a balbuciar num sussurro fremente:

"'Pêtia, isto é uma baixeza... Eu lhe suplico, pelo amor de Deus... Seja homem... não conte a ninguém... Homens de bem não espionam os outros... é uma baixeza... eu lhe imploro...'

"A pobrezinha tinha um medo atroz de minha mãe, senhora virtuosa e severa — em primeiro lugar. Em segundo, o meu cínico focinho sorridente não podia deixar de conspurcar o seu primeiro, puro e poético amor, e, por isso, podem imaginar o seu estado de espírito. Por minha obra e graça, ela não dormiu a noite inteira e de manhã apareceu para o chá com grandes olheiras arroxeadas... Encontrando-me depois do chá com Sacha, eu não aguentei sem dar uma risota, e me pavoneei:

"'Pois eu sei! Eu vi você ontem beijando *Mlle.* Zina!"

"Sacha olhou para mim e disse:

"'Você é burro.'

"Ele não era pusilânime como Zínotchka, e por isso o efeito falhou. Isto me provocou ainda mais. Se Sacha não ficou assustado é porque decerto não acreditou que eu tivesse visto e soubesse tudo; pois bem, espere só, que eu lhe provo!

"Dando-me aula até a hora do almoço, Zínotchka não olhava para mim e gaguejava. Em vez de me intimidar, ela tentava me agradar de todas as maneiras, dando-me nota cinco e não se queixando ao meu pai das minhas travessuras. Precoce como era, eu explorava o seu segredo como bem entendia: não estudava as lições, andava na classe de cabeça para baixo e dizia impertinências. Numa palavra, se eu continuasse da mesma forma até hoje, de mim teria saído um bom chantagista. Bem, passou uma semana. O segredo alheio me fazia cócegas e me torturava, como uma farpa na alma. Eu queria a todo custo contá-lo a todo mundo e apreciar o efeito. E eis que um dia, ao almoço, quando tínhamos muitas visitas, eu, com um risinho muito cretino, lancei um olhar venenoso para Zínotchka e falei:

"'Pois eu sei tudo... Huuu... eu vi.'

"'Que é que você sabe?', perguntou minha mãe.

"Olhei para Zínotchka e Sacha com mais veneno ainda. Era preciso ver como o sangue subiu às faces da moça e que olhos ameaçadores fez o Sacha! Eu mordi a língua e não continuei. Zínotchka empalidecia aos poucos, apertava os dentes, e já não comia mais nada. No mesmo dia, na aula da tarde, notei uma nítida mudança no rosto de Zínotchka. Ele parecia mais severo, mais frio, como que marmóreo, e os olhos me fitavam de um modo estranho, bem de frente, e, dou-lhes a minha palavra de honra, até mesmo nos galgos, quando acuam o lobo, eu nunca vi olhos tão fulminantes, tão destruidores! Compreendi muito bem a sua expressão quando ela, no meio da aula, súbito apertou os maxilares e disse entre dentes:

"'Detesto-o! Oh, se você, nojento, repugnante, soubesse como o odeio, como me é repulsiva a sua cabeça rapada, e as suas estúpidas orelhas de abano!'

"Mas ela caiu em si imediatamente, e disse:

"'Não é com você que estou dizendo isso, estou decorando um papel.'

"Depois, meus senhores, à noite, eu vi como ela se aproximou da minha cama e fitou por longos momentos o meu rosto. Ela me odiava apaixonadamente e já não podia viver sem mim. A contemplação de minha odiosa carantonha tornou-se-lhe uma necessidade. Depois, lembro-me ainda de uma noite de verão deliciosa... Cheiro de feno, silêncio e tudo. A lua brilhava. Eu andava pela alameda e pensava em geleia de cereja. De repente, vem-me ao encontro Zínotchka, pálida e linda, agarra-me pela mão e, sufocando, começa as declarações:

"'Oh, como eu o odeio! A ninguém no mundo eu desejo tanto mal como a você! Compreenda isso! Eu quero que você sinta isso!'

"Os senhores entendem, o luar, o rosto lívido, vibrante de paixão, o silêncio... até mesmo eu, porqueirinha, acabei por compreender. Eu a escutava, via os seus olhos... Primeiro a sensação foi agradável e nova, mas depois fui tomado pelo medo, dei um grito e saí correndo para casa, como louco.

"Decidi que o melhor que eu tinha a fazer era queixar-me a *maman*. E fiz a queixa, aproveitando para contar como vi Sacha beijando Zínotchka. Eu era bobo e não imaginava as consequências, senão teria guardado o segredo comigo... *Maman*, tendo me ouvido, ardeu de indignação e disse:

"'Não é da sua conta falar dessas coisas, você ainda é muito novo... Mas, entretanto, que exemplo para as crianças!'

"Minha *maman* não só era virtuosa, como diplomata. Para não fazer escândalo, ela não expulsou Zínotchka de repente, mas obrigou-a a sair pouco a pouco, sistematicamente, como se faz com as pessoas decentes mas indesejáveis. Lembro-me de quando Zínotchka nos deixava, o seu último olhar para a casa dirigia-se à janela onde eu estava, e, afiando--lhes, até hoje eu não esqueço aquele olhar.

"Zínotchka pouco depois tornou-se esposa do meu irmão. É a Zinaida Nicoláievna que os senhores conhecem. Mais tarde, eu me encontrei com ela quando já era cadete. E por muito que ela se esforçasse, não conseguiu reconhecer no cadete bigodudo o odioso Pêtia, mas, apesar disso, ela me tratou sem muito carinho... E mesmo hoje, apesar da minha calvície bonachona, humilde barriguinha e ares submissos, ela ainda me olha de esguelha e não se sente à vontade quando eu vou fazer uma visita a meu irmão. Pelo visto, o ódio é tão inesquecível como o amor... Mas eia! Ouço um galo cantando. Boa noite! Milord, deita!"

O bilhete de loteria

Ivan Dmítritch, homem de classe média, gastando com a família mil e duzentos rublos por ano e muito satisfeito com a sua sorte, certo dia, depois do jantar, sentou-se no sofá e começou a ler o jornal.

— Esqueci de dar uma olhada no jornal hoje — disse sua mulher, tirando os pratos da mesa. — Espia se não saiu a tabela das tiragens.

— Saiu, sim — respondeu Ivan Dmítritch. — Mas não foi o teu bilhete que sumiu no penhor?

— Não, eu fui levar os juros na terça-feira e o encontrei.

— Que número?

— Série 9.499, bilhete 26.

— Humm... vamos ver... 9.499 e 26.

Ivan Dmítritch não acreditava em sorte de loteria e, em outra ocasião, jamais conferiria a tabela das tiragens, mas agora, por falta de assunto, e porque o jornal já estava mesmo diante dele, passou o dedo de cima para baixo, pela coluna dos números de série. E no mesmo instante, como que zombando de sua falta de fé, logo na segunda linha em cima apareceu diante dos seus olhos, nítido e claro, o número 9.499! Sem olhar o número do bilhete, sem pensar, ele baixou o jornal para os joelhos num movimento brusco e, como se alguém lhe tivesse jogado um jato de água fria, sentiu um arrepiozinho agradável no ventre — uma cócega ao mesmo tempo pungente e gostosa!

— Macha, nove mil quatrocentos e noventa e nove é a série! — disse ele em voz surda.

A mulher olhou para o seu rosto admirado e assustado e compreendeu que ele não estava brincando.

— Nove mil quatrocentos e noventa e nove? — perguntou ela, empalidecendo e soltando na mesa a toalha dobrada.

— Sim, sim, é sério!

— O número do bilhete?

— É mesmo! Falta o número do bilhete. Mas espera... pensa só... Não, que tal? Sempre é o número da nossa série! Sempre é, estás compreendendo?...

Ivan Dmítritch, olhando para a mulher, sorria um sorriso largo e vago, como uma criança a quem mostrassem um objeto brilhante. A mulher também sorria: era-lhe também agradável que ele mencionasse apenas a série e não se apressasse em saber o número do bilhete premiado. Adiar e brincar com a esperança da sorte possível é tão doce, tão arrepiante!

— Tem a nossa série — disse Ivan Dmítritch após um longo silêncio. — Portanto, existe a probabilidade de que tenhamos ganhado. Apenas uma probabilidade, mas ela existe!

— Bem, agora olha.

— Espera. Temos tempo para nos desiludirmos. A série está na segunda linha de cima, quer dizer, o prêmio é de 75 mil. Isto não é dinheiro, mas uma força, um capital! E se eu olhar agora para a tabela, e vir: 26! Hein? Escuta, o que será se, de repente, nós ganhamos mesmo?

Os esposos puseram-se a rir e ficaram longamente a se fitar em silêncio. A possibilidade da sorte os atordoara, eles não conseguiam nem mesmo devanear, dizer para que lhes serviriam esses 75 mil, o que iriam comprar, para onde viajar. Eles só pensavam nos números 9.499 e 75 mil. Pintavam-nos na sua imaginação, mas na sorte propriamente dita, que era tão possível, eles nem pensavam.

Com o jornal na mão, Ivan Dmítritch atravessou a sala dum lado para outro algumas vezes, e só então, um pouco mais calmo depois da primeira impressão, começou aos poucos a sonhar.

— E que tal, se ganhamos? — disse ele. — Mas isto será a vida nova, toda uma catástrofe! O bilhete é teu, mas se ele fosse meu, a primeira coisa que eu faria, naturalmente, seria comprar um imóvel qualquer por uns 25 mil, algo como uma granja; uns dez mil para despesas imediatas: mobiliário novo, uma viagem, pagar as dívidas etc. Os quarenta mil restantes iriam para o banco, a juros...

— Sim, uma granja, isso é bom — disse a mulher, sentando-se e cruzando as mãos nos joelhos.

— Algures, na província de Tula ou de Orlov... Em primeiro lugar, isso dispensa casa de campo e, em segundo, é sempre uma renda.

E na sua imaginação aglomeravam-se quadros, cada qual mais risonho e poético, e em cada um deles, ele se via satisfeito, sossegado, saudável, aconchegado — até quente! Ei-lo, acabando de tomar um refresco bem gelado, deitado de barriga para cima sobre a areia quente ao lado do riacho, ou no jardim, na sombra duma tília... Faz calor... O filhinho e a filha brincam ao lado, cavucam a areia ou caçam bichinhos na grama. Ele cochila deliciosamente, não pensa em nada, e sente com o corpo inteiro que não tem que ir para o emprego nem hoje, nem amanhã, nem depois de amanhã. E quando enjoa de ficar deitado, ele vai para o campo ver cortar o feno, ou para o bosque colher cogumelos, ou olhar os mujiques pescando de rede. E quando o sol se põe, ele pega a toalha, o sabonete, e vai sem pressa para o banho, despe-se devagar, esfrega longamente o peito nu com as palmas das mãos, depois entra na água. E na água, ao lado dos foscos círculos de sabão, brincam peixinhos, balouçam juncos verdes. Depois do banho no rio, chá com creme e rosquinhas doces... À noite, um passeio ou um joguinho de baralho com os vizinhos.

— Sim, seria bom comprar uma granja — diz a mulher, sonhando também, e vê-se pelo seu rosto que ela está enfeitiçada pelos seus pensamentos.

Ivan Dmítritch imagina o outono com chuvas, noites frias e veraneio. Nesta época é preciso passear bastante pelo jardim, de propósito, para esfriar bem o corpo, e depois entornar um bom cálice de vodca e "quebrar" com cogumelo em salmoura ou pepino azedo e... entornar outro. As crianças vêm correndo da horta, carregando cenouras ou nabos, cheirando a terra fresca... E depois, refestelar-se no sofá e, sem pressa, folhear alguma revista ilustrada e depois cobrir o rosto com a revista, desabotoar o colete, entregar-se à sonolência...

Depois do veraneio, vem o tempo feio, lamacento. Chove dia e noite, as árvores desfolhadas choram, o vento é úmido e frio. Cachorros, cavalos, galinhas — tudo está molhado, tristonho, encolhido. Não há passeios, não se pode sair de casa, fica-se o dia inteiro a andar de um canto para outro da casa e a espiar tristonho pelas janelas embaçadas. Que tédio!

— Sabe, Macha, eu iria para o estrangeiro — disse ele.

E ele pôs-se a pensar como seria bom, em pleno outono, viajar pra o exterior, para o sul da França, a Itália... a Índia!

— Eu também iria para o estrangeiro, sem falta — disse a mulher. — Mas vamos, confere o número do bilhete!

— Um momento... espera...

Ele passeava pela sala e continuava a pensar. Veio-lhe a ideia — e se, de fato, a mulher resolvesse ir para o estrangeiro? Viajar é bom sozinho ou na companhia de mulheres leves, despreocupadas, que vivem o momento presente, e não dessas que passam a viagem inteira só pensando e falando dos filhos, suspirando, assustando-se e tremendo por causa de cada copeque. Ivan Dmítritch imaginou a sua mulher no vagão, com uma infinidade de trouxinhas, embrulhos, cestas. Ela suspira e se queixa de que a estrada lhe deu dor de cabeça, de que já gastou muito dinheiro; a toda hora tem-se que correr para a estação, buscar água quente, pão com manteiga, água fria... E almoçar ela não pode, porque fica muito caro...

"Mas não é que ela iria me pedir contas de cada copeque", pensou ele, com um olhar de esguelha para a mulher. "Pois se o bilhete é dela e não meu! Também para que ela quer ir para o exterior? Que é que ela nunca viu por ali? Vai ficar plantada no quarto do hotel, e eu não vou poder me mexer... Sei disso!"

E pela primeira vez na vida ele reparou que sua mulher estava velhusca, feia, toda impregnada de cheiro de cozinha, ao passo que ele ainda estava moço, sadio, forte, bom até para casar pela segunda vez.

"Naturalmente, tudo isso são tolices e bobagens", pensava ele, "mas quando iria ela para o estrangeiro? Que é que ela entende daquilo? Mas que ela iria, iria mesmo... Imagino bem... E, no entanto, para ela, Nápoles ou a aldeia de Klin é a mesma coisa. Só iria me atrapalhar. Eu ficaria dependendo dela. Estou imaginando, assim que recebesse o dinheiro, ela logo o trancaria a sete chaves, à maneira das mulheres... Esconderia o dinheiro de mim... Iria fazer beneficência com a sua parentela, mas a mim me pediria contas de cada níquel".

E Ivan Dmítritch lembrou-se da parentela. Todos aqueles maninhos e maninhas, titias e titios, assim que soubessem da sorte grande sairiam das suas tocas, viriam todos, pedinchando, sorrindo suntuosamente, hipocritamente. Gente mesquinha, desagradável! Se a gente lhes dá, pedem mais; se recusa, vão maldizer a gente, caluniar, rogar toda sorte de pragas.

Ivan Dmítritch relembrava os parentes, e seus rostos, que sempre lhe foram indiferentes, agora lhe pareciam odiosos, insuportáveis.

"Que gentinha nojenta!", pensava ele.

E o rosto da mulher também começou a parecer-lhe odioso e insuportável. No seu coração, subia uma raiva dela, e ele pensava, maldosamente:

"Ela não entende nada de dinheiro, por isso é avarenta. Se ela ganhasse, iria dar-me uns cem rublos, e o resto — a sete chaves!"

E ele já olhava para a mulher não com um sorriso, mas com ódio. Ela também olhou para ele, e também com ódio e com raiva. Ela tinha seus próprios sonhos radiosos, seus planos, seus pensamentos; ela compreendia perfeitamente os devaneios do marido. Ela sabia muito bem quem seria o primeiro a estender a pata para o seu dinheiro.

"É bom sonhar por conta alheia!", dizia o seu olhar. "Mas não, não te atrevas!"

O marido compreendeu o seu olhar; o ódio revolveu-se em seu peito e, só para aborrecer a sua mulher, por desaforo, ele espiou rápido a quarta página do jornal e proclamou triunfantemente:

— Série 9.499, bilhete número seis! Mas não 26!

A esperança e o ódio desapareceram ambos, duma só vez, e no mesmo instante pareceu a Ivan Dmítritch e a sua mulher que os seus quartos eram escuros, pequenos e baixos, que o jantar que eles acabaram de comer não os satisfez, mas só está pesando no estômago, que as noites são longas e tediosas...

— É o diabo — disse Ivan Dmítritch, começando a implicar. — Por onde quer que se pise, está cheio de papeluchos debaixo dos pés, migalhas, cascas. Nunca se varre esta casa! Acho que vou ter que sair de casa, e o diabo me carregue duma vez! Vou embora e me enforco no primeiro poste.

O MÉDICO

A sala de visitas estava silenciosa, tão silenciosa que se ouvia nitidamente como se debatia contra o forro um moscardo que entrara de fora. A dona da casa, Olga Ivanovna, de pé junto à janela, olhava para um canteiro de flores e pensava. O doutor Tsvetkov, seu médico de família e velho amigo, chamado para tratar de Micha, sentado na poltrona, sopesava o chapéu que segurava com as duas mãos, e pensava também. Além deles, na sala e nos quartos adjacentes, não havia vivalma. O sol já se pusera, e nos cantos, sob os móveis e pelas cornijas, começaram a estender-se as sombras do crepúsculo.

O silêncio foi quebrado por Olga Ivanovna.

— Desgraça mais terrível não se pode imaginar — disse ela, sem se voltar. — O senhor sabe, sem este menino, a vida para mim não tem valor algum.

— Sim, eu sei — disse o médico.

— Valor algum — repetiu Olga Ivanovna, e sua voz vacilou. — Ele é tudo para mim. É a minha alegria, a minha felicidade, a minha riqueza, e se, como o senhor está dizendo, eu vou deixar de ser mãe se ele... morrer, tudo o que ficará de mim será uma sombra. Eu não poderei sobreviver.

Torcendo as mãos, Olga Ivanovna atravessou de uma janela para outra e continuou:

— Quando ele nasceu, eu quis mandá-lo para um educandário, o senhor se lembra disso, mas, Deus meu, pode-se comparar então e agora? Naquele tempo eu era vulgar, tola, leviana, mas agora sou mãe... compreende? Sou mãe e não quero saber de mais nada. Entre hoje e o passado, há todo um abismo.

O silêncio voltou. O doutor mudou-se da poltrona para o sofá e, manuseando impacientemente o chapéu, fixou o olhar sobre Olga Ivanovna. Via-se pelo seu rosto que ele queria falar e que estava aguardando um momento oportuno.

— O senhor se cala, mas eu ainda não perdi a esperança — disse a mulher, voltando-se. — Por que o senhor se cala?

— Eu saudaria uma esperança não menos que a senhora, Olga, mas ela não existe — respondeu Tsvetkov. — Temos de encarar o monstro. O menino tem um tumor no cérebro, e é preciso preparar-se para a sua morte, porque para esta doença não há cura.

— Nikolai, tem certeza de que não se engana?

— Essas perguntas não levam a nada. Estou pronto a responder a quantas quiser, mas isso não nos daria alívio.

Olga Ivanovna encostou o rosto ao reposteiro da janela e desabou a chorar amargamente. O doutor levantou-se, atravessou a sala algumas vezes, depois aproximou-se da mulher que chorava e tocou-lhe de leve no braço. A julgar pelos seus movimentos hesitantes, pela expressão do seu rosto sombrio, escurecido pelas sombras do crepúsculo, ele queria dizer alguma coisa.

— Ouça-me, Olga — começou ele. — Dê-me um instante de atenção. Eu preciso perguntar-lhe uma coisa. Mas por outra... agora a senhora não pode se importar comigo. Eu falo depois... mais tarde...

Ele tornou a sentar-se e ficou pensativo. O pranto amargo, suplicante, parecendo o choro de uma menina, continuava. Sem esperar que ele terminasse, Tsvetkov suspirou e saiu da sala. Ele dirigiu-se ao quarto de Micha. O menino continuava deitado de costas, imóvel, fitando um ponto distante, como que escutando. O doutor sentou-se na cama e apalpou-lhe o pulso.

— Micha, sua cabeça dói?

Micha não respondeu de imediato.

— Sim. Estou sempre sonhando.

— Que é que você está sonhando?

— Tudo...

O doutor, que não sabia falar nem com mulheres chorando nem com crianças, acariciou-lhe a cabeça ardente e balbuciou:

— Não é nada, pobre menino, não é nada. Não se vive sem doenças neste mundo... Micha, quem sou eu? Você me reconhece?

Micha não respondia.

— A cabeça dói muito?

— Mui... muito. Não posso dormir.

Depois de examiná-lo e de fazer algumas perguntas à criada que cuidava do doente, o doutor voltou sem pressa para a sala de visitas. Ali, já estava escuro e Olga Ivanovna, de pé junto à janela, parecia uma silhueta.

— Acendo a luz? — perguntou Tsvetkov.

Não houve resposta. O moscardo continuava a voar e a bater no teto. De fora, não entrava nenhum som, como se o mundo inteiro, junto com o doutor, estivesse pensando e sem coragem de falar. Olga Ivanovna já não chorava, mas olhava, como antes, para o canteiro de flores, num mutismo profundo. Quando Tsvetkov se aproximou dela e olhou para o seu rosto pálido e torturado pela dor, ela tinha uma expressão semelhante à que ele havia visto antes, durante crises de fortíssima, atordoante enxaqueca.

— Nikolai Trofimitch! — chamou ela. — Ouça... e se convocarmos uma junta?

— Está bem, convocarei amanhã.

Pelo tom do médico, era fácil julgar que ele tinha pouca fé na utilidade da junta. Olga Ivanovna quis perguntar mais alguma coisa, mas os soluços a impediram. Novamente, ela apertou o rosto contra o reposteiro. Neste momento, de fora, ouviram-se claramente os sons da orquestra que tocava no coreto. Ouviam-se não só as trompas, mas até os violinos e as flautas.

— Se ele está sofrendo, por que então fica tão quieto? — perguntou Olga Ivanovna. — O dia inteiro, ele não soltou um som. Nunca chora, nem se queixa. Eu sei, Deus nos tira este pobre menino porque não soubemos dar-lhe valor. Um tesouro assim!

A orquestra terminou a marcha e um minuto depois, para começar o baile, atacou uma valsa alegre.

— Meu Deus, será que não é possível ajudar com coisa alguma? — gemeu Olga Ivanovna. — Nikolai! O senhor é médico e deve saber o que fazer! Compreenda que eu não poderei suportar esta perda! Eu não poderei sobreviver!

O médico, que não sabia falar com mulheres chorando, suspirou e pôs-se a andar pela sala, em silêncio. Houve uma série de pausas penosas, interrompidas por soluços e perguntas que não levariam a nada.

A orquestra teve tempo de tocar uma quadrilha, uma polca e outra quadrilha. A escuridão era total. No salão contíguo, a criada acendeu a luz, mas o médico continuava sem soltar o chapéu das mãos e preparava-se para falar. Olga Ivanovna saiu algumas vezes para ver o filho, ficava lá uma meia hora e voltava para a sala; volta e meia, ela se punha a chorar e a se lamentar. O tempo se arrastava dolorosamente e a noite parecia não ter mais fim.

À meia-noite, quando a orquestra tocou o *cotillon* e se calou, o doutor resolveu ir embora.

— Eu voltarei amanhã — disse ele, apertando a mão fria da mulher. — E a senhora, vá se deitar.

No vestíbulo, tendo vestido o sobretudo e lançando mão da bengala, ele parou um pouco, pensou e voltou para a sala.

— Eu... Olga, voltarei amanhã — repetiu ele com voz trêmula. — Está ouvindo?

Ela não respondeu e parecia que o sofrimento lhe tirara a faculdade de falar. De sobretudo e sem largar a bengala, Tsvetkov sentou-se ao lado dela e começou a falar num meio sussurro baixo e meigo, que não combinava nada com o seu vulto pesado e sólido:

— Olga! Em nome da sua dor, que eu partilho... Agora, quando a mentira é um crime, eu lhe imploro que me diga a verdade. A senhora sempre afirmou que este menino é meu filho. É verdade isso?

Olga Ivanovna silenciava.

— A senhora foi o único afeto da minha vida — continuou Tsvetkov — e não pode imaginar como o meu sentimento era profundamente insultado pela mentira... Vamos, eu lhe suplico, Olga, pelo menos uma vez na vida diga-me a verdade... Nestes momentos, não se pode mentir... Diga-me que Micha não é meu filho... Estou esperando.

— Ele é seu.

Não era possível distinguir as feições de Olga Ivanovna, mas na sua voz, Tsvetkov julgou perceber a incerteza. Ele suspirou e levantou-se.

— Mesmo num momento como este, a senhora tem coragem de mentir — disse ele com a sua voz normal. — Nada lhe é sagrado! Escute, compreenda-me... Na minha vida, a senhora foi o único afeto. Sim, a senhora era viciada, vulgar, mas eu não amei a mais ninguém na vida. Este pequeno amor, agora, quando estou ficando velho, constitui o único ponto luminoso nas minhas recordações. Por que então quer manchá-lo com a mentira? Para quê?

— Eu não o compreendo.

— Ah, meu Deus! — gritou Tsvetkov. — Está mentindo, compreende muito bem! — gritou ele ainda mais alto, e começou a medir a sala a passadas largas, agitando a bengala, irado. — Ou já escureceu? Pois eu vou lembrá-lo! O pátrio poder sobre este menino é dividido em partes iguais entre mim e Petrov e o advogado Kurovski, os quais, do mesmo modo como eu, até hoje lhe estão dando dinheiro para a educação deste filho! Sim! Tudo isso é do meu pleno conhecimento! Eu perdoo as mentiras do passado, Deus sabe, mas agora, quando a senhora envelheceu, nestes minutos, quando o menino está morrendo, as suas mentiras me sufocam! Como eu lamento não saber falar! Como lamento!

Tsvetkov desabotoou o sobretudo e, continuando a andar dum lado para outro, prosseguiu:

— Mulher à toa! Não lhe fazem efeito nem mesmo momentos como este! Ela mente agora com a mesma facilidade com que o fazia há dez anos, no restaurante Hermitage! Tem medo de que, se me abrir a verdade, eu deixe de lhe dar dinheiro! Pensa que, se ela não mentisse, eu não amaria o menino! A senhora mente! Isto é uma baixeza!

Tsvetkov bateu com a bengala no chão e gritou:

— Isto é nojento! Criatura torcida, aleijada! É preciso desprezá-la, e eu me envergonho dos meus sentimentos! Sim! Em todos esses nove anos, a sua mentira me ficou atravessada na garganta, e eu a suportei, mas agora basta! Basta!

Do canto escuro onde estava Olga Ivanovna, ouviu-se o seu pranto. Tsvetkov calou-se e pigarreou. Caiu o silêncio. O médico abotoou lentamente o sobretudo e pôs-se a procurar o chapéu, que deixara cair enquanto andava.

— Eu saí fora de mim — balbuciava ele, dobrando-se para o chão. — Esqueci completamente que a senhora não pode se importar comigo agora... Sabe Deus que tolices andei dizendo. A senhora, Olga, não dê importância.

Ele encontrou o chapéu e dirigiu-se ao canto escuro.

— Eu a ofendi — disse ele num sussurro baixo e meigo. — Mas, mais uma vez, eu lhe imploro, Olga. Diga-me a verdade. Entre nós não deve ficar esta mentira... Eu falei demais, e agora a senhora já sabe que Petrov e Kurovski não constituem segredo para mim. Quer dizer que agora deve ser-lhe fácil dizer a verdade.

Olga Ivanovna pensou um pouco e, hesitando visivelmente, disse:

— Nikolai, eu não estou mentindo. Micha é seu filho.

— Meu Deus — gemeu Tsvetkov —, pois então eu lhe contarei mais: eu guardo comigo a sua carta a Petrov, onde a senhora o chama de pai de Micha! Olga, eu sei a verdade, mas quero ouvi-la da sua própria boca! Está ouvindo?

Olga Ivanovna não respondia e continuava a chorar. Tsvetkov esperou pela resposta, depois deu de ombros e saiu.

— Eu voltarei amanhã — gritou ele do vestíbulo.

Por todo o caminho, na sua carruagem, ele encolhia os ombros e murmurava:

— Que lástima que eu não sei falar! Não tenho o dom de me explicar, de convencer. Está claro que ela não me compreende, se mente assim! Está claro! E como fazê-la ver? Como?

O MENDIGO

— Caridoso senhor! Tenha a bondade de voltar sua atenção para um homem faminto e desgraçado. Há três dias que não como... Não tenho cinco copeques para o albergue... juro por Deus! Servi oito anos como mestre-escola de aldeia, e perdi o emprego por intrigas do Zemstvo. Fui vítima de uma denúncia. Já faz um ano que estou sem trabalho.

O advogado Skvortzov olhou para o capote esburacado e ruço do pedinte, para os seus olhos baços de ébrio, as manchas vermelhas nas faces, e pareceu-lhe que já havia visto esse homem, em algum lugar.

— Agora me oferecem um emprego na província de Kaluga — prosseguiu o pedinte —, mas não tenho recursos para viajar até lá. Ajude-me, por caridade! Tenho vergonha de pedir, mas... as circunstâncias me obrigam.

Skvortzov olhava para as galochas do homem, uma das quais era rasa e a outra, alta, e de repente se lembrou.

— Escute, quer me parecer que anteontem eu o encontrei na Sadóvaia — disse ele — e então o senhor me disse que era não um professor rural, mas um estudante que tinha sido expulso. Lembra-se?

— Na... não, não é possível! — balbuciou o pedinte, atrapalhado. — Eu sou professor rural e, se deseja, posso apresentar documentos.

— Chega de mentiras! O senhor se intitulou de estudante e até me contou por que razão havia sido expulso. Lembra-se?

Skvortzov enrubesceu e, com uma expressão de asco no rosto, afastou-se do esfarrapado.

— Isto é vil, meu caro senhor! — exclamou ele, irado. — Isto é impostura! Vou mandá-lo à polícia, e que o diabo o carregue! O senhor é pobre, faminto, mas isto não lhe dá o direito de mentir com este cinismo e inconsciência!

O maltrapilho segurou a maçaneta da porta e passou um olhar desamparado, de ladrão apanhado em flagrante, pelo vestíbulo.

— Eu... eu não minto, senhor... — balbuciou ele. — Eu posso mostrar os documentos.

— E quem é que lhe vai acreditar? — continuava Skvortzov, indignado. — Explorar as simpatias da sociedade com os professores rurais e os estudantes — mas isto é tão baixo, tão sujo, tão abjeto! É revoltante!

Skvortzov entusiasmou-se e fulminou impiedosamente o pedinte. Com a sua cínica mentira, o esfarrapado despertara nele repulsa e asco, ofendera aquilo que ele, Skvortzov, tanto apreciava e valorizava em si mesmo: a bondade, o coração sensível, a simpatia com os infelizes; com a sua mentira, o seu atentado à caridade, o sujeito como que conspurcou aquela esmola que ele, na candura do seu coração, amava dar aos pobres. O esfarrapado tentou, no começo, justificar-se, negar, jurar, mas depois silenciou e, envergonhado, baixou a cabeça.

— Senhor! — disse ele, pondo a mão no coração. — Realmente, eu... menti! Não sou estudante nem professor rural, e fui escorraçado de lá por embriaguez. Mas que podia eu fazer? Por Deus do céu, acredite que não é possível viver sem mentir. Quando eu conto a verdade, ninguém me dá esmola. Com a verdade, a gente morre de fome e de frio, sem um catre para pernoitar! O senhor raciocina corretamente, eu compreendo, mas... que é que eu posso fazer?

— O que fazer? O senhor pergunta, o que pode fazer? — berrou Skvortzov, chegando bem junto dele. — Trabalhar, eis o que pode fazer! É preciso trabalhar!

— Trabalhar... isso eu mesmo entendo, mas onde arranjar trabalho?

— Tolices! O senhor é jovem, sadio, forte e sempre poderá encontrar trabalho, desde que tenha vontade. Mas o senhor é indolente, mal-acostumado, bêbado! O senhor cheira a vodca, como um botequim. Está viciado na mentira e na impostura até a medula dos ossos, e só é capaz de pedinchar e de enganar! Se algum dia o senhor condescender a trabalhar, só aceitará um escritório, um coro russo, uma sinecura, onde possa ficar sem fazer nada e receber dinheiro! E por que não se digna ocupar-se de labor físico? Não lhe convém um emprego de zelador ou operário de fábrica? Não, o senhor tem pretensões!

— Como o senhor raciocina, por Deus... — articulou o pedinte, e sorriu com amargura. — E onde vou eu arranjar trabalho físico? É muito tarde para ser balconista, porque no comércio só aceitam para começar desde menino, e como zelador ninguém vai me querer, porque não sou pessoa a quem se trata informalmente... e na fábrica não serei aceito porque é preciso conhecer um ofício, e eu não sei nada disso.

— Tolices! O senhor há de sempre encontrar uma desculpa! E que tal se fosse rachar lenha?

— Eu não recusaria, mas hoje em dia até os lenhadores de verdade andam sem pão.

— Ora, todos os vagabundos raciocinam assim. Se alguém lhe oferecesse serviço, o senhor recusaria. Não deseja, talvez, rachar lenha aqui na minha casa?

— Pois não, eu racho...

— Muito bem, veremos... Excelente... Veremos!

Skvortzov, apressado e não sem uma alegria maldosa, esfregando as mãos de satisfação, mandou chamar a cozinheira.

— Aqui, Olga — disse-lhe ele —, leve este cavalheiro para o galpão, ele que rache um pouco de lenha.

O esfarrapado encolheu os ombros, como que perplexo, e acompanhou a cozinheira com passo inseguro. Pelo seu andar, via-se que ele concordara em rachar lenha não porque estivesse com fome e quisesse ganhar alguma coisa, mas simplesmente por amor-próprio e vergonha, como alguém que foi pego pela palavra. Percebia-se também que ele estava muito enfraquecido pela vodca, não se sentia bem e não tinha a menor disposição para trabalhar.

Skvortzov dirigiu-se depressa à sala de jantar. De lá, pelas janelas que davam para os fundos, via-se o lenheiro e tudo o que acontecia no quintal. Olga, medindo o seu companheiro com olhos irados e espetando os cotovelos para os lados, destrancou o galpão e bateu a porta, com raiva.

"Com certeza interrompemos o café da velhota", pensou Skvortzov. "Eh, criatura ruim!"

Em seguida, ele viu como o falso mestre-escola e falso estudante sentou-se num toco e, apoiando nos punhos as bochechas vermelhas, mergulhou em pensamentos. A cozinheira atirou aos seus pés o machado, cuspiu com raiva e, a julgar pela expressão de sua boca, pôs-se a destratá-lo. O esfarrapado puxou, hesitante, uma torinha para junto de si, ajeitou-a entre os pés e deu-lhe uma machadada desanimada. A torinha oscilou e caiu. O esfarrapado puxou-a para si, soprou nas mãos entanguidas, e novamente baixou o machado, com tanto cuidado, como se receasse acertar na própria galocha ou decepar os artelhos. A torinha caiu outra vez.

A ira de Skvortzov já passara, e ele estava um pouco sentido e envergonhado porque obrigara um homem desabituado, embriagado e, quem sabe, doente, a fazer trabalho pesado no frio.

"Ora, não faz mal, deixe...", pensou ele, passando da sala de jantar para o escritório. "Fiz isso para o bem dele mesmo."

Uma hora depois, veio Olga e comunicou que a lenha já estava toda rachada.

— Tome aqui, dê-lhe meio rublo — disse Skvortzov. — Se ele quiser, que venha rachar lenha todo dia primeiro do mês... Trabalho haverá sempre.

No dia primeiro, o maltrapilho voltou e ganhou outro meio rublo, apesar de mal conseguir se manter de pé. Desde aquele dia, ele começou a aparecer com frequência no quintal, e toda vez encontrava trabalho para ele: ora ele amontoava a neve nos cantos, ora arrumava o galpão, ora batia os tapetes e colchões. Toda vez, ele recebia pelos seus esforços uns vinte, quarenta copeques, e uma vez lhe mandaram até um par de calças velhas.

Mudando de casa, Skvortzov alugou-o para ajudar a carregar e transportar a mobília. Desta vez, o maltrapilho estava sóbrio, taciturno e calado; ele mal tocava na mobília, andava de cabeça baixa atrás das carroças e nem tentava parecer ativo, mas só se encolhia de frio e ficava confuso quando os cocheiros zombavam da sua inatividade, debilidade, e do distinto capote esburacado. Depois da mudança, Skvortzov mandou chamá-lo.

— Bem, vejo que as minhas palavras produziram resultado — disse ele, dando-lhe um rublo. — Aqui tem pelo seu trabalho. Estou vendo que o senhor está sóbrio e não se incomoda de trabalhar um pouco. Como é seu nome?

— Luchkov.

— Agora, Luchkov, eu posso oferecer-lhe um serviço mais limpo. O senhor pode escrever?

— Posso.

— Pois então, com esta carta aqui, o senhor poderá, amanhã, procurar o meu colega e receber dele serviço de cópia. Trabalhe, não beba, não esqueça o que eu lhe falei. Adeus!

Skvortzov, satisfeito por ter reposto um homem no bom caminho, bateu cordialmente no ombro de Luchkov e até lhe deu a mão em despedida. Luchkov pegou a carta, foi-se embora e já não voltou mais para o quintal à procura de trabalho.

Passaram-se dois anos. Um dia, pagando uma entrada na bilheteria do teatro, Skvortzov viu ao seu lado um homenzinho miúdo, de gola de astracã e gorro de pele surrado. O homenzinho pediu timidamente ao bilheteiro uma entrada para a galeria e pagou em moedas de cinco copeques.

— Luchkov, é o senhor? — perguntou Skvortzov, reconhecendo no homenzinho o seu antigo rachador de lenha. — E então, como vai? O que tem feito? Vive bem?

— Não vou mal... Estou agora trabalhando num tabelião, recebo 35 rublos...

— Ora, graças a Deus! Excelente! Folgo pelo senhor. Estou muito, muito contente, Luchkov! Pois de certa maneira, o senhor é meu afilhado; fui eu, afinal, que o empurrei para o bom caminho. Lembra-se de como eu o mimoseei, hein? Quase que o senhor me afunda pelo chão adentro, de vergonha. Ora, muito obrigado, amigo, por não ter esquecido as minhas palavras.

— Obrigado ao senhor também — disse Luchkov. — Se não fosse eu calhar na sua casa aquele dia, quem sabe até hoje eu estaria me fazendo de mestre-escola e estudante. Sim, foi graças ao senhor que eu me salvei, escapei do buraco.

— Estou muito, muito contente.

— Obrigado por suas boas palavras e atos. O senhor, naquele dia, falou muito bem. E sou grato também à sua cozinheira, que Deus dê saúde àquela mulher bondosa e nobre. O senhor falou muito bem naquele dia, eu lhe sou obrigado, naturalmente, até a sepultura, mas quem me salvou de fato foi a sua cozinheira Olga.

— De que maneira?

— Pois foi da seguinte maneira: Quando acontecia de eu chegar lá na sua casa para rachar lenha, ela começava: "Ah, bêbado! Homem amaldiçoado! E não há morte que te leve!" Mas depois, sentava na minha frente, ficava triste, me olhava na cara e me lamentava: "Homem infeliz que tu és! Não tens alegria neste mundo, e no outro mundo também, beberrão, irás arder no inferno! Desgraçado que tu és!" E tudo neste estilo, o senhor compreende. Quanto ela se condoeu de mim, quantas lágrimas derramou, nem posso lhe contar. Mas o principal é que ela rachava lenha por mim! Sabe que eu, meu senhor, não rachei uma única acha de lenha na sua casa, foi tudo ela! Por que ela me salvou, por que eu mudei, olhando para ela, e deixei de beber, não sei lhe explicar. Só sei dizer que, por causa das palavras dela e das suas nobres ações, em minha alma operou-se uma mudança, ela me corrigiu, e nunca mais eu esquecerei isso. Mas está na hora de entrar, já tocou o sinal.

Luchkov cumprimentou e dirigiu-se à galeria.

Inadvertência

Piotr Petrovitch Strijin, sobrinho da coronela Ivanova, aquela mesma de quem no ano passado furtaram as galochas novas, voltou do batizado exatamente às duas horas da madrugada. Para não acordar os seus, ele despiu-se com cuidado no vestíbulo, passou na ponta dos pés, prendendo a respiração, para o seu dormitório e, sem acender a luz, começou a preparar-se para dormir.

Strijin leva vida sóbria e regular, tem no rosto uma expressão santimonial, só lê livros religiosos e edificantes, mas no batizado, na alegria pelo bom sucesso de Liubov Spiridónovna, ele permitiu-se tomar quatro cálices de vodca e um copo de vinho, cujo sabor lembrava algo entre vinagre e óleo de rícino. Mas as bebidas espirituosas são semelhantes à água do mar ou à glória: quanto mais se bebe, mais sede se tem... E agora, ao se despir, Strijin sentia um desejo incoercível de beber.

"Se não me engano, Dáchenka tem vodca no armário, no canto direito", pensava ele. "Se eu tomar um cálice, ela não vai perceber."

Após alguma hesitação, vencendo o medo, Strijin dirigiu-se ao armário. Tendo aberto a porta com cuidado, ele apalpou no canto direito a garrafa e o cálice, encheu-o, recolocou a garrafa no lugar, depois se persignou e bebeu-o. E imediatamente aconteceu algo como um milagre. Com força terrível, como uma bomba, Strijin foi atirado do armário para o baú. Diante dos seus olhos, dançavam faíscas, faltou-lhe o fôlego, pelo corpo inteiro correu uma sensação tal, como se tivesse caído num pântano cheio de sanguessugas. Pareceu-lhe que, em vez de vodca, ele engolira um pedaço de dinamite, que fizera explodir o seu corpo, a casa, toda a viela... Cabeça, braços, pernas — tudo foi arrancado e voava para algures, para o diabo, pelo espaço afora...

Durante uns três minutos, ele permaneceu sobre o baú, imóvel, sem respirar; depois levantou-se e se perguntou:

— Onde estou?

A primeira coisa que ele percebeu claramente ao voltar a si foi um cheiro pronunciado de querosene.

— Meu Senhor do céu, foi querosene que eu bebi em vez de vodca — exclamou ele horrorizado. — Ai meus santos!

O pensamento de que estava envenenado atirou-o de um arrepio de frio num suador. Que o veneno fora ingerido era atestado não só pelo cheiro reinante no quarto, como também pelo ardor na boca, as faíscas nos olhos, o badalar de sinos na cabeça e as pontadas no estômago. Sentindo a aproximação da morte e não se iludindo com vãs esperanças, ele desejou despedir-se dos entes mais próximos e dirigiu-se ao quarto de Dáchenka. (Sendo viúvo, ele tinha consigo, como dona da casa, a sua cunhada Dáchenka, uma solteirona.)

— Dáchenka — disse ele com voz lacrimosa, entrando no quarto. — Dáchenka querida!

Algo mexeu-se na escuridão e soltou um suspiro profundo.

— Dáchenka!

— Hein? O quê? — falou rapidamente uma voz feminina. — É o senhor, Piotr Petrovitch? Já voltou? Então, como foi? Como batizaram a menina? Quem foi a madrinha?

— A madrinha foi Natália Andreievna Velikosvétskaia, e o padrinho, Pavel Ivánitch Bessónitzin... Eu... Dáchenka, parece que eu estou morrendo. E a recém-nascida foi chamada Olimpíada, em homenagem à sua benfeitora... Eu... Dáchenka, eu bebi querosene...

— Esta agora! Mas então lá serviram querosene?

— Confesso que eu queria, sem a sua licença, beber vodca, e... e Deus me castigou: inadvertidamente, no escuro, eu bebi querosene... Que é que eu vou fazer?

Dáchenka, ouvindo que o armário fora aberto sem sua permissão, animou-se... Rapidamente, ela acendeu uma vela, saltou da cama e, de camisola, sardenta, ossuda, de papelotes, chapinhou com os pés descalços até o armário.

— E quem foi que lhe permitiu isso? — perguntou ela com severidade, examinando o interior do armário. — Então a vodca foi posta aí dentro para o senhor?

— Mas eu, Dáchenka... eu não bebi vodca, mas querosene... — balbuciava Strijin, enxugando o suor gelado.

— E para que precisava mexer no querosene? Então isso é da sua conta? É para o senhor que ele está lá? Ou será que o senhor acha que querosene não custa dinheiro? Hein? Mas o senhor sabe quanto custa hoje o querosene? Sabe?

— Dáchenka querida! — gemeu Strijin. — Trata-se de uma questão de vida ou morte, e a senhora fala em dinheiro!

— Tomou uma bebedeira e mete o nariz no armário! — gritou Dáchenka, batendo a porta do armário com raiva. — Oh, monstros, atormentadores! Sofredora que sou, mártir desgraçada, não tenho paz nem de dia nem de noite! Áspides, basilisco, Herodes amaldiçoados, oxalá sofram o mesmo no outro mundo! Amanhã mesmo eu me vou! Sou donzela e não lhe permitirei ficar na minha frente em trajes menores! Não se atreva a olhar para mim quando não estou vestida.

E desandou, e desandou... Sabendo que, quando Dáchenka ficava zangada, não era possível dominá-la nem com súplicas, nem com juramentos, nem mesmo com tiros de canhão, Strijin abanou a mão, desanimado, e resolveu procurar um médico. Mas um médico só é fácil de encontrar quando não se precisa dele. Percorrendo três ruas e tocando umas cinco vezes na porta do doutor Tcheparianz e umas sete vezes na do doutor Bultihin, Strijin correu para a farmácia: quem sabe o farmacêutico poderá ajudar. Aí, depois de longa espera, saiu-lhe ao encontro um boticário miúdo, moreno e crespo, estremunhado, de bata, e com um rosto tão sério e inteligente que até dava medo.

— O que deseja? — perguntou ele num tom de voz inerente apenas a farmacêuticos muito sábios e compenetrados, de fé judaica.

— Pelo amor de Deus... eu lhe suplico! — articulou Strijin, sufocando. — Dê-me alguma coisa... Agora há pouco, por descuido, eu bebi querosene! Estou morrendo!

— Peço-lhe que não se excite e que responda às perguntas que eu lhe farei. Já o simples fato de o senhor estar excitado não me permite compreendê-lo. O senhor bebeu querosene? Si-im?

— Sim, querosene! Salve-me, por favor!

O farmacêutico, calmo e sério, aproximou-se do balcão, abriu um livro e mergulhou na leitura. Tendo lido duas páginas, ele encolheu um ombro, depois outro, fez uma careta de desdém e, após pensar um pouco, entrou no aposento adjacente. O relógio bateu quatro horas, e quando ele mostrava quatro e dez, o farmacêutico voltou com outro livro e novamente mergulhou na leitura.

— Hum! — disse ele, como que perplexo. — Já pelo simples fato de que o senhor não se sente bem, é preciso que o senhor se dirija a um médico, e não à farmácia.

— Mas eu já estive nos médicos! Não consegui falar com eles!

— Hum!... A nós, farmacêuticos, os senhores não consideram humanos e incomodam às quatro da madrugada, quando cada cachorro, cada gato tem o seu sossego... Os senhores não querem compreender nada, e, na sua opinião, nós não somos gente e nossos nervos têm que ser como cordas.

Strijin ouviu o farmacêutico, suspirou e voltou para casa.

"Quer dizer que o meu destino é morrer!", pensava ele.

E sua boca ardia e cheirava a querosene, ele sentia pontadas no estômago, e nos ouvidos lhe soava: bum, bum, bum! A cada momento, parecia-lhe que o fim já estava próximo, que o coração já não batia mais...

Chegando em casa, ele apressou-se a escrever:"Peço não culpar ninguém pela minha morte", depois fez a sua oração, deitou-se e cobriu-se até a cabeça. Ficou sem dormir até de manhã, esperando a morte, e o tempo todo, na imaginação, ele via como a sua sepultura se cobre de grama verde e fresca e como sobre ela gorjeiam os passarinhos...

Mas de manhã, sentado na cama, ele dizia, sorrindo, a Dáchenka:

— Quem leva uma vida correta e regrada, minha cara irmãzinha, não há veneno que o afete. Pode-se tomar a mim como exemplo. Eu estava à beira do fim, eu morria, agonizava, e agora: nada. Só tenho um ardor na boca e uma secura na garganta, mas todo o corpo está bom, graças a Deus... E por quê? Por causa da vida regular.

— Não, isso significa que o querosene não presta! — suspirava Dáchenka, pensando nas despesas e fixando o olhar num ponto. — Significa que o vendeiro não me deu do melhor, mas daquele de um copeque e meio a libra. Mártir que eu sou, sofredora infeliz, monstros torturadores, oxalá passem o mesmo no outro mundo, Herodes amaldiçoados...

E desandou, e desandou...

A DUQUESA

Pela grande entrada principal, chamada "portão vermelho",[16] do mosteiro masculino de N, entrou uma carruagem, atrelada a quatro cavalos nédios e bonitos. Os monges e noviços, agrupados junto à parte nobre da ala de hóspedes, já de longe, pelo cocheiro e pelos cavalos, reconheceram na senhora que vinha dentro do carro sua boa amiga, a duquesa Vera Gavrílovna.

Um velho de libré saltou da boleia e ajudou a duquesa a descer da carruagem. Ela soergueu o véu escuro e, sem pressa, veio tomar a bênção de todos os monges, depois, acenou amavelmente para os noviços e dirigiu-se aos seus aposentos.

— Então, tivestes saudades da vossa duquesa? — dizia ela aos monges que traziam suas coisas. — Fiquei um mês inteiro sem vos visitar. Pois é, agora cheguei, podeis olhar para a vossa duquesa. E onde está o pai arquimandrita?[17] Deus meu, como estou ardendo de impaciência! Maravilhoso, maravilhoso ancião! Deveis orgulhar-vos por terdes um arquimandrita como ele.

Quando entrou o arquimandrita, a duquesa soltou uma exclamação deliciada, cruzou as mãos sobre o peito e aproximou-se dele para tomar a bênção.

— Não, não! Deixai-me beijá-la! — disse ela, agarrando-lhe a mão e beijando-a com avidez três vezes. — Como estou feliz, santo padre, porque, enfim, vos vejo! Vós decerto já esquecestes a vossa duquesa, mas eu, em pensamentos, vivi cada minuto no vosso querido mosteiro. Como é bom aqui convosco! Nesta vida dedicada a Deus, longe do mundo de vaidades, existe um encanto especial, santo padre, que eu sinto com toda a minha alma, mas não sei transmitir em palavras!

As faces da duquesa enrubesceram e dos olhos brotaram lágrimas. Ela falava sem interrupção, com ardor, e o arquimandrita, ancião de uns 70 anos, grave, feio e tímido, calava-se, e só de vez em quando dizia aos arrancos e militarmente:

---

[16] "Vermelho" em russo arcaico significa também "bonito". (N.T.)
[17] Patriarca da igreja grega ortodoxa. (N.T.)

— Exato, Vossa Alteza... Estou ouvindo... Entendido...

—Teremos por muito tempo a honra da vossa visita? — perguntou ele.

— Passarei esta noite aqui e amanhã irei à casa de Cláudia Nicoláievna. Há muito tempo que não nos vemos, mas depois de amanhã, voltarei cá e ficarei uns três, quatro dias. Quero repousar a minha alma aqui entre vós, santo padre...

A duquesa gostava de vir para o mosteiro de N. Nos últimos dois anos, ela se afeiçoou a este lugar e vinha agora quase todos os meses do verão, e ficava uns dois ou três dias, às vezes até uma semana. Os tímidos noviços, o silêncio, os tetos baixos, o perfume dos ciprestes, a comida modesta, as cortinas baratas nas janelas — tudo isso a tocava, a comovia e a predispunha à contemplação e aos bons pensamentos. Bastava que ela ficasse nos aposentos meia hora para começar a parecer-lhe que também ela é tímida e modesta, que também ela exala perfume de cipreste; o passado desaparecia ao longe, perdia o seu valor, e a duquesa começava a pensar que, apesar dos seus 29 anos, ela é muito parecida com o velho arquimandrita e, do mesmo modo que ele, nasceu não para a riqueza, não para a grandeza terrena e o amor, mas para a vida silenciosa, oculta do mundo crepuscular, como estes aposentos...

Acontece às vezes que, na cela escura do penitente mergulhado na oração, súbito penetra um raio de luz ou pousa na janela um passarinho a cantar sua canção; o taciturno penitente sorri sem querer, e no seu peito, de sob pesada aflição dos pecados, como de sob uma pedra, súbito flui como um riacho uma alegria pura e silenciosa. Parecia à duquesa que ela trazia consigo, de fora, um consolo assim, tal qual o raio de luz ou o passarinho. Seu sorriso gentil e alegre, o olhar meigo, a voz, os gracejos, e toda ela, miúda, bem-feita, trajando um simples vestido negro, devia despertar com seu aparecimento, nesta gente simples e severa, um sentimento de alegria comovida. Cada qual, vendo-a, devia pensar: "Deus mandou-nos um anjo..." E, sentindo que cada qual, involuntariamente, pensa isso, ela sorria mais gentil ainda e procurava semelhar um passarinho.

Tendo tomado chá e descansado, ela saiu para passear. O sol já se pusera. Do jardim do mosteiro, chegou-lhe um bafo úmido e perfumado da resedá recém-regada; da igreja, vinha o canto distante de vozes masculinas, que, de longe, parecia muito triste e agradável. Era o serviço noturno. Nas janelas escuras, onde tremeluzia, manso, o fogo das lamparinas, nas sombras, no vulto do velho monge, sentado no átrio, junto a uma imagem, com uma caneca na mão, havia tanta paz e serenidade que a duquesa sentiu uma vontade inexplicável de chorar...

E atrás do portão, na alameda entre o muro e os vidoeiros, onde ficam os bancos, já anoitecera de todo. O ar ficava cada vez mais escuro... A duquesa passou pela alameda, sentou-se num banco e ficou pensativa.

Ela pensava que seria bom mudar-se por toda a vida para este mosteiro, onde a vida é calma e serena como uma noite de verão; seria bom esquecer para sempre o conde ingrato e devasso, a sua fortuna imensa, os credores que a aborrecem todos os dias, as suas desgraças, a criada Dacha, que hoje de manhã tinha uma expressão atrevida no rosto. Seria bom ficar a vida inteira sentada neste banco e ver, através dos troncos dos vidoeiros, a névoa noturna boiando em flocos no sopé do morro, lá embaixo, e lá longe, bem longe, por sobre o bosque, como uma nuvem escura semelhando um véu, um bando de gralhas voando para a pousada, e dois noviços — um montado num cavalo baio e outro a pé — tocando os cavalos para o redil, e encantados com a liberdade, brincando como crianças; suas vozes ressoam sonoras no ar imóvel, e pode-se distinguir cada palavra. É bom ficar sentada e escutar o silêncio: ora é o vento que sopra e agita os cumes dos vidoeiros, ora é uma rã que se mexe entre a folhagem seca, ora é o relógio da torre, detrás do muro, que bate um quarto de hora... Sentar-se imóvel, escutar e pensar, pensar, pensar...

Passou uma velha com uma cesta. A duquesa pensou que seria bom deter esta velha e dizer-lhe alguma coisa bondosa, cordial, ajudá-la... Mas a velha não se voltou nem uma vez e sumiu numa curva da alameda.

Pouco depois, surgiu na alameda um homem alto de barba encanecida e chapéu de palha. Passando pela duquesa, ele tirou o chapéu e cumprimentou, e, pela sua grande calva e o nariz adunco e pontudo, a duquesa reconheceu o doutor Mikhail Ivánovitch, que uns cinco anos atrás servira na sua propriedade de Dubovki. Ela lembrou-se de que alguém lhe contara que no ano passado este doutor perdera a esposa, e quis mostrar-lhe simpatia, consolá-lo.

— Doutor, o senhor decerto não me reconhece? — perguntou ela com um sorriso cordial.

— Não, duquesa, reconheci — disse o médico, tirando novamente o chapéu.

— Ah, obrigada, eu já estava pensando que o senhor também esqueceu a sua duquesa. Os homens só se lembram dos seus inimigos, e se esquecem dos amigos. O senhor também veio para orar?

— Eu pernoito aqui todos os sábados, por dever de ofício. Eu trabalho aqui.

— Bem, e como vai o senhor? — perguntou a duquesa, suspirando.
— Eu soube que sua esposa faleceu! Que desgraça!

— Sim, duquesa, para mim foi uma grande desgraça.

— Que fazer! Devemos suportar com resignação as nossas desgraças. Sem a vontade da Providência, nem um fio de cabelo cai da cabeça de um ser humano.

— Sim, duquesa.

Ao meigo e cordial sorriso da duquesa, e aos seus suspiros, o doutor respondia frio e seco: "Sim, duquesa." E a expressão do seu rosto era fria, seca.

"Que mais eu poderia dizer-lhe?", pensou a duquesa.

— Há quanto tempo que não nos vemos, entretanto! — disse ela.
— Cinco anos! Neste tempo, quanta água correu para o mar, quantas mudanças houve, até dá medo de pensar! O senhor sabe, eu me casei... de condessa passei a duquesa. E já tive tempo de me separar do marido.

— Sim, eu soube.

— Muitas provações mandou-me Deus! O senhor decerto ouviu também que estou quase arruinada. Pelas dívidas do meu infeliz marido, foram vendidas as minhas propriedades de Dubovki e Kiriákovo e Sófino. Só me ficaram Baránovo e Micáltzevo. Dá medo olhar para trás: quantas mudanças, desgraças diversas, quantos erros!

— Sim, duquesa, muitos erros.

A duquesa ficou um pouco perturbada. Ela conhecia os seus erros. Eram todos de tal maneira íntimos que só ela mesma poderia pensar e falar deles. Não se conteve e perguntou:

— Em que erros o senhor está pensando?

— A senhora os mencionou, por isso deve saber... — respondeu o doutor, com um sorriso irônico. — Para que falar deles?

— Não, me diga, doutor. Eu lhe ficarei muito grata! E, por favor, não faça cerimônia comigo. Eu gosto de ouvir a verdade.

— Não sou seu juiz, duquesa.

— Não é juiz? Que tom o seu, quer dizer que sabe alguma coisa. Diga!

— Se assim deseja, pois não. Só que, infelizmente, eu não sei falar, e nem sempre é possível compreender-me.

O doutor refletiu um pouco e começou:

— Os erros foram muitos, mas precisamente o principal deles, na minha opinião, é o espírito geral, com o qual... que reinava em todas as suas propriedades. Está vendo, eu não sei me expressar. Isto é, o mais importante era o desamor, a repugnância pela gente, que se sentia positivamente em tudo. Sobre esta repugnância, estava construído todo o seu sistema de vida. A repugnância, pela voz humana, pelos rostos, as nucas, os passos... numa palavra, por tudo o que constitui o ser humano. Junto de todas as portas, e pelas escadas, lacaios nédios, grosseiros e preguiçosos, de libré, ficam plantados para impedir a entrada na casa de pessoas malvestidas; no vestíbulo, há cadeiras de encosto alto, para que durante os bailes e recepções, os lacaios não maculem com suas nucas o papel das paredes; em todos os aposentos, tapetes felpudos, para que não se ouçam os passos humanos; toda pessoa que entra é sem falta advertida para que fale mais baixo e o menos possível, e que não fale coisas que possam ter influência desagradável sobre a imaginação e os nervos. E no seu gabinete, não se dá a mão às pessoas, e não se as convida para sentarem, assim como agora a senhora não me deu a mão e não me convidou a sentar...

— Mas sente-se, se deseja! — disse a duquesa, estendendo-lhe a mão e sorrindo. — Palavra, zangar-se por uma ninharia destas!

— Pois então eu estou zangado? — riu o médico, mas no mesmo instante enrubesceu, tirou o chapéu e, agitando-o, começou a falar com calor: — Francamente, já há muito tempo que eu espero por uma ocasião de dizer-lhe tudo, tudo... O que eu quero dizer é que a senhora olha para toda a gente à maneira napoleônica, como para carne de canhão. Mas Napoleão ainda tinha uma ideia qualquer, ao passo que a senhora, além de repugnância, não tem nada!

— Eu tenho repugnância pelos homens! — sorriu a duquesa, dando de ombros. — Eu?!

— Sim, a senhora! Precisa de fatos? Pois não! Em sua propriedade de Micáltzevo, vivem de esmola três dos seus antigos cozinheiros, que, nas suas cozinhas, ficaram cegos pelo ardor dos fornos. Tudo o que existe, nas suas dezenas de milhares de acres de terra, de forte e belo, tudo foi tomado pela senhora e pelos seus parasitas e transformado em criados, lacaios, cocheiros. Todo esse gado bípede foi educado na abjeção, empanturrado, animalizado, perdendo imagem e semelhança, numa palavra... Jovens médicos, agrônomos, professores, os trabalhadores intelectuais em geral, Deus meu, são arrancados dos seus misteres, do labor honesto, e obrigados, por um pedaço de pão, a tomar parte em toda sorte de palhaçadas, que dão vergonha a qualquer decente! Muito jovem não serve nem três anos, e já se transforma em hipócrita, bajulador, delator... É bom isso? Os seus administradores polacos, esses espiões ignóbeis, todos esses Casimiros e Caetanos, farejam da manhã à noite dezenas de milhares de alqueires, e para agradar a senhora, procuram arrancar três couros de um mesmo boi. Perdão, eu me exprimo sem sistema, mas não importa! O povo simples para a senhora não é considerado gente. E mesmo aqueles duques, condes e prelados que vinham visitá-la, a senhora só os admitia como decoração, não como gente viva. Mas o principal... o principal, o que me deixa mais indignado, é alguém possuir uma fortuna de mais de um milhão e não fazer nada pelos outros, nada!

A duquesa permanecia sentada, espantada, assustada, sentida, sem saber o que dizer e como se comportar. Nunca antes ninguém lhe falara naquele tom. A voz desagradável, irada, do doutor e a sua fala desajeitada e titubeante feriam-lhe os ouvidos e a cabeça com um ruído áspero e contundente, e depois começou a parecer-lhe que o gesticulante médico a golpeava na cabeça com o seu chapéu.

— Não é verdade! — articulou ela baixo e com voz suplicante. — Eu fiz muita coisa boa pelos outros, o senhor bem sabe!

— Mas deixe disso! — exclamou o médico. — Será que a senhora ainda continua a considerar a sua atividade beneficente como algo de sério e útil, e não uma simples comédia? Pois se aquilo não passou de comédia de ponta a ponta, uma brincadeira de amor ao próximo, a mais aberta das brincadeiras, compreendida até pelas crianças e mulheres tolas! Tomemos ao acaso este seu — como é mesmo? — estranho asilo para velhas desamparadas, no qual eu fui obrigado a servir de algo assim como médico-chefe, e a senhora mesma era a tutora honorária. Oh, Deus do céu, que estabelecimento encantador! Construíram uma casa com soalhos encerados e catavento no telhado, juntaram nas aldeias uma dezena de velhotas e obrigaram-nas a dormir com cobertores de baeta, em lençóis de linho holandês e a comer docinhos.

O doutor espirrou uma risada maldosa para dentro do chapéu e continuou depressa e gaguejando:

— Foi uma brincadeira! Os baixos funcionários do asilo escondem os cobertores e lençóis a sete chaves, para que as velhas não os sujem — que durmam, filhas do diabo, no chão! A velha não tem direito nem de se sentar na cama, nem de vestir uma bata, nem de andar pelo soalho lustroso. Tudo era guardado para o dia da festa e escondido das velhas, como de ladrões, e as velhas se alimentavam e se vestiam às ocultas, pelo amor de Deus, e oravam a Deus dia e noite para que bem cedo as livrasse da prisão e dos conselhos edificantes e salvadores dos canalhas empanturrados que a senhora encarregou de zelar por elas. E os altos funcionários, o que faziam? É simplesmente encantador! Umas duas vezes por semana, à noitinha, saem galopando 35 mil mensageiros e anunciam que amanhã, a duquesa, isto é, a senhora, estará no asilo. Isto significa que amanhã é preciso largar os doentes, enfarpelar-se e comparecer ao desfile. Está bem, eu vou. As velhas, todas de roupa limpa e nova, já estão enfileiradas e esperam. Perto delas, se pavoneia um rato de guarnição aposentado — o supervisor, com o seu sorrisozinho adocicado de delator. As velhas bocejam e se entreolham, mas têm medo de resmungar. Esperamos. Chega a galope o subgerente, depois o gerente do escritório da economia, depois mais alguém e ainda mais alguém... galopam sem fim! Todos trazem caras misteriosas e solenes. Esperamos, esperamos, mudamos de uma perna para outra, espiamos o relógio — tudo isso em silêncio sepulcral, porque todos nos detestamos mutuamente e estamos brigados. Passa uma hora, outra, e eis que, finalmente, surge ao longe a carruagem e... e...

O doutor saiu num frouxo de riso agudo e articulou em voz fininha:

— A senhora desce da carruagem e as bruxas velhas, ao comando do rato aposentado, começam a cantar: "Quão formoso é o nosso Senhor em Sião, a língua não pode explicar..." Bonzinho, não é?

O doutor pôs-se a rir às gargalhadas, com voz estentórea, e agitou a mão, como querendo indicar que o riso não o deixa dizer nenhuma palavra. Seu riso era pesado, áspero, de dentes cerrados, ele ria como riem as pessoas sem bondade, e pela sua voz, pelo seu rosto, pelos seus olhos brilhantes e um tanto atrevidos, podia-se perceber que ele nutria um desprezo profundo pela duquesa, pelo asilo, pelas velhas. Em tudo aquilo que ele contara de um modo tão inepto e grosseiro não havia nada de engraçado ou alegre, mas ele ria às gargalhadas, com prazer e até com júbilo.

— E a escola? — continuou ele, ofegante de tanto rir. — Lembra-se de como a senhora resolveu ensinar pessoalmente aos filhos dos mujiques? Decerto ensinava muito bem, porque logo todos os moleques se dispersaram, tanto assim que depois foi preciso surrá-los e educá-los por dinheiro para que fossem às suas aulas. E lembra-se de como a senhora desejou alimentar de mamadeira, com suas próprias mãos, as crianças de peito cujas mães trabalhavam no campo? A senhora andava pela aldeia e chorava porque não havia tais crianças às suas ordens — todas as mães as carregavam consigo para o campo. Depois, o alcaide ordenou às mães que lhe deixassem, por turnos, os seus filhos, para o seu divertimento. Coisa espantosa! Todos fugiam dos seus benefícios, como ratos do gato! E por quê? Muito simples! Não porque o nosso povo é ignorante e ingrato, como a senhora sempre explicava, mas porque em todas as suas invenções, desculpe a expressão, não havia nem um cêntimo de amor e caridade! Havia apenas a vontade de se distrair com bonecos vivos e nada mais... Quem não sabe distinguir gente de cachorrinhos faldeiros não deve se ocupar com beneficência. Afianço-lhe, entre gente e cachorrinhos "de madame" há uma grande diferença!

O coração da duquesa palpitava horrivelmente, ela sentia uma zoeira nos ouvidos e continuava com a impressão de que o doutor lhe batia na cabeça com o chapéu. O médico falava depressa, com ardor e sem beleza, engasgando e gesticulando excessivamente; a única coisa que ela compreendia era que na sua frente estava um homem bruto, mal-educado, mau e ingrato, mas o que ele quer dela e de que está falando — ela não compreendia.

—Vá embora! — disse ela com voz chorosa, erguendo as mãos para proteger a cabeça contra o chapéu do doutor. —Vá embora!

— E como a senhora trata os seus empregados! — continuava o doutor na sua indignação. — A senhora não os considera humanos e os tiraniza como se fossem os últimos malfeitores. Por exemplo, permita que lhe pergunte, por que foi que a senhora me despediu? Eu servi o seu pai durante dez anos, depois a senhora, honestamente, sem conhecer feriados nem férias, granjeei a estima de todos a cem verstas em redor e, de repente, um belo dia, anunciam-me que eu já não sirvo mais! Por quê? Até agora não compreendi! Sou doutor em medicina, da nobreza, estudante da Universidade de Moscou, pai de família, uma arraia tão miúda e insignificante que se pode enxotar-me pelos colarinhos sem explicação de causas! Para que ter cerimônias comigo? Eu soube mais tarde que minha mulher, sem o meu conhecimento, procurou-a umas três vezes, às escondidas, para interceder por mim, e a senhora não a recebeu nem uma vez. Dizem que ela chorou no vestíbulo. E eu jamais lhe perdoarei isso, à defunta! Jamais!

O doutor calou-se e cerrou os dentes, esforçando-se para lembrar mais alguma coisa para dizer, uma coisa bem desagradável, vingativa. Lembrou-se de algo e o seu rosto frio e carrancudo iluminou-se de repente.

— Tomemos por exemplo as suas relações com este mosteiro aqui! — começou ele com avidez. — A senhora nunca poupou ninguém, e quanto mais santo o lugar, maiores são as probabilidades de ele receber a gorjeta do seu amor e angelical formosura. Para que vem aqui? Que vem fazer aqui, com os monges, permita que lhe pergunte. Quem é Hécuba para a senhora, e quem é a senhora para Hécuba? Novamente brinquedo, divertimento, escárnio da pessoa humana e nada mais. Pois se a senhora não acredita no Deus dos monges, a senhora tem no coração o seu próprio deus, ao qual chegou por sua própria compreensão nas sessões espíritas; a senhora vê os rituais da Igreja condescendentemente, não vai aos serviços matinais nem aos noturnos, dorme até o meio-dia... para que então vem aqui?... A senhora vem para o mosteiro alheia com o seu próprio deus, e imagina que o mosteiro considera isso uma grande honra para ele! Como não! A senhora pergunte, entretanto, quanto custam aos monges as suas visitas! A senhora dignou-se chegar hoje à tarde, mas, três dias atrás, aqui já esteve um mensageiro a cavalo, mandado para avisar que a senhora tencionava vir cá. O dia inteiro, ontem, ficaram preparando os seus aposentos e esperando. Hoje, chegou a guarda avançada — uma criada atrevida, que volta e meia corre pelo pátio, faz zoeira, aborrece com perguntas, dá ordens... não suporto! Hoje, o dia inteiro, os monges ficaram de prontidão: pois se a senhora não for recebida com toda a cerimônia, azar! Vai se queixar ao bispo! "Vossa Eminência, os monges não gostam de mim. Não sei o que fiz para desgostá-los. É verdade que sou uma grande pecadora, mas sou tão infeliz!" Já um mosteiro teve dor de cabeça por sua causa. O arquimandrita é um homem ocupado, um sábio, não tem um minuto livre, e a senhora volta e meia o requisita para os seus aposentos. Nenhuma consideração nem pela velhice nem pelo posto. Ainda se a senhora desse grandes contribuições, já não seria tão aborrecido, mas o fato é que em todo esse tempo, os monges não recebem nem cem rublos das suas mãos!

Quando alguém a incomodava, não compreendia, ofendia, ou quando ela não sabia o que dizer e fazer, a duquesa costumava pôr-se a chorar. E agora, finalmente, ela cobriu o rosto e desatou num choro agudo, de criança. O médico calou-se de repente e olhou para ela. O seu rosto se anuviou e ficou taciturno.

— Perdoe-me, duquesa — disse ele em voz surda. — Eu cedi a um mau sentimento e me excedi. Fiz mal.

E, pigarreando confuso, esquecendo de pôr o chapéu, afastou-se rapidamente da duquesa.

No céu, já brilhavam as estrelas. Decerto, do outro lado do mosteiro, surgia a lua, porque o céu estava claro, translúcido e delicado. Ao longo do branco muro do mosteiro, esvoaçavam morcegos silenciosos.

O relógio bateu lentamente três quartos de hora, das nove, decerto. A duquesa levantou-se e dirigiu-se em silêncio ao portão. Ela se sentia insultada e chorava, e parecia-lhe que as árvores, as estrelas, os morcegos também tinham pena dela; e que o relógio cantara melodicamente com o único fim de lhe mostrar simpatia. Ela chorava e pensava que seria bom se ela viesse para o mosteiro pela vida toda: nas calmas noites de verão, ela iria passear pelas alamedas, solitária e injustiçada, ofendida, incompreendida pelos homens, e apenas Deus e o céu estrelado veriam as lágrimas da sofredora. Na igreja, o serviço religioso ainda continuava. A duquesa se deteve e escutou o canto; como soava bem este cantar na atmosfera escura e imóvel! Como é doce, ao som deste canto, chorar e sofrer!

Entrando nos seus aposentos, ela examinou no espelho o seu rosto desfeito pelas lágrimas, empoou-se e depois sentou-se para jantar. Os monges sabiam que ela gostava de esturjão ao escabeche, cogumelos miúdos, Málaga e pão de mel simples, que deixam na boca um perfume de cipreste, e, toda vez que ela vinha, eles lhe serviam tudo isso. Comendo os cogumelos e tomando Málaga, a duquesa devaneava sobre como ela ficará totalmente arruinada e abandonada, como todos os seus administradores, caixeiros, funcionários e criadas, por quem ela tanto fizera, a trairão e começarão a lhe dizer grosserias, como toda gente, quanta existe no mundo, vai atacá-la, caluniá-la, escarnecer dela; ela renunciará ao seu título ducal, ao luxo e à sociedade, entrará para o mosteiro, sem uma palavra de reproche para ninguém; ela rezará pelos seus inimigos, e então, de repente, todos a compreenderão, virão a ela para pedir perdão, mas já será tarde demais...

E depois do jantar, ela ficou de joelhos no canto diante da imagem e leu dois capítulos do Evangelho. Depois, a criada arrumou-lhe a cama e ela foi dormir. Espreguiçando-se sob a colcha branca, ela suspirou deliciada e profundamente, como se suspira depois de chorar, fechou os olhos e adormeceu...

De manhã, ela acordou e consultou seu reloginho: eram nove e meia. No tapete junto à cama, estendia-se uma faixa de luz estreita e brilhante, do raio de sol que entrava pela janela e apenas iluminava o quarto. Atrás do reposteiro escuro, na janela, zumbiam as moscas.

"É cedo!", pensou a duquesa e fechou os olhos.

Espreguiçando-se gostosamente na cama, ela recordou o encontro da véspera com o doutor e todos aqueles pensamentos com os quais ela se deitara; lembrou-se de que era infeliz. Depois, vieram-lhe à memória o marido, que vivia em Petersburgo, os administradores, os médicos, os vizinhos, os conhecidos, os funcionários... Uma longa caravana de rostos masculinos conhecidos passou-lhe pela imaginação. Ela sorriu e pensou que se estas pessoas pudessem penetrar-lhe na alma e compreendê-la, todas elas estariam a seus pés...

Às quinze para o meio-dia, ela chamou a criada.

— Vamos, Dacha, nos arrumar — disse ela languidamente. — Aliás, antes vá dizer que atrelem os cavalos. É preciso ir à casa de Cláudia Nicoláievna.

Saindo dos aposentos para tomar a carruagem, ela apertou os olhos por causa da luz ofuscante do dia e riu de prazer: o dia estava maravilhosamente bonito! Examinando com os olhos entrefechados os monges que se reuniram na saída para acompanhá-la, ela acenou gentilmente com a cabeça e disse:

— Adeus, meus amigos! Até depois de amanhã.

Ela ficou agradavelmente surpreendida ao ver, no portão, junto com os monges, também o doutor. Seu rosto estava pálido e taciturno.

— Duquesa — disse ele, tirando o chapéu com um sorriso culpado —, já estou aqui há muito tempo, à sua espera. Perdoe-me pelo amor de Deus... Um sentimento mau, vingativo, empolgou-me ontem, e eu lhe disse uma porção de... estultices. Numa palavra, eu peço perdão.

A duquesa sorriu amavelmente e estendeu a mão para os lábios do doutor. Ele a beijou e enrubesceu.

Procurando parecer um passarinho, a duquesa esvoaçou para dentro da carruagem e acenou com a cabeça para todos os lados. Sua alma estava alegre, clara e quente, e ela mesma sentia que o seu sorriso é extraordinariamente doce e meigo. Quando a carruagem rodou para o portão, e depois pela estrada poeirenta ao longo das *izbás*[18] e jardins, passando à frente de longas caravanas de carroças carregadas de peregrinos a caminho do mosteiro, ela ainda apertava os olhos e sorria suavemente. Ela pensava que não existe maior delícia do que a de trazer consigo, para toda parte, calor, luz e alegria, perdoar as ofensas e sorrir meigamente para os inimigos. Os camponeses que vinham ao encontro cumprimentavam, o carro chiava mansamente, de sob as rodas subiam nuvens de poeira que o vento tocava em direção ao trigo dourado, e parecia à duquesa que o seu corpo se embalava, não nas almofadas da carruagem, mas nas nuvens, e que ela mesma semelhava uma nuvenzinha translúcida e leve...

— Como sou feliz! — murmurava ela, fechando os olhos. — Como sou feliz!

---
[18] Casebre de camponês russo. (N.T.)

Do amor

No dia seguinte, no desjejum, foram servidos pasteizinhos muito gostosos, lagostas e almôndegas de carneiro; e, enquanto comiam, o cozinheiro Nicanor subiu para perguntar o que os hóspedes desejavam para o almoço. Era um homem de estatura mediana, de rosto rechonchudo e olhinhos miúdos, escanhoado, e parecia que o seu bigode não era raspado, mas arrancado a pinça.

Aliókhin contou que a bela Pelagueia estava apaixonada por aquele cozinheiro. Como fosse beberrão e de gênio violento, ela não queria casar, mas concordava em viver com ele assim mesmo. Ele, porém, era muito religioso, e as convicções religiosas não lhe permitiam viver assim; exigia que ela se casasse com ele e não queria de outro modo, brigava com ela quando estava bêbado, e até lhe batia. Quando ele se embebedava, ela se escondia lá em cima para chorar, e então Aliókhin e a criada não saíam de casa, para protegê-la em caso de necessidade.

Começaram a falar do amor.

— Como nasce o amor — disse Aliókhin —, porque Pelagueia não se apaixonou por algum outro que combinasse mais com ela, pelas suas qualidades físicas e espirituais, mas foi gostar justamente do Nicanor, este carantonha, e qual é a importância da felicidade pessoal no amor. Tudo isso se ignora e pode ser discutido à vontade. Até hoje, sobre o amor, só foi dita uma única verdade indiscutível, a saber: que "grande é o seu mistério", e tudo o mais que se escreveu e se falou do amor não eram soluções, mas mera colocação de problemas, que continuaram sem solução. Uma explicação que parece servir para um caso, já não serve para dez outros, e o melhor, na minha opinião, é explicar cada caso separadamente, sem tentar generalizar. É preciso, como dizem os médicos, individualizar cada caso separado.

— Muito justo — concordou Burkin.

— Nós, russos respeitáveis, nutrimos uma predileção por estas questões que permanecem sem solução. Geralmente, poetiza-se o amor, enfeitam-no com rosas, rouxinóis, mas nós, russos, enfeitamos o nosso amor com estas perguntas fatais, e ainda escolhemos dentre elas as mais desinteressantes. Em Moscou, quando eu ainda era estudante, tinha uma amiga, senhora simpática que, toda vez que estava nos meus braços, pensava em quanto eu lhe daria por mês e qual o preço da libra de carne de vaca. Assim, nós, quando amamos, não cessamos de nos fazer indagações: se é honesto ou desonesto, se é inteligente ou estúpido, aonde nos levará este amor, e assim por diante. Se isto é bom ou mau, não sei dizer, mas que atrapalha, não satisfaz e irrita, isso eu sei.

Parecia que ele queria contar alguma coisa. As pessoas que levam vida solitária sempre têm no seu íntimo alguma coisa que gostariam de contar. Na cidade, os solteirões frequentam de propósito os banhos públicos e os restaurantes, só para conversar, e por vezes contam aos banhistas ou garções casos muito interessantes; já no campo, eles costumam abrir a alma diante dos seus hóspedes. Agora, pela janela, via-se o céu cinzento e as árvores molhadas de chuva; com um tempo desses, não se tinha para onde ir, e não restava mais nada, a não ser contar e escutar.

— Eu vivo em Sofino e administro a propriedade já há muito tempo — principiou Aliókhin —, desde a época em que terminei a universidade. Por educação, sou um ocioso, por inclinação, um homem de gabinete, mas acontece que a propriedade, quando aqui cheguei, estava com uma dívida pesada, e como meu pai se endividara parcialmente por ter gastado muito com a minha educação, eu resolvi que não sairia daqui e trabalharia até liquidar essa dívida. Decidi isso e comecei a trabalhar aqui, confesso, não sem alguma repugnância. A terra daqui não dá muito, e, para que a lavoura não dê prejuízo, é necessário utilizar o trabalho de servos ou senão de homens alugados, o que dá quase no mesmo, ou então conduzir a lavoura à maneira dos camponeses, isto é, trabalhar no campo sozinho, com a própria família. Nisto não existe meio-termo. Mas naquele tempo, eu não pensava em tais sutilezas. E não deixei em paz nem um torrão de terra, toquei para cá todos os homens e mulheres das aldeias vizinhas, o trabalho aqui fervia, febricitante. Eu mesmo também arava, semeava, ceifava e, ao fazê-lo, me entediava e fazia caretas de asco, feito um gato de aldeia que, de tanta fome, devora pepinos na horta; meu corpo doía e eu adormecia andando. Nos primeiros tempos, pareceu-me que eu poderia facilmente conciliar esta vida de trabalho com os meus hábitos civilizados; para isso, pensava eu, basta ater-se a uma determinada ordem externa, na vida. Instalei-me aqui em cima, nos aposentos nobres, e dei ordens para que me servissem café com licor depois do almoço e do jantar, e, ao deitar, eu lia o "Mensageiro da Europa". Mas, um dia, chegou o nosso sacerdote, o Pai Ivan, e numa única sessão acabou com todos os meus licores. E o "Mensageiro da Europa" também acabou na mão das filhas do cura, já que no verão, especialmente no tempo da ceifa, eu nem tinha tempo de alcançar meu dormitório e adormecia no celeiro, no trenó ou nalguma guarita de bosque; que leitura podia haver aí? E pouco a pouco, fui me mudando para baixo, comecei a almoçar na cozinha dos criados, e de todo o meu luxo antigo, só me restou toda esta criadagem, que ainda serviu meu pai e a qual eu teria pena de despedir.

"Já nos primeiros anos, fui eleito para o cargo de juiz de paz honorário. De quando em vez, eu tinha de ir até a cidade e tomar parte nas reuniões da assembleia e do tribunal distrital, e isso me distraía. Quando se vive aqui, sem sair, uns dois, três meses, especialmente no inverno, chega-se, a certa altura, a sentir saudades da sobrecasaca preta. E no tribunal distrital havia casacas, e fardas, e fraques, eram todos juristas, gente de instrução e cultura geral; havia com quem conversar. Depois de dormir no trenó, depois da cozinha dos criados, sentar-se numa poltrona, de roupa limpa, de sapatos leves, de corrente no peito; que luxo tão grande!

"Na cidade, eu era recebido cordialmente e tinha prazer em entabular relações. E de todas as relações, a mais fundamental e, para falar a verdade, a mais agradável para mim, era o conhecimento com Luganovitch, amigo do presidente do tribunal distrital. Ambos vocês o conhecem: uma personalidade simpaticíssima. Foi justamente depois do famoso caso dos incendiários; a investigação demorou dois dias, nós estávamos fatigados. Luganovitch olhou para mim e disse: 'Sabe duma coisa? Venha almoçar em minha casa.'

"Foi uma coisa inesperada, porque eu mal conhecia Luganovitch, apenas lhe fora apresentado oficialmente, e nunca estivera em sua casa. Entrei por um instante no meu quarto de hotel, para trocar de roupa, e fui para o almoço. E aqui se me apresentou a ocasião de travar conhecimento com Ana Alexêievna, esposa de Luganovitch. Naquele tempo, ela ainda era muito jovem, não teria mais de 22 anos, e meio ano antes, ela tivera o primeiro filho. São coisas do passado, e hoje eu teria dificuldade em precisar o que ela tinha de tão extraordinário, que tanto me agradou nela. Mas naquele dia, durante o almoço, tudo me parecia nitidamente claro; eu via uma mulher jovem, bela, bondosa, culta, encantadora, uma mulher como nunca eu havia encontrado; e imediatamente eu senti nela uma criatura próxima, já conhecida, como se aquele rosto, aqueles olhos afáveis e inteligentes, eu já os tivesse visto há muito tempo, na infância, no álbum que ficava na cômoda de minha mãe.

"No caso dos incendiários, culparam quatro judeus, acusaram uma quadrilha, e, na minha opinião, sem fundamento nenhum. Durante o almoço, eu estava muito perturbado, sentia-me oprimido, e já não me lembro do que que eu dizia, apenas Ana Alexêievna meneava a cabeça e dizia ao marido: 'Dmitri, mas como é isso?'

"Luganovitch é um bonachão, um desses homens simples que se agarram ao ponto de vista de que, se um indivíduo caiu nas malhas da lei, quer dizer que ele é culpado, e que expressar dúvidas quanto à justeza do julgamento só é admissível pelos meios legais, no papel, mas nunca durante um almoço ou uma conversa particular. 'O senhor e eu não fomos os incendiários', dizia ele suavemente, 'eis por que não somos julgados nem condenados à prisão'.

"E ambos, marido e mulher, esforçavam-se para que eu comesse e bebesse mais; por alguns pequenos sinais, pelo modo como, por exemplo, eles preparavam juntos o café, e como se entendiam com meia palavra, pude concluir que eles viviam em paz e harmonia, e que estavam contentes com a visita. Depois do almoço, tocaram piano a quatro mãos, depois escureceu e eu voltei para casa. Isso foi no começo da primavera. O verão seguinte, passei-o todo em Sofino, sem sair, e não tinha nem tempo de pensar na cidade, mas a recordação da mulher esbelta e loura vivia em mim todos os dias; eu não pensava nela, mas era como se a sua sombra leve estivesse estendida em minha alma.

"No fim do outono, houve na cidade um espetáculo beneficente. Entro na frisa do governador (fui convidado durante o intervalo), olho e vejo, ao lado da esposa do governador, Ana Alexêievna, e novamente tive a mesma impressão irresistível, contundente, da beleza e dos olhos afáveis e meigos, e novamente aquela impressão de proximidade.

"Ficamos sentados lado a lado, depois fomos ao *foyer*. 'O senhor emagreceu' disse ela. 'Esteve doente?' 'Sim. Resfriei um ombro e, com o tempo úmido, eu durmo mal.' 'Está com um ar desanimado. Aquela vez, na primavera, quando veio almoçar conosco, o senhor tinha um aspecto mais jovem, mais vivo. O senhor estava entusiasmado e falou muito, mostrou-se muito interessante, e confesso que chegou a me arrebatar um pouquinho. Não sei por que, muitas vezes, durante o verão, o senhor me veio à lembrança, e hoje, quando eu me preparava para ir ao teatro, tive a sensação de que o encontraria aqui.' E ela riu. 'Mas hoje o senhor está com um ar desanimado', repetiu ela. 'Isso o envelhece.'

"No dia seguinte, tomei o lanche em casa dos Luganovitch; após a refeição, eles foram para a sua *datcha*, a fim de dar ordens a respeito do inverno, e eu fui com eles. E com eles voltei para a cidade, e à meia-noite tomei chá com eles num ambiente sereno e familiar, com a lareira acesa; e a jovem mãe de vez em quando ia espiar se a sua filhinha estava dormindo. E, depois disso, toda vez que eu vinha à cidade, eu visitava sem falta os Luganovitch. Eles se habituaram comigo, e eu com eles. Eu costumava entrar sem ser anunciado, como pessoa da casa. 'Quem está aí?', ouvia-se dos quartos distantes a voz melodiosa, que me parecia tão bela. 'É o Pável Constantínitch', respondia a criada ou a babá.

"Ana Alexêievna vinha ao meu encontro com uma expressão preocupada e toda vez me perguntava: 'Por que o senhor ficou tanto tempo sem vir? Aconteceu alguma coisa?'

"Seu olhar, a mão delicada e elegante que ela me estendia, seu vestido caseiro, o penteado, a voz, os passos produziam em mim, todas as vezes, aquela impressão de algo novo, extraordinário em minha vida, e importante. Nós conversávamos longamente, e longamente ficávamos calados, cada um com os seus pensamentos, ou então ela tocava piano para mim. Se acontecia de não estar ninguém em casa, eu ficava e esperava, conversava com a babá, brincava com a criança, ou então me deitava na cama turca no gabinete e lia o jornal, e quando Ana Alexêievna voltava, eu a recebia no vestíbulo, tomava das suas mãos todas as compras, e não sei por que, todas as vezes eu carregava essas compras com tanto amor, tão triunfalmente, como um garoto.

"Existe um provérbio: 'Não tinha a velha com que se apoquentar, e comprou um leitão.' Os Luganovitch não tinham com que se apoquentar, e fizeram amizade comigo. Se eu ficava muito tempo sem vir à cidade, isso significava que eu estava doente ou alguma coisa me acontecera, e ambos ficavam muito preocupados. Eles se incomodavam porque eu, um homem educado, conhecendo idiomas, em vez de me ocupar com estudos ou trabalho intelectual, vivo na aldeia, agito-me numa roda-viva, trabalho muito, mas sempre estou sem vintém. Eles imaginavam que eu sofria e que, se eu converso, rio, se como, é tão somente para esconder os meus sofrimentos, e mesmo nos momentos de alegria, quando tudo estava bem, eu sentia sobre mim os seus olhares perscrutadores. Eles eram particularmente tocantes quando eu passava por maus momentos, quando algum credor me apertava ou faltava dinheiro para um pagamento urgente; ambos, marido e mulher, cochichavam junto à janela, depois ele vinha a mim e dizia, com o rosto sério: 'Se o senhor, Pável Constantínitch, tem necessidade de dinheiro no momento, minha mulher e eu lhe pedimos que não se acanhe e o aceite de nós.'

"E ficava com as orelhas vermelhas de emoção. Acontecia também que, da mesma maneira, depois de cochichar junto à janela, ele se aproximava de mim, com as orelhas vermelhas, e dizia: 'Eu e minha mulher lhe pedimos encarecidamente que aceite de nós este presente.'

"E me estendia uma cigarreira, abotoaduras ou uma lâmpada; e, em troca, eu lhes mandava da aldeia aves abatidas, manteiga e flores. A propósito, ambos eram pessoas abastadas. Nos primeiros tempos, era comum eu tomar dinheiro emprestado e não escolhia muito, tomava onde podia, porém força nenhuma poderia me obrigar a tomar dinheiro emprestado dos Luganovitch. Mas para que falar disso!

"Eu era infeliz. Em casa, no campo, no celeiro, eu vivia pensando nela e tentava decifrar o segredo dessa mulher jovem, bela, inteligente, que se casa com um homem desinteressante, quase um velho (o marido tinha mais de 40 anos), tem filhos dele; decifrar o segredo daquele homem desinteressante, bonachão, simplório, que raciocina com tão enfadonha sensatez, que nas festas e bailes fica junto com as pessoas de idade, frouxo, inútil, de expressão submissa e indiferente, como se o tivessem trazido para ser vendido, e que, no entanto, crê no seu direito de ser feliz, e que tem filhos dela: e eu procurava compreender por que razão foi ele que a encontrou e não eu, e por que foi preciso que na nossa vida acontecesse esse engano tão terrível.

"E quando vinha à cidade, eu via toda vez pelos seus olhos que ela me esperava; e ela mesma me confessava que desde cedo estava com uma sensação estranha, ela adivinhava que eu viria. Falávamos longamente, ficávamos em silêncio, mas não nos confessávamos o nosso amor e o escondíamos com ciúme e timidez. Temíamos tudo o que pudesse revelar o nosso segredo a nós mesmos. Eu amava com ternura, profundamente, mas eu raciocinava, eu me perguntava aonde nos poderia levar nosso amor se não tivéssemos forças para lutar contra ele; parecia-me inconcebível que este meu amor suave e triste pudesse de súbito romper brutalmente a fluência feliz da vida do seu marido, das crianças, de toda aquela casa, onde eu era tão querido e onde tanto confiavam em mim. Seria honesto? Ela iria comigo, mas para onde? Para onde poderia eu levá-la? Outra coisa seria se eu tivesse uma vida bonita, interessante, se eu, por exemplo, lutasse pela liberdade da pátria ou fosse um famoso cientista, artista, pintor — mas assim, eu teria de arrancá-la de um ambiente comum e cotidiano para outro tão comum ou mais medíocre ainda. E quanto tempo duraria a nossa felicidade? Que seria dela se eu adoecesse, morresse, ou, simplesmente, se o nosso amor terminasse?

"E ela, ao que parece, raciocinava da mesma maneira. Ela pensava no marido, nos filhos, na mãe que queria o seu marido como se fosse um filho. Se ela se entregasse ao seu sentimento, seria preciso mentir ou dizer a verdade, e na sua situação, tanto uma coisa como outra era igualmente assustadora e incômoda. E ela era torturada pela pergunta: será que o seu amor me trará felicidade, será que ele não me complicaria ainda mais a vida, já tão difícil e cheia de toda sorte de desgraças? Parecia-lhe que ela já não era bastante jovem para mim nem bastante ativa e enérgica para começar uma vida nova, e muitas vezes ela falava com o marido sobre a necessidade de eu me casar com uma jovem inteligente, digna, que fosse boa dona de casa, uma auxiliar — e imediatamente acrescentava que em toda a cidade era difícil encontrar uma jovem assim.

"Entretanto, os anos corriam. Ana Alexêievna já tinha dois filhos. Quando eu chegava à casa dos Luganovitch, a criada sorria cordialmente, as crianças gritavam que chegou o titio Pável Constantínitch e se penduravam ao meu pescoço; todos ficavam contentes. Não compreendiam o que se passava em minha alma e pensavam que eu também estava contente. Todos viam em mim uma nobre criatura. Os adultos e as crianças sentiam que pelo aposento anda uma nobre criatura, e isso dava às suas relações comigo um certo encanto especial, como se na minha presença a vida deles também se tornasse mais pura e mais bela. Eu e Ana Alexêievna íamos juntos ao teatro, sempre a pé; sentávamos nas poltronas lado a lado, nossos ombros se tocavam, eu tomava das suas mãos o binóculo, em silêncio, e neste momento eu sentia que ela me é próxima, que ela é minha, que não podemos ficar um sem o outro; mas, por um incompreensível mal-entendido, ao sair do teatro, nós sempre nos despedíamos e nos separávamos como dois estranhos. Na cidade, já se falava de nós sabe Deus o quê, mas em tudo aquilo que diziam não havia nem uma palavra de verdade.

"Nos últimos anos, Ana Alexêievna começou a viajar mais amiúde, ora para a casa da mãe, ora da irmã. Ela já ficava, às vezes, mal-humorada, surgia a consciência da insatisfação, da vida estragada, e então ela não tinha vontade de ver nem o marido nem os filhos. Ela já se tratava dos nervos abalados.

"Nós nos calávamos, mas diante de terceiros, ela experimentava uma estranha irritação contra mim; o que quer que eu dissesse, ela não concordava comigo, e se eu discutia com alguém, ela tomava o partido do meu antagonista. Quando eu deixava cair alguma coisa, ela dizia friamente: 'Meus parabéns ao senhor.'

"Se, indo com ela ao teatro, eu esquecia de levar o binóculo, ela dizia depois: 'Eu sabia que o senhor iria esquecê-lo.'

"Feliz ou infelizmente, em nossa vida não existe nada que não termine mais cedo ou mais tarde. Chegou o momento da separação, pois que Luganovitch foi nomeado presidente num dos municípios ocidentais. Foi preciso vender os móveis, os cavalos, a *datcha*. Quando foram para a *datcha* e depois, ao retornar, se voltaram para lançar um último olhar para o jardim, o telhado verde, todos estavam tristes, e eu sentia que chegara a hora da despedida não só da *datcha*. Ficou resolvido que, no fim de agosto, Ana Alexêievna partiria para a Crimeia, para onde a mandavam os médicos, e pouco depois Luganov viajaria com os filhos para o seu município ocidental.

"Acompanhamos Ana Alexêievna à estação, num grupo grande. Quando ela já se despedira do marido e dos filhos, e faltava apenas um instante para o terceiro sinal, eu entrei correndo no seu compartimento para pôr na prateleira uma das cestas que ela quase esquecera; e era preciso se despedir. Quando, ali na cabina, os nossos olhos se encontraram, as forças espirituais abandonaram-nos a ambos, eu a tomei nos braços, ela apertou o rosto contra o meu peito, e as lágrimas correram dos seus olhos; beijando-lhe o rosto, os ombros, as mãos, molhados de lágrimas — oh, como éramos desgraçados, ambos! —, eu lhe confessei o meu amor, e com uma dor pungente no coração, eu compreendi como fora desnecessário, mesquinho e enganoso tudo aquilo que nos impedira de amar. Eu compreendi que, quando se ama, é necessário, nos pensamentos sobre esse amor, partir de algo mais elevado, mais importante do que infelicidade ou felicidade, pecado ou virtude no seu sentido corriqueiro, ou então não se deve pensar de todo.

"Eu a beijei pela última vez, apertei-lhe a mão e nós nos separamos — para sempre. O trem já estava em movimento. Sentei-me no compartimento vizinho, que estava vazio, e lá fiquei até a estação seguinte, chorando. Depois, voltei para a minha casa de Sofino, a pé..."

Enquanto Aliókhin contava a sua história, lá fora a chuva parou e apareceu o sol. Burkin e Ivan Ivánitch saíram para o balcão; dali, tinha-se uma vista maravilhosa para o jardim e para a lagoa, que brilhava, agora, como um espelho ao sol. Eles olhavam, encantados, e ao mesmo tempo lamentavam que este homem de olhos bons e inteligentes, que se abrira para eles com tanta candura, estivesse de fato aqui, agitando-se numa roda-viva, nesta propriedade enorme, em vez de se ocupar de estudos ou de qualquer outra coisa que tornasse a sua vida mais agradável; e eles pensavam na expressão de sofrimento no rosto da jovem senhora quando ele se despedia dela no compartimento do trem e lhe beijava o rosto e os ombros. Ambos costumavam encontrá-la na cidade, Burkin era até seu conhecido, e achava-a bonita.

A aposta

I

Era uma noite escura de outono. O velho banqueiro media a passadas o seu gabinete e recordava como, 15 anos atrás, no outono, ele dava uma festa. Nesta reunião, esteve muita gente inteligente e houve muitas conversas interessantes. Entre outros assuntos, falou-se da pena de morte. Os convidados, entre os quais havia não poucos sábios e jornalistas, na sua maioria tinham uma atitude negativa em relação à pena de morte. Achavam esse método de punição obsoleto, imoral, impróprio para os Estados cristãos. A opinião de alguns deles era de que a pena de morte deveria ser definitivamente abolida e substituída pela prisão perpétua.

— Não estou de acordo — disse o banqueiro, dono da casa. — Nunca experimentei nem a pena de morte nem a prisão perpétua, mas se é possível julgar a priori, a minha opinião é de que a pena de morte é mais moral e mais humana do que a prisão. A execução mata duma vez, ao passo que a prisão perpétua mata aos poucos. Que carrasco é, pois, mais humano — aquele que mata de repente ou o que arranca a vida no decorrer de muitos anos?

— Tanto uma coisa como outra são igualmente imorais — observou um dos convidados —, porque ambas têm a mesma finalidade: tirar a vida. O Estado não é Deus. Não tem o direito de tirar aquilo que não pode devolver, se quiser.

Entre os convidados, estava um jurista, jovem de uns 25 anos. Quando lhe perguntaram a sua opinião, ele disse:

— Tanto a pena de morte como a prisão perpétua são igualmente imorais, mas se me oferecessem a escolha entre a morte e a prisão perpétua, eu certamente escolheria a segunda. Viver de qualquer maneira é melhor do que não viver de todo.

Começou uma discussão animada. O banqueiro, que era então mais jovem e mais nervoso, súbito ficou fora de si, deu um murro na mesa e gritou para o jovem advogado:

— Não é verdade! Aposto dois milhões que o senhor não aguentará numa cadeia nem cinco anos.

— Se o senhor fala sério — respondeu-lhe o advogado —, eu aposto que posso aguentar a prisão não por cinco, mas por 15 anos!
— Quinze? Aceito! — gritou o banqueiro. — Senhores, eu ponho na mesa dois milhões!
— De acordo! O senhor põe dois milhões, e eu, a minha liberdade! — disse o jurista.

E essa aposta selvagem e insensata realizou-se! O banqueiro, que naquele tempo não tinha conta dos seus milhões, mimado e leviano, estava encantado com a aposta. Durante a ceia, ele pilheriava com o jurista e dizia:
— Caia em si, jovem, enquanto ainda não é tarde. Para mim, dois milhões são uma ninharia, mas o senhor se arrisca a perder três ou quatro dos melhores anos de sua vida. Eu digo três ou quatro porque o senhor não aguentará mais do que isso. Não esqueça, tampouco, infeliz, que a prisão voluntária é muito mais penosa do que a compulsória. O pensamento de que, a cada momento, o senhor pode sair para a liberdade, vai lhe envenenar toda a existência na prisão. Eu tenho pena do senhor!

E agora, o banqueiro, andando dum lado para outro, recordava tudo isso e se perguntava:
— Para que foi essa aposta? Qual é o proveito disso? O jurista perdeu 15 anos de sua vida, e eu jogo fora dois milhões? Será que isso poderá provar aos outros que a pena de morte é pior ou melhor que a prisão perpétua? Não e não, é tolice e insensatez. De minha parte, isso foi um capricho de homem enfastiado, e da parte do jurista, nada mais que avidez de dinheiro...

E ele continuou recordando o que aconteceu depois da famosa noitada. Ficou resolvido que o advogado passaria a sua reclusão, sob a mais severa vigilância, numa das alas construídas no jardim do banqueiro. Combinou-se que, no decorrer de 15 anos, ele ficaria privado do direito de atravessar a soleira da sua sala, de ver gente viva, ouvir vozes humanas e receber cartas e jornais. Permitiu-se que ele possuísse um instrumento musical, lesse livros, escrevesse cartas, tomasse vinho e fumasse. Pelo trato, suas comunicações com o mundo exterior poderiam ser apenas mudas, através de uma janelinha especialmente construída para esse fim. Tudo aquilo de que precisasse, livros, notas musicais, vinho e o resto, ele receberia, por intermédio de bilhetes, em qualquer quantidade, mas somente pela janelinha. O contrato previa todos os detalhes e minúcias, que faziam a reclusão rigorosamente solitária, e obrigava o advogado à permanência de 15 anos exatos, das 12 horas de 14 de novembro de 1870, terminando às 12 horas de 14 de novembro de 1885. A menor tentativa da parte do jurista de quebrar qualquer das condições, ainda que dois minutos antes do término do prazo, libertava o banqueiro da obrigação de pagar-lhe os dois milhões.

Durante o primeiro ano, o jurista, conforme se podia julgar pelos seus lacônicos bilhetes, sofria muito de solidão e tédio. Da sua ala, constantemente, dia e noite, ouviam-se os sons do piano. Ele recusou o vinho e o tabaco. O vinho, escrevia ele, excita os desejos, e os desejos são os primeiros inimigos do prisioneiro; além disso, não existe nada mais aborrecido do que tomar bom vinho sem ver ninguém. Quanto ao tabaco, poluía o ar do seu quarto. No primeiro ano, mandavam-lhe livros, de preferência de conteúdo leve: romances com complicadas intrigas amorosas, contos policiais e fantásticos, comédias etc.

No segundo ano, a música silenciou na ala, e o jurista, nos seus bilhetes, exigia somente os clássicos. No quinto ano, novamente ouviu-se a música, e o prisioneiro pediu vinho. Aqueles que o observavam através da janelinha diziam que todo esse ano ele só comia, bebia e ficava deitado na cama, bocejava muito e falava consigo mesmo, em tom irado. Não lia livros. Às vezes, durante a noite, ele se punha a escrever, escrevia longamente e, pela madrugada, rasgava em pedaços tudo o que escrevera. Mais de uma vez, ouviram-no chorar.

No sexto ano de reclusão, o prisioneiro dedicou-se com afinco ao estudo de línguas, filosofia e história. Ele se entregou a esses estudos com tamanha avidez que o banqueiro mal tinha tempo de fazer vir os livros necessários. No decorrer de quatro anos, por exigência do prisioneiro, foram importados cerca de seiscentos volumes. No período desta paixão, o banqueiro recebeu, entre outras, esta carta:

"Meu caro carcereiro! Escrevo-lhe estas linhas em seis idiomas. Mostre-as a pessoas competentes, para que as leiam. Se não encontrarem nenhum erro, peço-lhe encarecidamente que mande dar um tiro de espingarda no jardim. Este tiro me informará que os meus esforços não foram vãos. Os gênios de todos os séculos e países falam línguas diversas, mas em todos eles arde a mesma chama. Oh, se soubesse que inefável felicidade experimenta hoje a minha alma porque agora eu os posso compreender!" O desejo do prisioneiro foi atendido. O banqueiro mandou dar dois tiros de espingarda no jardim.

Mais tarde, depois do décimo ano, o jurista ficou sentado, imóvel, à mesa, e lia somente o Evangelho. Parecia estranho ao banqueiro que um homem que assimilara em quatro anos seiscentos tomos eruditos gastasse um ano inteiro na leitura de um único livro de fácil compreensão e pouca espessura. Depois do Evangelho, vieram a História das Religiões e a Teologia.

Nos últimos dois anos da reclusão, o encarcerado lia em quantidade enorme, sem nenhum critério. Ora ele se ocupava de ciências naturais, ora exigia Byron ou Shakespeare. Havia bilhetes seus em que pedia que lhe mandassem simultaneamente uma química, um compêndio de medicina, um romance e um tratado de filosofia ou de teologia. Suas leituras semelhavam algo como se ele estivesse boiando no mar entre os destroços de um navio naufragado, e, querendo salvar sua vida, se agarrasse convulsivamente ora a um destroço, ora a outro!

II

O velho banqueiro relembrava tudo isso e pensava:

"Amanhã, às 12 horas, ele recuperará a liberdade. Pelo contrato, eu terei de lhe pagar dois milhões. Se eu pagar, tudo estará perdido, eu estarei definitivamente arruinado."

Quinze anos atrás, ele não tinha conta dos seus milhões, mas agora tinha medo de se perguntar o que ele tinha mais: dinheiro ou dívidas? Jogos da bolsa imprudentes, especulações arriscadas e a impulsividade, da qual ele não conseguia se libertar nem mesmo na velhice, pouco a pouco levaram à garra os seus negócios, e o ricaço orgulhoso, destemido e autossuficiente transformou-se num banqueiro de categoria mediana, que tremia a cada alta e baixa das ações.

— Maldita aposta! — balbuciava o velho, apertando nas mãos a cabeça, em desespero. — Por que aquele homem não morreu? Ainda está com 40 anos apenas. Ele me tirará os últimos recursos, se casará, gozará a vida, jogará na bolsa, e eu, como um mendigo, ficarei a olhá-lo com inveja e a ouvir dele, todos os dias, a mesma frase: "Eu lhe devo toda a felicidade da minha vida, permita-me que eu o ajude!" Não, isso é demais! A minha única salvação da bancarrota e da vergonha é a morte desse homem!

Soaram as três horas. O banqueiro ficou atento: na casa, todos dormiam e só se ouvia, atrás das janelas, o farfalhar das árvores friorentas. Procurando não fazer nenhum ruído, ele tirou do cofre-forte a chave da porta que não fora aberta durante 15 anos, vestiu o capote e saiu da casa.

O jardim estava escuro e frio. Chovia. Um vento áspero e gelado uivava no jardim e não dava sossego às árvores. O banqueiro forçava a vista, mas não conseguia distinguir nem a terra, nem as alvas estátuas, nem a ala, nem as árvores. Aproximando-se do lugar onde ficava a ala, ele chamou o guarda por duas vezes. Não houve resposta. Decerto, o guarda se abrigara do mau tempo e agora dormia em algum canto da cozinha ou do caramanchão.

"Se eu tiver coragem suficiente para executar o meu plano", pensou o velho, "as primeiras suspeitas recairão sobre o guarda".

Ele encontrou, tateando no escuro, os degraus e a porta, e entrou no vestíbulo da ala; depois, tateando sempre, entrou no pequeno corredor e acendeu um fósforo. Aqui, não havia vivalma. Havia uma cama sem colchão e, num canto, a mancha escura de uma estufa de ferro. Os lacres na porta que dava para o quarto do prisioneiro estavam intactos.

Quando o fósforo se apagou, o velho, tremendo de emoção, espiou pela janelinha.

No quarto do prisioneiro, ardia a chama baça de uma vela. Ele mesmo estava sentado diante da mesa. Só se viam as suas costas, os cabelos na cabeça e as mãos. Sobre a mesa, nas duas poltronas e no tapete, espalhavam-se livros abertos.

Cinco minutos transcorreram sem que o prisioneiro se mexesse uma só vez. Quinze anos de reclusão o ensinaram a permanecer perfeitamente imóvel. O banqueiro bateu na janelinha e o prisioneiro não respondeu às batidas com um movimento que fosse. Então, o banqueiro arrancou, com cuidado, os lacres da porta e introduziu a chave no buraco da fechadura. A fechadura enferrujada emitiu um som rouco e a porta rangeu. O banqueiro esperava que imediatamente se ouvisse uma interjeição do espanto e passos, mas transcorreram uns três minutos, e atrás da porta, tudo continuava silencioso como antes. Ele decidiu-se a penetrar no quarto.

Diante da mesa, estava sentado um homem que não se parecia com os homens comuns. Era um esqueleto coberto de pele, com longos cachos femininos e barba hirsuta. Sua tez era amarela, com matizes terrosos, as faces encovadas, as costas longas e estreitas, e a mão que sustentava a cabeça descabelada era tão fina e magra que dava arrepios olhar para ela. Nos seus cabelos, já brilhavam fios de prata e, olhando o seu rosto encovado de velho, ninguém acreditaria que ele tinha apenas 40 anos. Ele dormia... Diante da sua cabeça inclinada, na mesa, estava uma folha de papel, na qual estava escrita alguma coisa em letra miúda.

"Homem lamentável!", pensou o banqueiro. "Dorme e, decerto, sonha com os seus milhões! E, no entanto, basta que eu segure esse semimorto, atire-o na cama, abafe-o de leve com o travesseiro, e a mais minuciosa diligência policial não encontrará sinal algum de morte violenta. Mas, leiamos, primeiro o que ele escreveu aí..."

O banqueiro apanhou o papel da mesa e leu o seguinte:

"Amanhã, às 12 horas, eu receberei a liberdade e o direito de comunicação com os meus semelhantes. Mas, antes de deixar este quarto e de rever o sol, julgo necessário dizer-vos algumas palavras. Em sã consciência e diante de Deus, que me vê, eu vos declaro que desprezo a liberdade, a vida, a saúde, e tudo aquilo que nos seus livros é chamado os bens da vida.

"Durante 15 anos, estudei atentamente a vida terrena. É verdade que eu não via a terra e os homens, mas, nos vossos livros, eu sorvia vinhos aromáticos, entoava canções, caçava nos bosques cervos e porcos selvagens, amava mulheres... Beldades, leves como nuvens, criadas pela magia dos vossos poetas geniais, visitavam-me de noite e me sussurravam contos encantados que embriagavam a minha mente. Nos vossos livros, eu escalava os cumes do Elbrus e do monte Branco e via de lá como nascia o sol de madrugada e, ao anoitecer, como ele inundava o firmamento, o oceano e os cumes das montanhas de ouro rubro; eu via de lá os relâmpagos fendendo as nuvens por cima da minha cabeça; eu via os campos verdejantes, os rios, os lagos, as cidades, ouvia o canto das sereias e a música das flautas dos pastores, sentia as asas de formosos demônios que vinham conversar comigo a respeito de Deus... Nos vossos livros, eu mergulhava em abismos sem fundo, fazia milagres, matava, queimava cidades, pregava novas religiões, conquistava reinos inteiros...

"Os vossos livros deram-me sabedoria. Tudo aquilo que a infatigável mente humana criou durante séculos está comprimido no meu cérebro num pequeno novelo. Eu sei que sou mais sábio do que todos vós. E eu desprezo os vossos livros, desprezo todos os bens terrenos e a sabedoria. Tudo é mesquinho, perecível, espectral e ilusório, como a miragem. Podeis ser orgulhosos, sábios e belos, mas a morte vos apagará da face da terra, em igualdade com as ratazanas, e a vossa descendência, a vossa história, a imortalidade dos vossos heróis serão congeladas ou queimadas junto com o globo terrestre.

"Vós enlouquecestes e tomastes o caminho errado. Tomais a mentira pela verdade, e a deformidade pela beleza. Vós ficaríeis admirados se, em consequência de circunstâncias imprevistas, nascessem, nas macieiras e laranjeiras, em vez de maçãs e laranjas, sapos e lagartixas, ou se as rosas de repente começassem a exalar odores de cavalo suado; assim, eu me admiro de vós, que trocastes o céu pela terra. Não vos quero compreender.

"Para demonstrar-vos na prática o meu desprezo em relação a tudo o que é a vossa vida, eu renuncio aos dois milhões com os quais sonhei em outros tempos, como se fossem o paraíso que hoje eu desdenho. Para me privar do direito a eles, eu sairei daqui cinco horas antes do prazo combinado e, deste modo, quebrarei o trato…"

Tendo lido isso, o banqueiro repôs a folha na mesa, beijou a cabeça do estranho homem e, chorando, saiu da ala. Nunca antes, em tempo algum, mesmo após uma perda pesada na bolsa, ele sentira por si mesmo um desprezo tamanho como neste momento. Chegando em casa, ele se deitou na cama, mas a emoção e as lágrimas não o deixaram adormecer…

No dia seguinte de manhã, os guardas vieram correndo, pálidos, e lhe comunicaram que viram o homem que vivia na ala se esgueirar pela janela para o jardim, dirigir-se ao portão e desaparecer. O banqueiro dirigiu-se imediatamente à ala e, diante dos criados, constatou a fuga do seu prisioneiro. Para não dar azo a comentários supérfluos, ele tirou da mesa o papel com a renúncia e, voltando para o seu gabinete, trancou-o no cofre-forte.

"Amorzinho"

Olenka, filha do assessor colegiado aposentado Plemiânnikov, sentada no degrau da soleira, no pátio de sua casa, pensava. Fazia calor, as moscas aborreciam, insistentes, e era tão agradável pensar que logo entardeceria. Do oriente, aproximavam-se nuvens escuras de chuva, e vinha de lá, de raro em raro, um bafo úmido.

No meio do pátio, parado, estava Kukin — empresário e dono do parque de diversões Tivoli, hospedado ali mesmo, na ala —, que olhava o céu.

— Outra vez! — dizia ele em desespero. — Outra vez vai chover! Todos os dias chuva, chuva todos os dias. Parece de propósito! Mas isso é o fim! É a minha ruína! Prejuízos horríveis todos os dias!

Juntou as mãos e continuou, dirigindo-se a Olenka:

— Aí tem, Olga Semiônovna, a nossa vida. É de chorar! A pessoa trabalha, se esforça, se cansa, não dorme noites inteiras pensando em como melhorar. E o quê? De um lado, o público, ignorante, atrasado. Eu lhe ofereço a melhor opereta, feérica, os melhores *coupletistas*, mas ele lá precisa disso? Esse público lá entende alguma coisa! O que ele precisa é de um barracão de circo! O que ele quer é vulgaridade! Do outro lado, olhe o tempo; quase toda noite chove. Do jeito que começou no dia 10 de maio, lá continuou por maio e junho inteiros; é um horror! O público não aparece, mas e eu? Eu tenho de pagar o aluguel? Tenho de pagar os artistas?

Ao anoitecer do dia seguinte, novamente vinham nuvens ameaçadoras e Kukin dizia, entre gargalhadas histéricas:

— Bem, e então? Que chova! Que inunde o parque inteiro, que afogue a mim também! Que eu não tenha paz nem neste nem no outro mundo! Que os artistas me processem em juízo! Que me importa o processo? Por mim, que me mandem às galés, à Sibéria! Por mim, para o cadafalso! Ha-ha-ha!

E no terceiro dia, o mesmo...

Olenka escutava Kukin em silêncio, séria, por vezes as lágrimas assomavam-lhe os olhos. E finalmente as desgraças de Kukin a comoveram e ela começou a amá-lo. Ele era de pequena estatura, seco, de cara amarela, pastinhas de cabelo nas fontes, falava como um tenorzinho ralo e, ao falar, entortava a boca; e no seu rosto, havia uma expressão permanente de desespero, mas apesar disso, ele despertou-lhe um sentimento verdadeiro e profundo. Ela estava sempre amando alguém e não podia ficar sem isso. Antes, ela amara o seu pai, que agora estava confinado ao quarto escuro, doente, ofegando numa poltrona; amava a sua tia, que, uma vez em dois anos, vinha de Briansk em visitas esporádicas; e mais longe ainda, quando estudava no ginásio, ela amara o seu professor de francês. Era uma senhorita de boa índole, compadecida e mansa, de olhar terno e meigo, e muita saúde. Olhando as suas faces rosadas e cheias, o pescoço alvo e macio, com uma pintinha escura, o sorriso bondoso e ingênuo que aparecia no seu rosto quando ela ouvia alguma coisa agradável, os homens pensavam: "Sim, não é má...", e também sorriam, e as senhoras visitantes não aguentavam sem, no meio da conversa, agarrá-la de repente pela mão e dizer, num assomo de prazer:

— Amorzinho!

A casa em que ela morava desde que nascera e que lhe fora legada em testamento encontrava-se nos limites da cidade, no Subúrbio Cigano, próximo do parque Tivoli; à tardinha e à noite, ela podia ouvir a música tocando no parque, o espocar dos foguetes, e parecia-lhe que era Kukin em luta com o seu destino, tomando de assalto o seu inimigo principal — o público indiferente; e ela sentia um doce desmaio no coração, e não tinha nenhuma vontade de dormir, e quando, pela madrugada, ele voltava para casa, ela tamborilava baixinho na janela do seu quarto de dormir e, mostrando-lhe através da cortina apenas o rosto e um ombro, sorria carinhosamente...

Ele fez o pedido e eles se casaram. E quando ele viu às direitas o seu alvo pescoço e os ombros gordinhos e sadios, juntou as mãos e exclamou:

— Amorzinho!

Ele estava feliz, mas como no dia das bodas e depois, durante a noite, choveu, a expressão de desespero não abandonou a sua fisionomia.

Depois das bodas, eles viveram bem. Ela ficava na caixa, zelava pela ordem no parque, anotava as despesas, pagava os ordenados, e as suas faces rosadas e o seu sorriso meigo e ingênuo, que parecia uma auréola, brilhavam ora na janelinha da caixa, ora nos bastidores, ora no bufê. E ela já dizia aos seus conhecidos que a coisa mais maravilhosa, mais importante e necessária no mundo é o teatro, e que só no teatro é possível gozar um deleite verdadeiro e adquirir cultura e humanidade.

— Mas será que o público compreende isso? — dizia ela. — O público quer é um barracão de circo! Ontem, levamos "Fausto às avessas" e quase todas as frisas estavam vazias, mas se nós com o Vánitchka levássemos uma vulgaridade qualquer, podem crer que o teatro estaria repleto. Amanhã, nós com o Vánitchka levaremos "Orfeu no Inferno", venham assistir.

E tudo o que Kukin falava sobre o teatro e os atores, ela repetia. Ela desprezava o público, do mesmo modo que ele, pela indiferença com a arte e pela ignorância, intrometia-se nos ensaios, corrigia os atores, zelava pelo comportamento dos músicos, e quando, no diário local, havia referências pouco elogiosas ao seu teatro, ela chorava, e depois ia à redação pedir explicações.

Os atores gostavam dela e chamavam-na de "nós com o Vánitchka" e "amorzinho"; ela compadecia-se deles e dava-lhes pequenos empréstimos, e se, como acontecia às vezes, a enganavam, ela apenas chorava em segredo, mas não se queixava ao marido.

Também no inverno, viviam bem. Alugaram o teatro municipal pela temporada inteira e sublocavam-no por períodos breves, ora para uma companhia ucraniana, ora para um prestidigitador, ora para os amadores locais. Olenka engordava e irradiava satisfação, e Kukin emagrecia e amarelava e queixava-se dos seus horríveis prejuízos, embora, durante todo o inverno, os seus negócios não fossem nada mal. Durante a noite, ele tossia e ela tratava-o com chás de framboesa e flor de tília, fazia-lhe fricções com água-de-colônia, envolvia-o nos seus xales macios.

— Como você é queridinho! — dizia ela com toda a sinceridade, alisando-lhe os cabelos. — Que bonitinho que você é!

Na quaresma, ele viajou para Moscou a fim de reunir o elenco, e ela, sem ele, não conseguia dormir e ficava sentada junto da janela, olhando as estrelas. E nessas horas, ela se comparava às galinhas que também não dormem a noite inteira e sofrem inquietação quando o galinheiro está sem galo. Kukin atrasou-se em Moscou e escreveu que voltaria na Semana Santa e, nas cartas, já dava ordens a respeito do Tivoli. Mas, na véspera da Segunda-feira Santa, tarde da noite, soaram de repente pancadas sinistras no portão; alguém batia na cancela, como num barril: bum! bum! bum! A cozinheira sonolenta, chapinhando com os pés descalços pelas poças d'água, correu para abrir.

— Abram, por favor! — dizia alguém atrás do portão, num baixo abafado. — Telegrama para a senhora!

Olenka recebera telegramas do marido antes, mas desta vez, sem saber por quê, ela sentiu um desmaio no coração. Com as mãos trêmulas, abriu o telegrama e leu o seguinte:

"Ivan Petrovitch faleceu hoje inesperadamente uronto esperaramos ordens pepultamento terça-feira."

O telegrama rezava assim mesmo — "pepultamento" e ainda uma palavra incompreensível, "uronto"; a assinatura era do diretor do elenco da opereta.

— Meu pombinho! — soluçou Olenka. —Vánitchka meu querido, meu pombinho! Para que te conheci! Para que te encontrei e te amei?! Para quem abandonaste a tua pobre Olenka, pobre, desgraçada?...

Kukin foi enterrado na terça-feira, em Moscou, em Vagánkovo; Olenka voltou para casa na quarta e, assim que entrou no quarto, atirou-se na cama e começou a soluçar tão alto que se ouvia na rua e nos quintais vizinhos.

— Amorzinho! — diziam os vizinhos, persignando-se. — Amorzinho, Olga Semiônovna, pobrezinha, como sofre!

Três meses mais tarde, Olenka voltava da missa, triste, de luto fechado. Aconteceu que a seu lado, também voltando da igreja, vinha um dos seus vizinhos, Vassíli Andrêievitch Pustoválov, gerente do depósito de madeiras do comerciante Babakáiev. Ele trajava chapéu de palha e colete branco com corrente de ouro, e mais parecia um proprietário rural do que um mercador.

— Toda coisa tem a sua ordem, Olga Semiônovna — dizia ele gravemente, com acento piedoso —, e se um dos nossos semelhantes morre, quer dizer que esta foi a vontade de Deus, e neste caso, devemos lembrar isso e suportá-lo com submissão.

Acompanhando Olenka até a cancela, ele se despediu e continuou seu caminho. Depois disso, o dia inteiro parecia-lhe ouvir a sua voz de graves acentos e, apenas fechava os olhos, ela via a sua barba escura. Ele lhe agradara muito. E, ao que parece, também ela lhe causou impressão, porque pouco depois veio tomar café com ela uma senhora de meia-idade, pouco conhecida, a qual, assim que tomou assento à mesa, pôs-se a falar de Pustoválov, comentando que ele era um homem bom, de posição sólida, e que qualquer noiva o aceitaria com satisfação. Três dias depois, o próprio Pustoválov veio fazer-lhe uma visita; ficou

pouco, só uns dez minutos, e pouco falou, mas Olenka o amou, amou-
-o tanto que não conseguiu dormir a noite inteira, ardendo como em
febre, e pela manhã mandou chamar a senhora de meia-idade. Logo
foi feito o pedido, e depois foi o casamento.

Pustoválov e Olenka, casados, viviam bem. Geralmente, ele ficava
no depósito de madeiras até o almoço, depois saía a negócios, e Olenka
o substituía, ficando no escritório até anoitecer, anotando as contas e
despachando a mercadoria.

— Hoje em dia, a madeira encarece vinte por cento a cada ano —
dizia ela aos compradores e conhecidos. — Imaginem, antigamente nós
trabalhávamos só com madeiras locais, mas agora Vássitchka tem que
viajar todo ano para Mogilevsk, comprar madeira. E que tarifas! — dizia
ela, cobrindo ambas as faces com as palmas das mãos. — Que tarifas!

Parecia que ela já traficava em madeiras havia muito, muito tempo,
que na vida a coisa mais importante e necessária é a madeira, e ela
sentia algo de muito íntimo e comovente no som de palavras como:
tora, tábua, prancha, viga, toco, tronco, trave, barrote, cepo... À noite,
quando dormia, sonhava com montanhas inteiras de tábuas e toras,
longas e infindáveis caravanas de carroças levando madeiras para longe,
para além da cidade; sonhou com todo um regimento de troncos de
um metro de altura e 15 centímetros de diâmetro, marchando verti-
cal, em guerra, contra o depósito de madeiras; as toras, vigas e troncos
se chocavam, com batidas sonoras de madeira seca, e tudo caía e se
levantava de novo, amontoando-se uns por sobre os outros. E Olenka
gritava, dormindo, e Pustoválov lhe dizia carinhosamente:

— Olenka, que aconteceu, querida? Persigne-se!

Os pensamentos do marido eram os dela. Se ele achava que o quarto
estava muito quente ou que os negócios estavam meio parados, ela
achava a mesma coisa. O marido não apreciava nenhuma espécie de
diversão e, nos feriados, ficava em casa, e ela também.

— Vive sempre em casa ou no escritório — diziam os conhecidos.
— Por que não se distrai, amorzinho, por que não vai ao teatro ou
ao circo?

— Nós com o Vássitchka não temos tempo de andar pelos teatros
— respondia ela gravemente. — Somos gente de trabalho, não estamos
para ninharias. Que é que há de bom nos tais teatros?

Aos sábados, Pustoválov e ela iam à missa noturna, nos feriados,
à missa matinal e, voltando da igreja, caminhavam lado a lado, com

caras enternecidas; ambos cheiravam bem, e o vestido de seda dela farfalhava agradavelmente. E em casa, tomavam chá com pão doce e geleias diversas, depois comiam bolo. Todos os dias, à hora do almoço, no quintal e na rua atrás do portão, sentia-se um cheiro gostoso de sopa de repolho com carneiro assado ou pato, e nos dias de abstinência, de peixe, e não se podia passar pelo portão sem sentir vontade de comer. No escritório, o samovar estava sempre fervendo, e os compradores eram recebidos com chá e rosquinhas. Uma vez por semana, os esposos iam aos banhos e de lá voltavam lado a lado, ambos vermelhos.

— Não me queixo, vivemos bem — dizia Olenka aos conhecidos —, graças a Deus. Deus permita que todos vivam tão bem como nós com o Vássitchka.

Quando Pustoválov viajava para Mogilevsk a fim de comprar madeira, ela lhe sentia muita falta, não dormia noites a fio, chorava. Às vezes, à noite, vinha visitá-la o médico-veterinário do regimento, Smirnin, um moço que era inquilino da ala do pátio. Ele lhe contava alguma coisa ou jogava baralho com ela, e isso a distraía. Especialmente interessantes eram os seus relatos da sua própria vida familiar; ele era casado e tinha um filho, mas estava separado da mulher, porque ela o havia enganado, e agora ele a odiava e mandava-lhe mensalmente quarenta rublos para manter o filho. E, ouvindo essas coisas, Olenka suspirava, abanava a cabeça e tinha pena dele.

— Bem, que Deus o guarde — dizia ela, despedindo-se dele e acompanhando-o com a vela até a escada. — Obrigada por ter vindo se aborrecer junto comigo, e que Deus lhe dê saúde, e a Mãe do Céu…

E sempre ela se expressava com tanto juízo, com tanta gravidade, imitando o marido; o veterinário já ia sumindo embaixo, por trás da porta, mas ela o chamava e dizia:

— Sabe, Vladimir Platónitch, o senhor devia se reconciliar com a sua esposa. Deveria perdoá-la, nem que fosse só pelo filho!… O menininho, quem sabe, até já compreende tudo.

E quando Pustoválov tornava à casa, ela lhe falava à meia-voz sobre o veterinário e a sua desgraçada vida familiar, e ambos suspiravam e abanavam a cabeça, e falavam do menino que, decerto, sentia falta do pai; depois, por não sei que estranha confluência de ideias, ambos se postavam diante das imagens, prostravam-se no chão e oravam, para que Deus lhes mandasse filhos.

E assim viveram os Pustoválov em calma e sossego, em amor e inteira harmonia, por seis anos. Mas eis que num dia de inverno, no depósito, Vassíli Andreitch, tendo tomado chá quente, saiu sem gorro, para despachar mercadoria, resfriou-se e adoeceu. Foi tratado pelos melhores médicos, mas a moléstia foi mais forte e ele morreu após quatro meses de doença. E Olenka enviuvou outra vez.

— Por que me abandonaste, meu pombinho? — soluçava ela, tendo sepultado o marido. — Como é que eu vou viver agora, sem ti, amargurada e infeliz de mim? Boa gente, tenha pena de mim, sozinha e órfã...

Ela andava de vestido negro com crepes, e já renunciara para sempre ao chapeuzinho e às luvas, saía de casa raramente, só para ir à igreja ou à sepultura do marido, e vivia em casa, como uma freira. E só depois de passados seis meses, ela tirou os crepes e começou a abrir as venezianas das janelas. De vez em quando, já se podia vê-la indo ao mercado comprar provisões junto com a cozinheira, mas como ela vivia agora e o que acontecia dentro de sua casa, isso só se podia presumir. E presumiam, por exemplo, pelo fato de que ela podia ser vista no seu jardinzinho, tomando chá com o veterinário, ele lendo o jornal para ela em voz alta; e ainda porque, um dia, tendo se encontrado no correio com uma senhora conhecida, ela dissera:

— Na nossa cidade não existe um verdadeiro controle veterinário, por isso há tantas doenças. O tempo todo a gente ouve que pessoas adoecem por causa do leite ou se contagiam das vacas e dos cavalos. De fato, a saúde dos animais domésticos deve merecer tanta atenção quanto a saúde das pessoas.

Ela repetia os pensamentos do veterinário e agora tinha sobre todos os assuntos as mesmas opiniões que ele. Era claro que ela não podia viver nem um ano sem uma afeição, e encontrou a nova felicidade na ala do seu próprio pátio. Outra mulher seria condenada por isso, mas de Olenka ninguém poderia pensar nada de mal, tudo na sua vida era tão claro. Ela e o veterinário não falavam a ninguém sobre a mudança que ocorrera nas suas relações, e tentavam ocultá-la, mas não conseguiram, porque Olenka não podia ter segredos. Quando ele recebia visitas, companheiros de regimento, ela, servindo-lhes o chá ou o jantar, começava a falar da peste do gado bovino, da febre aftosa, dos matadouros municipais, e ele ficava horrivelmente embaraçado, e quando as visitas saíam, agarrava-a pela mão e sibilava irado:

— Eu não lhe pedi que não falasse de coisas que não entende? Quando nós, veterinários, conversamos, faça o favor de não se intrometer. Isso é uma amolação, afinal de contas!

Porém, ela o fitava com espanto e perturbação, e perguntava:

—Volóditchka, de que posso então falar com eles?

E com lágrimas nos olhos, ela o abraçava, suplicava que não se zangasse, e ambos eram felizes.

Entretanto, essa felicidade durou pouco. O veterinário partiu junto com o seu regimento, partiu para sempre, já que o regimento foi transferido para muito longe, quase que para a Sibéria. E Olenka ficou sozinha.

Agora, ela já estava completamente só. O pai morrera havia muito tempo e a poltrona que fora dele estava jogada no sótão, sem uma das pernas. Ela emagrecera e enfeara, e na rua os transeuntes já não olhavam para ela, como dantes, e não lhe sorriam; evidentemente, os melhores anos já haviam passado, ficaram para trás, e agora começava uma espécie de vida nova, desconhecida, na qual é melhor nem pensar. À noitinha, Olenka sentava-se no degrau e ouvia a música tocando no Tivoli e os foguetes espocando, mas isso já não lhe provocava pensamento algum. Ela fitava o seu quintal com o olhar desprendido e não pensava em nada, não desejava nada, e depois, quando caía a noite, ia dormir e sonhava com o seu quintal vazio. Ela comia e bebia como que contra a vontade.

Mas o principal, o que era pior que tudo, é que ela já não tinha opinião alguma. Ela via ao seu redor os objetos, compreendia tudo o que acontecia em volta, mas não conseguia formar opinião sobre coisa alguma e não sabia de que falar. E como é terrível não se ter nenhuma opinião! A gente vê, por exemplo, uma garrafa na mesa, ou a chuva caindo, ou um camponês numa carroça, mas para que serve essa garrafa, ou essa chuva, ou esse camponês, qual é o seu sentido, não se pode dizer, nem por mil rublos. No tempo do Kukin e do Pustoválov, e depois, com o veterinário, Olenka podia explicar tudo e dizer o seu ponto de vista sobre qualquer assunto, mas agora, tanto nos seus pensamentos como no seu coração, havia um vazio igual ao do seu quintal. Era uma sensação tão medonha e tão amarga, como se tivesse engolido fel.

Pouco a pouco, a cidade crescia em todas as direções. O Subúrbio Cigano já era chamado de rua, e lá onde ficavam os depósitos de madeira e o parque Tivoli já surgiram casas e formou-se uma rede de vielas. Como corre depressa o tempo! A casa de Olenka escureceu, o telhado enferrujou, o galpão entortou e o quintal inteiro cobriu-se de capim e urtigas. A própria Olenka envelheceu, ficou feia; no verão, ela fica sentada no degrau, e sua alma continua vazia e enfadada e com um gosto amargo, e no inverno, ela fica sentada junto da janela, olhando a neve. E quando sopra um vento de primavera ou quando o vento traz o bimbalhar dos sinos da catedral, de repente lhe vem uma onda de recordações do passado, o coração se confrange docemente, e dos olhos correm lágrimas abundantes, mas isso só dura um momento, e logo volta o vazio, e não se sabe para que se vive. A gatinha preta Briska ronrona carinhosamente, mas Olenka não se comove com esses carinhos felinos. Não é disso que ela precisa. Ela precisaria de um amor tamanho, que engolfasse todo o seu ser, sua alma, sua mente, que lhe desse pensamentos, direção na vida, e aquecesse o seu sangue que envelhece. E ela sacode do colo a negra Briska e lhe diz, enfadada:

— Passa, passa... fora daqui!

E assim, dia após dia, ano após ano — e nem uma alegria, e nem uma opinião. O que disser a Mavra cozinheira, está bem.

Num quente dia de julho, à tardinha, quando pela rua tocavam o rebanho municipal e o quintal se enchia de nuvens de poeira, súbito alguém bateu na cancela. Olenka foi abrir ela mesma e, quando olhou, ficou toda gelada: atrás do portão estava o veterinário Smirnin, já grisalho e à paisana. Ela lembrou-se de tudo de repente, não se conteve, desatou a chorar, a cabeça encostada no seu peito, sem dizer uma palavra, e, na sua grande agitação, não percebeu como ambos entraram em casa, como se sentaram para tomar chá.

— Meu pombinho! — balbuciava ela, tremendo de alegria. — Vladimir Platónitch! De onde Deus o mandou?

— Quero instalar-me aqui definitivamente — contava ele. — Aposentei-me e agora voltei para tentar a sorte em liberdade, viver vida sedentária. Também já é tempo de mandar o filho para o ginásio. Está crescido. Sabe, eu fiz as pazes com a minha mulher.

— E onde está ela? — perguntou Olenka.

— Está na hospedaria com o filho, e eu saí para procurar moradia.

— Deus do céu, meu caro, mas fiquem com a minha casa! Não é boa moradia? Ai, meu Deus, mas eu nem vou lhes cobrar nada

— emocionou-se Olenka e recomeçou a chorar. — Morem aqui, para mim chega a ala. Mas que alegria, senhor Deus!

No dia seguinte, já pintavam o telhado da casa e caiavam as paredes, e Olenka, mãos nos quadris, andava pelo quintal e dava ordens. O seu rosto iluminou-se com o velho sorriso, e toda ela reviveu, desabrochou, como que acordada de um sono prolongado. Chegou a mulher do veterinário, uma senhora magra e feia, de cabelos curtos e expressão enjoada, e com ela um menino, Sacha, pequeno demais para a idade (ele já ia fazer 10 anos), gordinho, de límpidos olhos azuis e covinhas nas faces. E assim que o menino entrou no quintal, pôs-se a correr atrás do gato, e imediatamente fez-se ouvir o seu riso alegre e claro.

— Titia, essa gata é sua? — perguntou ele a Olenka. — Quando ela der cria, por favor, a senhora nos dá um gatinho? Mamãe tem muito medo dos ratos.

Olenka conversou com ele, deu-lhe chá, e no seu peito, o coração esquentou de repente, e confrangeu-se num doce aperto, como se este menino fosse seu próprio filho. E quando, à noite, sentado na sala de jantar, ele repetia as lições, ela o fitava emocionada e comovida e sussurrava:

— Meu pombinho, lindinho... Meu filhinho, e como é que você me saiu tão espertinho, tão branquinho.

— Chama-se ilha — leu ele — um pedaço de terra firme cercado de água por todos os lados.

— Chama-se ilha um pedaço de terra firme... — repetia ela, e isso foi a primeira opinião que ela emitiu com convicção após tantos anos de silêncio e vazio de ideias.

E ela já tinha as suas opiniões, e ao jantar conversava com os pais de Sacha sobre as dificuldades das crianças, hoje em dia, em estudar nos ginásios, mas que em todo caso uma formação clássica é melhor do que a da escola real, já que o ginásio abre todos os caminhos: se quiser, será médico, se quiser, engenheiro.

Sacha começou a frequentar o ginásio. Sua mãe foi para Harkov visitar a irmã e não voltava; seu pai saía todos os dias, não se sabe onde, para examinar rebanhos e acontecia não voltar para casa dois ou três dias, e parecia a Olenka que Sacha estava de todo abandonado, que ele era supérfluo em casa, que morria de fome; e ela o transferiu para a sua ala e acomodou-o ali, num quartinho.

E agora, já passou meio ano desde que Sacha mora com ela na ala. Todas as manhãs, Olenka entra no seu quarto; ele dorme um sono profundo, com a mão debaixo da face, mal respira. Ela tem pena de acordá-lo.

— Sáchenka — diz ela tristemente —, levante-se, pombinho! Está na hora do ginásio.

Ele se levanta, veste-se, faz as suas orações, depois senta-se para tomar chá; toma três copos de chá e come duas roscas grandes e meio pão francês com manteiga. Ainda não está inteiramente acordado, por isso está de mau humor.

— Você, Sáchenka, não está com a fábula bem decorada — diz Olenka, e fita-o como se o estivesse despedindo para uma grande jornada. — Que preocupações você me dá! Você deve se esforçar, estudar, meu pombinho... Obedecer aos professores.

— Ora, deixe-me, por favor — diz Sacha.

E depois ele vai para o ginásio, pequenino, mas com um boné grande e a mala nas costas. Atrás dele, sem ruído, vem Olenka.

— Sáchenka-a! — chama ela.

Ele se volta, e ela mete-lhe na mão uma tâmara ou um caramelo. Quando chegam à ruela onde fica o ginásio, ele fica envergonhado de ser seguido por uma mulher alta e gorda; ele se volta e diz:

— A senhora, titia, vá para casa, agora eu já posso ir sozinho.

Ela para e segue-o com os olhos, até que ele desaparece pelo portão do ginásio. Oh, como ela o ama! Das suas afeições anteriores, nenhuma foi tão profunda, nunca antes a sua alma se entregara tão perdidamente, tão desinteressadamente e com tanto deleite como agora, quando nela, cada vez mais forte, ardia o sentimento maternal. Por esse menino, para ela estranho, pelas covinhas nas suas faces, pelo boné, ela daria toda a sua vida, daria com prazer, com lágrimas de alegria. Por quê? E quem sabe lá, por quê?

Tendo acompanhado Sacha até o ginásio, ela volta para casa devagar, tão satisfeita, calma, cheia de amor; seu rosto, rejuvenescido nos últimos seis meses, sorri, resplandece; os transeuntes, vendo-a, sentem prazer e lhe dizem:

— Salve, Olga Semiônovna, amorzinho! Como está, amorzinho?

— É difícil hoje em dia estudar no ginásio — relata ela na feira. — Imaginem que ontem, no primeiro ano, deram uma fábula para decorar, e mais uma tradução do latim, e mais um problema... Mas como pode aguentar um pequenino?

E ela começa a falar dos professores, das lições, dos livros escolares — as mesmas coisas que fala Sacha.

Depois das duas horas, almoçam juntos; à tardinha, juntos fazem as lições e choram. Pondo-o na cama, ela persigna-o longamente e murmura orações, depois, indo se deitar, pensa naquele futuro distante e vago, quando Sacha, terminado o curso, será um doutor ou um engenheiro, terá a sua própria casa grande, cavalos, carruagem, e se casará e terá filhos... Ela adormece sempre pensando nisso, e as lágrimas escorrem pelas suas faces por entre as pálpebras fechadas. E a gatinha preta aninha-se ao seu lado e ronrona:

— Ron... ron... ron...

De repente, ouve-se um forte bater na cancela. Olenka acorda e perde a respiração de medo; seu coração palpita, agitado. Passa meio minuto, nova batida.

"É telegrama de Harkov", pensa ela, começando a tremer dos pés à cabeça. "A mãe quer Sacha com ela, em Harkov... Oh, meu Deus!"

Ela está em desespero, seus pés e suas mãos gelam, e dir-se-ia que não existe no mundo ninguém mais desgraçado que ela. Mas passa mais um minuto, e ouvem-se vozes: é o veterinário que volta para casa, do clube.

"Bem, graças a Deus!", pensa ela.

E, aos poucos, vai-se o peso do coração, ela sente-se leve de novo: deita-se e pensa em Sacha, que dorme a sono solto no quarto vizinho e vez que outra fala em sonhos:

— Eu já te mostro! Fora! Não te metas comigo!

A esposa

— Já lhe pedi que não arrumasse a minha mesa — dizia Nikolai Ievgráfitch. — Depois das suas arrumações, nunca mais se pode encontrar nada. Onde está o telegrama? Onde foi que o jogou? Queira procurá-lo. É de Kazan, marcado com a data de ontem.

A arrumadeira, pálida, muito magra, de rosto indiferente, encontrou na cesta debaixo da mesa alguns telegramas e entregou-os em silêncio ao doutor, mas eram todos telegramas urbanos, de pacientes. Depois, procuraram na sala de visitas e no dormitório de Olga Dmitrievna.

Já passava da meia-noite. Nikolai Ievgráfitch sabia que sua mulher não voltaria para casa tão cedo, no mínimo lá pelas cinco horas. Ele não confiava nela, e quando ela demorava a voltar, não dormia, sofria e, ao mesmo tempo, detestava a mulher, e a sua cama, e o espelho, e as bonbonnières, e essas campainhas e jacintos que alguém lhe mandava todos os dias, e que espalhavam pela casa inteira um perfume adocicado de loja de florista. Em tais noites, ele se tornava mesquinho, enjoado, implicante, e agora lhe parecia que precisava muito do telegrama recebido ontem do irmão, ainda que esse telegrama não contivesse nada além de cumprimentos de festas.

No quarto da mulher, na mesa, sob a caixa de papel de cartas, ele encontrou um telegrama qualquer e lançou-lhe um olhar de passagem. Estava endereçado à sogra, para ser entregue a Olga Dmitrievna, era de Monte Carlo e assinado: "Michael"... Do texto, o doutor não entendeu uma só palavra, porque estava em língua estrangeira, inglês, ao que parecia.

Quem é esse Michael? Por que de Monte Carlo? Por que em nome da sogra?

No decorrer de sete anos de vida matrimonial, ele se acostumara a desconfiar, a procurar provas, e mais de uma vez lhe passou pela cabeça que, graças a essa prática doméstica, ele hoje já poderia ser um ótimo investigador. Voltando ao escritório e pondo-se a raciocinar, ele se lembrou imediatamente de que, seis meses atrás, estivera com a mulher em Petersburgo e almoçara no Cubas com um companheiro de escola, engenheiro de vias de comunicação, e que este engenheiro apresentara, a ele e à sua mulher, um jovem de uns 22, 23 anos, chamado Mikhail Ivánitch; o sobrenome era curto, um tanto estranho: Ris. Dois meses depois, o doutor viu no álbum da sua mulher uma fotografia desse jovem, com uma dedicatória em francês: "Em recordação do presente e na esperança do futuro." Mais tarde, ele o encontrara um par de vezes em casa da sua sogra... E foi justamente naquela época que sua mulher começou a se ausentar com frequência e a voltar para casa às quatro, cinco horas da madrugada, e a viver lhe pedindo um passaporte para o estrangeiro, que ele recusava; e na sua casa, o dia inteiro, havia tamanha guerra, que dava vergonha diante da criada.

Seis meses atrás, os colegas médicos decidiram que ele estava com um princípio de tuberculose e aconselharam-no a largar tudo e ir para a Crimeia. Ao saber disso, Olga Dmitrievna fingiu que ficara muito assustada; começou a ficar carinhosa com o marido e sempre insistia que na Crimeia era frio e aborrecido, e que seria melhor ir para Nice, e que ela o acompanharia e lá se ocuparia dele, trataria, cuidaria...

E, agora, ele compreendia por que a sua mulher tinha tanta vontade de ir para Nice: o seu "Michael" mora em Monte Carlo.

Ele apanhou o dicionário inglês-russo e, traduzindo as palavras e adivinhando-lhes o sentido, pouco a pouco construiu uma frase assim: "Bebo saúde minha bem-amada mil vezes beijo pezinho pequenino. Impaciente espero chegada." Ele imaginou que papel ridículo e lamentável teria feito se tivesse concordado em viajar para Nice com a mulher, por pouco não chorou com o sentimento de humilhação e, presa de forte agitação, pôs-se a andar por todos os quartos. Dentro dele, revoltou-se o seu orgulho, os seus melindres plebeus. Crispando os punhos, o rosto contraído de asco, ele se perguntava como é que ele, filho de um cura de aldeia, educado no seminário, homem reto e rude, cirurgião de profissão — como é que ele pôde entregar-se à escravidão, submeter-se tão ignominiosamente a esta criatura fraca, insignificante, venal e baixa?

— Pezinho pequenino — balbuciava ele, amarrotando o telegrama. — Pezinho pequenino!

Daquele tempo, quando ele se apaixonara e fizera o pedido, e depois vivera sete anos, ficou apenas a lembrança da longa cabeleira perfumada, da massa de rendas macias e do pezinho pequenino, realmente muito pequeno e bonito; e ainda agora, parecia que dos amplexos passados permanecia nas mãos e no rosto a sensação da seda e das rendas — e nada mais. Nada mais, se não se contarem as crises histéricas, os guinchos, os reproches, as ameaças e as mentiras, mentiras cínicas e traiçoeiras... Ele se lembrava de como, em casa do seu pai, na aldeia, acontecia por vezes de um pássaro entrar voando, sem querer, pela janela, e começar a debater-se freneticamente contra as vidraças e a derrubar os objetos; assim também essa mulher, de um meio totalmente estranho, invadiu a sua vida e estabeleceu nela verdadeira destruição. Os melhores anos da vida passaram como num inferno, as esperanças de felicidade desbaratadas e escarnecidas, a saúde perdida, nos quartos e salas um ambiente vulgar de *cocotte*, e dos dez mil que ganha por ano, ele nunca consegue enviar à sua mãe, viúva do cura, nem ao menos dez rublos, e já deve uns 15 mil em letras de câmbio. Parecia que, se em sua casa vivesse um bando de salteadores, mesmo assim sua vida não estaria tão desesperada, tão irremediavelmente destruída como com essa mulher.

Ele começou a tossir e a ofegar. Seria preciso deitar-se na cama e aquecer-se, mas ele não podia e só andava pelos quartos ou se sentava à mesa, e riscava, nervoso, o papel com o lápis, e escrevia maquinalmente:

"Prova da pena... pezinho pequenino..."

Pelas cinco horas, ele enfraqueceu e já se culpava de tudo, e lhe parecia agora que, se Olga Dmitrievna tivesse casado com outro, que pudesse ter sobre ela uma boa influência, então — quem sabe? —, no fim de tudo, talvez ela se tornasse uma mulher boa e honesta; mas ele é mau psicólogo e não conhece a alma feminina, e ainda por cima é desinteressante, rude...

"Eu já tenho pouco tempo de vida", pensava ele, "sou um cadáver e não devo atrapalhar os vivos. No fundo, agora seria estranho e tolo reivindicar não sei que direitos próprios. Terei uma explicação com ela; que se vá para o homem amado... Eu lhe darei o divórcio, tomarei a culpa sobre mim..."

Olga Dmitrievna chegou afinal, e como estava de *rotondeau* branco, chapéu e galochas, entrou no gabinete e deixou-se cair na poltrona.

— Moleque gordo e repugnante — disse ela, respirando penosamente, e soluçou. — Isso é até desonesto, é horroroso. — Ela bateu o pé. — Eu não posso, não posso, não posso!

— O que foi? — perguntou Nikolai Ievgráfitch, aproximando-se dela.

— Eu vim acompanhada pelo estudante Azarbekov, e ele perdeu a minha bolsa, e na bolsa havia 15 rublos. Eu peguei da mamãe.

Ela chorava a sério mesmo, como uma menina, e não só o lenço, mas até suas luvas estavam molhadas de lágrimas.

— Que se há de fazer! — suspirou o doutor. — Se perdeu, está perdido, e que vá com Deus. Acalma-te, eu preciso conversar contigo.

— Não sou milionária para não me importar assim com dinheiro. Ele diz que vai devolver, mas eu não acredito, ele é pobre...

O marido pedia-lhe que se acalmasse e o escutasse, mas ela só falava do estudante e dos seus 15 rublos perdidos.

— Ora, eu te darei 25 amanhã, mas cala-te, por favor! — disse ele com irritação.

— Eu tenho de trocar de roupa! — chorava ela. — Não posso conversar seriamente de casaco de peles! Que coisa estranha!

Ele tirou o casaco e as galochas dela, e, neste momento, sentiu cheiro de vinho branco, aquele mesmo que ela gostava de tomar quando comia ostras (apesar de toda a sua vaporosidade, ela comia muito e bebia bastante). Ela foi para o seu quarto e pouco depois voltou, com outra roupa, o rosto empoado, os olhos inflamados de chorar, sentou-se e sumiu toda no seu leve penteador rendado, e na massa de ondas róseas, o marido só distinguia a cabeleira solta e o pequenino pé no chinelo.

— De que é que tu queres falar? — perguntou ela, balançando-se na poltrona.

— Eu, sem querer, vi isto aqui... — disse o doutor e estendeu-lhe o telegrama.

Ela leu e deu de ombros.

— E que tem isso? — disse ela, balançando-se com mais força. — É um simples telegrama de Ano-Novo e nada mais. Aqui não há segredos.

— Tu contas com o fato de eu não saber inglês. Sim, eu não sei, mas tenho um dicionário. É um telegrama do Ris, ele brinda à saúde de sua amada e beija-a mil vezes. Mas deixemos, deixemos isso... — continuou o doutor, apressado. — Eu não quero em absoluto recriminar-te ou fazer uma cena. Já tivemos suficientes cenas e recriminações, é tempo de acabar... Aqui está o que eu quero te dizer: tu és livre e podes viver como quiseres.

Fez-se silêncio. Ela começou a chorar baixinho.

— Eu te liberto da necessidade de fingir e de mentir — continuou Nikolai Ievgráfitch. — Se amas aquele moço, podes amá-lo; se queres ir ter com ele no estrangeiro, vai. Tu és jovem, forte, e eu já sou uma ruína, sobra-me pouco tempo de vida. Numa palavra... tu me compreendes.

Ele estava emocionado e não podia prosseguir. Olga Dmitrievna, chorando, e com voz de quem tem pena de si mesma, confessou que amava Ris, que saíra a passear com ele fora da cidade, que estivera no seu apartamento, e que, de fato, agora ela tinha muita vontade de ir para o estrangeiro.

— Está vendo, eu não te oculto nada — disse ela com um suspiro. — Abro-te toda a alma. E novamente te suplico, sê generoso, dá-me o passaporte!

— Repito: és livre.

Ela mudou de lugar, para mais perto dele, a fim de poder ver-lhe a expressão do rosto. Não acreditava nele, e agora tentava adivinhar os seus pensamentos ocultos. Ela nunca confiava em ninguém, e por mais nobres que fossem as intenções, sempre suspeitava nelas motivos mesquinhos ou baixos e fins egoístas. E quando ela lhe fitava o rosto com ar perscrutador, pareceu-lhe que nos seus olhos, como nos olhos de uma gata, brilhara uma faísca verde.

— Mas quando é que eu receberei o passaporte? — perguntou ela em voz baixa.

Ele teve vontade, de repente, de responder "nunca", mas se conteve e disse:

— Quando quiseres.

— Eu vou só por um mês.

—Tu vais ter com Ris para sempre. Eu te darei o divórcio, tomarei a mim a culpa, e Ris poderá casar-se contigo.

— Mas eu não quero o divórcio! — disse Olga Dmitrievna vivamente, fazendo uma cara admirada. — Não te peço divórcio! Dá-me o passaporte, e é só.

— Mas por que é que tu não queres o divórcio? — perguntou o doutor, começando a ficar irritado. — És uma mulher estranha. Como és estranha! Se estás seriamente enamorada, e ele também te ama, na vossa situação ambos não podereis inventar nada melhor que o matrimônio. Ou será que tu ainda preferes escolher entre o matrimônio e o adultério?

— Eu já compreendi o senhor — disse ela, afastando-se dele, e o seu rosto assumiu uma expressão maldosa e vingativa. — Eu o compreendo perfeitamente. O senhor está cansado de mim, e o senhor quer simplesmente livrar-se de mim, impingir-me este divórcio. Agradeço, mas não sou tão tola como o senhor imagina. Não aceitarei o divórcio e não o deixarei, não deixarei, não deixarei! Em primeiro lugar, não desejo perder a minha posição social — continuou ela, depressa, receando que ele a impedisse de falar —, em segundo lugar, já estou com 27 anos, e Ris tem 23; daqui a um ano ele se cansará de mim e me abandonará. E, em terceiro lugar, se deseja saber, eu não garanto que essa minha paixão possa durar muito tempo... Está aí! E eu não deixarei o senhor.

— Neste caso, vou expulsá-la da minha casa! — gritou Nikolai Ievgráfitch, batendo os pés. — Toco-te para a rua, mulher baixa e ignóbil.

—Veremos! — disse ela e saiu.

Lá fora já clareara o dia, mas o doutor continuava sentado à mesa, riscando o papel com o lápis e escrevendo maquinalmente:

"Prezado senhor... Pezinho pequenino..."

Ou então, punha-se a andar e parava na sala de visitas diante de uma fotografia tirada havia sete anos, pouco após o casamento, e fitava-a longamente. Era um grupo familiar: o sogro, a sogra, sua mulher Olga Dmitrievna quando tinha 20 anos, e ele mesmo, na qualidade de marido jovem e feliz. O sogro, escanhoado e rechonchudo conselheiro secreto, astuto e ávido por dinheiro; a sogra, senhora opulenta de feições miúdas e rapaces como de uma doninha, que amava a filha loucamente e a ajudava em tudo; se a filha estivesse estrangulando um ser humano, ela não lhe diria uma palavra, mas apenas a esconderia atrás da sua saia. Olga Dmitrievna também tem traços fisionômicos miúdos e rapaces, mas mais expressivos e atrevidos do que os da mãe; esta já não é uma doninha, mas uma fera bem mais graúda! Já o próprio Nikolai Ievgráfitch parece nesta fotografia um homem tão simples, bom rapaz, sujeito sem maldade; um sorriso bonachão de seminarista espalhou-se pela cara toda, e ele crê ingenuamente que este bando de rapinantes, no meio do qual ele caiu por um capricho do destino, lhe dará a poesia e a felicidade e tudo aquilo com que ele sonhava quando, ainda estudante, cantava a canção: "Não amar é perder a vida tão jovem..."

E de novo, perplexo, ele se perguntava como foi que ele, filho de um cura de aldeia, educado no seminário, homem simples, rude e reto, pôde entregar-se tão desamparadamente às mãos desta criatura insignificante, falsa, vulgar, mesquinha e, pela própria natureza, para ele totalmente estranha.

Quando, às 11 horas, ele vestia o paletó para ir ao hospital, a criada entrou no escritório.

— Que deseja? — perguntou ele.

— A patroa levantou-se e pede os 25 rublos que o senhor lhe prometeu.

Ana no pescoço

I

Depois da boda, não houve nem mesmo uma refeição ligeira; os recém-casados beberam uma taça cada um, trocaram de roupa e foram para a estação. Em lugar de alegre baile e jantar de casamento, em lugar de música e danças, a viagem para uma reza pública a duzentas verstas de distância. Muitos aprovavam isso, dizendo que Modesto Alexêitch é um alto funcionário e já não é moço, e um casamento ruidoso poderia, quiçá, parecer um tanto impróprio; ademais, é aborrecido ouvir música quando um funcionário de 52 anos se casa com uma jovem que mal completou os 18. Diziam também que essa viagem ao convento fora resolvida por Modesto Alexêitch a fim de, como homem de princípios, dar a entender à jovem esposa que mesmo no casamento ele reservava o primeiro lugar à religião e aos bons costumes.

Houve bota-fora. Um bando de colegas de serviço e parentes, de taças nas mãos, ficou à espera da partida do trem para gritar "urra", e Piotr Leontitch, o pai, de cartola, de fraque professoral, já ébrio e já muito pálido, estendia para a janela a mão com a sua taça e dizia em tom de súplica:

— Aniuta! Ánia![19] Ánia, uma só palavra!

Ánia se debruçava para ele pela janela, e ele lhe sussurrava algo, bafejando-a com o cheiro de vinho fermentado, soprava-lhe no ouvido — não se podia entender nada — e persignava-lhe o rosto, o peito, as mãos; e, ao fazê-lo, tremia-lhe a respiração e nos olhos brilhavam lágrimas. E os irmãos de Ánia, Pêtia e Andriúcha,[20] ginasianos, puxavam-no pelo fraque e murmuravam embaraçados:

— Papaizinho, chega... Papaizinho, não...

Quando o trem partiu, Ánia viu como seu pai correu um pouco atrás dos vagões, oscilando e esparramando o seu vinho, e como ele tinha um rosto tão lamentável, bondoso e culpado.

---

[19] Diminutivos familiares do nome Ana. (N.T.)
[20] Diminutivos de Piotr (Pedro) e Andrei (André). (N.T.)

— Urra-a-a! — gritava ele.

Os casados ficaram a sós. Modesto Alexêitch examinou a cabina, arrumou as coisas pelas prateleiras e sentou-se defronte da sua jovem esposa, sorrindo. Era um funcionário de estatura mediana, bastante opulento, rechonchudo, muito bem alimentado, de suíças longas e sem bigodes, e o seu queixo escanhoado, redondo e nitidamente delineado parecia um calcanhar. O mais característico do seu rosto era a ausência de bigodes, esse lugar recém-raspado, desnudo, que se fundia pouco a pouco com as bochechas gordas e trêmulas como geleia. Ele se tinha com sólida compostura, seus movimentos não eram ligeiros, as maneiras eram macias.

— Não posso deixar de lembrar agora uma certa circunstância — disse ele sorrindo. — Há cinco anos, quando Kossorótov recebeu a Ordem de Santa Ana de segunda categoria e se apresentou para agradecer, Sua Excelência expressou-se assim: "Com que então o senhor agora tem três Anas: uma na lapela, duas no pescoço." E é preciso dizer que, naquela época, acabara de voltar para o Kossorótov sua esposa, pessoa leviana e rabugenta, chamada Ana. Espero que quando eu receber a Ana de segunda categoria, Sua Excelência não tenha motivos para me dizer a mesma coisa.

Ele sorriu com os seus olhinhos apertados. E ela também sorria, perturbada pelo pensamento de que este homem poderia a qualquer momento beijá-la com os seus lábios gordos e úmidos, e que ela já não tem mais o direito de lhe recusar isso. Os movimentos moles de seu corpo rechonchudo a assustavam, ela sentia medo e repulsa. Ele levantou-se, tirou do pescoço, sem pressa, a condecoração, despiu o fraque e o colete, e vestiu o roupão.

— Assim — disse ele, sentando-se ao lado de Ánia.

Ela lembrou-se de como fora penosa a cerimônia das bodas, quando lhe parecia que o sacerdote, e os convidados, e todos na igreja a fitavam com tristeza: por que, por que ela, tão meiga, bonita, se casa com esse senhor já idoso e desinteressante? Ainda hoje de manhã, ela se sentira encantada porque tudo se arranjara tão bem, mas durante a cerimônia e agora no carro ela se sentia culpada, enganada e ridícula. Ei-la que se casou com um ricaço e, no entanto, não tinha dinheiro, o vestido de noiva fora feito a crédito, e quando hoje a acompanhavam o pai e os irmãos, ela vira pelos seus rostos que eles estavam sem um copeque. Será que eles jantarão hoje? E amanhã? E parecia-lhe, inexplicavelmente, que o pai e os meninos estão agora, sem ela, passando fome e sentindo uma angústia tão grande como na primeira noite depois do enterro da mãe.

"Oh, como sou desgraçada!", pensava ela. "Por que sou tão desgraçada?"

Com a falta de jeito de um homem ponderado, pouco acostumado a lidar com mulheres, Modesto Alexêitch tocava-lhe a cintura e dava-lhe palmadinhas no ombro, mas ela pensava no dinheiro, na mãe, na sua morte. Quando a mãe faleceu, o pai, Piotr Leontitch, professor de caligrafia e desenho no ginásio, começou a beber, vieram as privações; os meninos não tinham sapatos nem galochas, o pai foi arrastado ao juiz, veio o oficial de justiça e confiscou a mobília... Que vergonha! Ánia tinha que cuidar do pai bêbado, cerzir as meias dos irmãos, ir à feira e, quando lhe elogiavam a beleza, a juventude, as maneiras elegantes, parecia-lhe que o mundo inteiro via o seu chapeuzinho barato e os buraquinhos dos sapatos, disfarçados com tinta. E à noite, lágrimas, e o pensamento insistente e perturbador de que logo logo despediriam o pai do ginásio pela sua fraqueza, e que ele não suportará isso e também morrerá, como a mãe.

Mas eis que senhoras conhecidas começaram a se movimentar e puseram-se a procurar um bom homem para Ánia. Logo encontrou-se esse mesmo Modesto Alexêitch, nem jovem nem belo, mas endinheirado. Ele tem uns cem mil no banco e possui uma propriedade herdada, que arrenda. É um homem de princípios e bem visto por Sua Excelência; não lhe custa nada, disseram a Ánia, arranjar com Sua Excelência um bilhetinho para o diretor do ginásio e até mesmo para o curador, para que Piotr Leontitch não seja despedido...

Enquanto ela recordava essas minúcias, ouviam-se de repente sons de música entrando pela janela junto com o ruído de vozes. O trem tinha se detido numa parada. Atrás da plataforma, no meio da aglomeração, tocavam uma alegre harmônica e um estridente violino barato, e por detrás dos altos vidoeiros e álamos, por detrás das casas de verão inundadas de luar, vinham os sons de uma banda militar: decerto, havia dança na estação de veraneio. Pela plataforma, passeavam veranistas e moradores do lugar, que vinham até ali quando fazia bom tempo, para respirar um pouco de ar puro. Ali estava também o próprio Artinov, proprietário de toda essa estação de veraneio, um ricaço moreno e alto, de rosto parecido com o de um armênio, de olhos saltados e traje estranho. Vestia uma camisa aberta no peito e botas altas com esporas, e dos ombros lhe caía uma longa capa negra, que se arrastava pelo chão como uma cauda. Atrás dele, os pontudos focinhos pendurados, vinham dois galgos borzoi.

Nos olhos de Ánia ainda brilhavam as lágrimas, mas ela já não pensava nem na mãe, nem no dinheiro, nem no seu casamento, e apertava as mãos de ginasianos e oficiais conhecidos, ria alegremente e falava depressa:

— Boa noite! Como está?

Ela saiu para a plataforma do carro, debaixo da luz do luar, e postou-se de maneira a ser vista de corpo inteiro, no seu elegantíssimo traje novo com chapéu.

— Por que estamos parados aqui? — perguntou ela.

— Aqui é um entroncamento — responderam-lhe —, esperam o trem postal.

Reparando que Artinov a fitava, ela apertou os olhos, faceira, e começou a falar alto em francês; e porque sua própria voz soava tão bem, e porque se ouvia música e a lua se refletia na lagoa, e porque Artinov, esse famoso Don Juan e farrista, a fitava com ávida curiosidade, e porque todo mundo estava alegre, ela sentiu uma alegria repentina e, quando o trem se moveu e os oficiais conhecidos lhe bateram continência em despedida, ela já cantarolava a polca, cujos sons a banda militar lhe mandava ao encalço, de lá detrás das árvores; e ela voltou para a sua cabina com uma sensação de que, naquela parada, a convenceram de que ela seria feliz, sem falta e apesar de tudo.

Os casados permaneceram no convento dois dias, depois voltaram para a cidade. Ficaram morando num apartamento do governo. Quando Modesto Alexêitch saía para a repartição, Ánia tocava piano, ou chorava de tédio, ou se deitava no sofá e lia romances ou folheava uma revista de modas. Ao almoço, Modesto Alexêitch comia muito e falava sobre política, nomeações, transferências e prêmios, e que é preciso se esforçar, que a vida de família não é um prazer mas um dever, que "o copeque guarda o rublo", e que acima de tudo no mundo ele coloca a religião e os bons costumes. E, segurando a faca no punho fechado como uma espada, ele dizia:

— Cada pessoa tem que ter suas obrigações!

E Ánia o escutava, e temia, e não conseguia comer, e geralmente deixava a mesa com fome. Depois do almoço, o marido repousava e roncava alto, e ela ia visitar os seus. O pai e os meninos olhavam-na de um modo estranho, como se um momento antes da sua chegada tivessem estado a condená-la por ter se casado sem amor, por dinheiro, com um homem aborrecido e maçante; seu vestido farfalhante, as pulseiras e todo o seu ar de senhora os incomodavam, os ofendiam; na sua presença, eles ficavam um pouco embaraçados e não sabiam de que falar com ela; mas, apesar disso, continuavam a amá-la como dantes e ainda não se haviam acostumado a almoçar sem ela. Ela sentava-se e comia com eles, sopa de repolho, aveia e batatas, fritas em banha de carneiro que cheirava a vela. Piotr Leontitch, com mãos trêmulas, vertia vodca de uma jarrinha, e entornava rápido, com avidez, com asco, depois bebia outro cálice, depois o terceiro... Pêtia e Andriúcha, meninos magrinhos e pálidos, de olhos grandes, tiravam a jarrinha e falavam atarantados:

— Não faça, papaizinho... chega, papaizinho...

E Ánia também se preocupava e implorava-lhe que não bebesse mais, mas ele de repente ficava irado e dava murros na mesa.

— Não permitirei que ninguém me faça observações! — gritava ele. — Moleques! Meninota! Vou expulsá-los para a rua, todos!

Mas na sua voz transparecia a fraqueza, a bondade, e ninguém o temia. Depois do almoço, ele costumava se arrumar; pálido, o queixo com talhos de navalha, espichando o pescoço seco, ele ficava meia hora diante do espelho se enfeitando, ora penteando o cabelo, ora torcendo o bigode negro, perfumava-se com o pulverizador, amarrava a gravata em laço, depois enfiava as luvas, punha a cartola e saía para as aulas particulares. E nos feriados, ele ficava em casa e escrevia com tintas de cor ou tocava a harmônica, que chiava e rugia: ele se esforçava por extrair dela sons harmoniosos e melódicos, e cantarolava ou então se irritava com os meninos:

— Patifes! Imprestáveis! Estragaram o instrumento!

Todas as noites, o marido de Ánia jogava baralho com os seus colegas, que moravam sob o mesmo teto que ele, no prédio do governo. Durante o jogo, reuniam-se as esposas dos funcionários, feias, enfeitadas com mau gosto, grosseiras como cozinheiras, e no apartamento começavam os mexericos, tão feios e de mau gosto como as próprias mulheres dos funcionários. Acontecia que Modesto Alexêitch saía com Ánia para o teatro. Nos intervalos, ele não a deixava afastar-se nem um passo, e passeava com ela no braço pelos corredores e pelo *foyer*. Cumprimentando alguém, ele imediatamente sussurrava para Ánia: "Conselheiro Civil... recebido por Sua Excelência..." ou "Homem de recursos... possui casa própria..." Quando passavam pelo bufê, Ánia tinha muita vontade de comer doce; ela gostava de chocolate e de doces de maçã, mas não tinha dinheiro e se acanhava de pedi-lo ao marido. Ele pegava uma pera, amassava-a entre os dedos e perguntava hesitante:

— Quanto custa?
—Vinte e cinco copeques.
— Deveras! — dizia ele, e punha a pera no lugar; mas como não dava jeito de sair sem ter comprado nada, ele exigia água de Seltzer e tomava sozinho a garrafa inteira, e as lágrimas assomavam-lhe aos olhos, e Ánia o odiava neste momento.

Ou então, de repente, enrubescendo todo, ele lhe dizia apressado:
— Cumprimente esta senhora!
— Mas eu não a conheço.
— Não importa. É a esposa do presidente da Câmara! Cumprimente, estou dizendo! — resmungava ele, insistente. — Não lhe vai cair a cabeça.

Ánia cumprimentava, e a cabeça, de fato, não lhe caía, mas era penoso. Ela fazia tudo o que o marido queria e se detestava porque ele a enganara como a última das tolinhas. Ela se casara com ele só pelo dinheiro e, entretanto, agora tinha menos dinheiro do que antes de casar. Antes, pelo menos, o pai lhe dava pratinhas de vinte copeques, mas agora, nem um cêntimo. Pegar dinheiro às escondidas ou pedir, isso ela não podia, tinha medo do marido, temia-o. Parecia-lhe que esse pavor ao marido ela já traz na alma há muito tempo. Longe, na infância, a força mais temível e impressionante, crescendo para ela como uma nuvem, ou uma locomotiva prestes a esmagá-la, parecia-lhe sempre o diretor do ginásio; outra força igual, da qual sempre se falava na família e que por alguma razão misteriosa todos temiam, era Sua Excelência; e havia ainda uma dezena de forças menores, entre elas os professores do ginásio, de bigodes raspados, severos, impiedosos, e agora, finalmente, Modesto Alexêitch, homem de princípios, que até de rosto se parecia com o diretor. E na imaginação de Ánia, todas essas forças se fundiam numa só e, na figura de um terrível, enorme, medonho urso branco, avançavam para os fracos e os culpados, tais como o seu pai, e ela tinha medo de dizer qualquer coisa em protesto, e sorria um sorriso forçado, e exprimia uma satisfação fingida, quando a submetiam a carícias grosseiras e a maculavam com amplexos que lhe causavam horror.

Só uma vez Piotr Leontitch atreveu-se a pedir-lhe cinquenta rublos emprestados, para pagar uma dívida muito desagradável, mas que sofrimento foi isso!

— Está bem, eu lhe darei — disse Modesto Alexêitch, tendo pensado um pouco. — Mas advirto-o de que já não vou ajudá-lo mais, enquanto não abandonar a bebida. Para um homem na situação de funcionário do governo, tal fraqueza é vergonhosa. Não posso deixar de lembrar-lhe do fato de sobejo conhecido, de que muito homem bem-dotado foi arruinado por essa paixão, ao passo que, se se abstivessem, essas pessoas poderiam, quiçá, vir a ser personagens altamente colocados.

E sucederam-se longos períodos: "na medida em que...", "partindo do pressuposto de que...", "em vista do recém-mencionado...", enquanto o infeliz Piotr Leontitch sofria e sentia uma forte vontade de beber um trago.

E os meninos, que vinham visitar Ánia, geralmente de sapatos rotos e calças puídas, também tinham que escutar admoestações:

— Todo homem tem que ter as suas obrigações! — dizia-lhes Modesto Alexêitch.

E não lhes dava dinheiro. Mas, em compensação, presenteava Ánia com anéis, braceletes e broches, dizendo que é bom ter essas coisas para uma hora de necessidade. E muitas vezes ele abria a cômoda da esposa e fazia uma revisão — se todos os objetos estavam em ordem.

II

Entretanto, chegou o inverno. Ainda bem antes do Natal, anunciava-se no diário local que a 29 de dezembro, na Associação Fidalga, "irá acontecer" o tradicional baile de inverno. Todas as noites, depois do jogo de baralho, Modesto Alexêitch, excitado, cochichava com as esposas dos funcionários, lançando olhares preocupados na direção de Ánia, e depois ficava muito tempo andando dum canto para outro, pensando em qualquer coisa. Finalmente, uma vez, tarde da noite, ele parou diante de Ánia e disse:

— Tu tens de mandar fazer um vestido de baile. Entendes? Mas, por favor, primeiro aconselha-te com Maria Grigorievna e Natália Kusminichna.

E deu-lhe cem rublos. Ela os tomou; mas, ao encomendar o vestido de baile, não se aconselhou com ninguém, apenas conversou com o pai e procurou imaginar como teria se vestido a mãe. Sua defunta mãe sempre se trajava pela última moda e sempre se ocupava de Ânia e a vestia elegantemente, como uma boneca; ensinara-lhe o francês e a dançar a mazurca com perfeição (antes de casar, ela trabalhara cinco anos como governanta). Ânia, do mesmo modo que a mãe, sabia transformar um vestido velho num traje novo, lavar as luvas com benzina, usar *bijoux* alugados, e, do mesmo modo que a mãe, sabia apertar os olhos, rolar os "erres", assumir atitudes bonitas, ficar, quando necessário, entusiasmada, parecer triste e misteriosa. E do pai ela herdou a cor escura dos cabelos e dos olhos, o nervosismo e esta maneira de estar sempre se enfeitando.

Quando, meia hora antes da saída para o baile, Modesto Alexêitch entrou no quarto dela para, diante do seu *frumeau*, colocar no pescoço a condecoração, ele, encantado com a sua beleza e o brilho do seu traje fresco e vaporoso, acariciou as suíças com ares satisfeitos e disse:

— Então é assim que é a minha... é assim! Aniúta! — continuou ele, súbito caindo num tom solene. — Eu fiz a tua felicidade, e agora tu podes fazer a minha. Peço-te, apresenta-te à esposa de Sua Excelência! Pelo amor de Deus! Por meio dela, eu posso conseguir o posto de primeiro-relator!

Saíram para o baile. Eis a Associação Fidalga e a entrada com o porteiro. O vestíbulo com os cabides, casacos de pele, lacaios apressados e senhoras decotadas, protegendo-se com os leques contra as correntes de ar, cheira a gás de iluminação e a soldados. Quando Ânia, subindo a escadaria pelo braço do marido, ouviu a música e se avistou de corpo inteiro no enorme espelho, toda iluminada pela infinidade de luzes, na sua alma acordou a alegria, o mesmo pressentimento de felicidade que ela experimentara naquela noite enluarada na parada do trem. Ela caminhava orgulhosa, segura, sentindo-se pela primeira vez não uma menina, mas uma senhora, e imitando, sem querer, o modo de andar e as maneiras da sua falecida mãe. E, pela primeira vez na vida, ela se sentia rica e livre. Nem mesmo a presença do marido a incomodava, porque, assim que cruzara a soleira da associação, ela adivinhara com o seu instinto que a proximidade do marido idoso não a diminuía nem um pouco, mas, pelo contrário, a distinguia com o selo de picante mistério, que tanto agrada aos homens. No grande salão, já soava a orquestra e começavam as danças. Depois do apartamento governamental, envolvida pelas impressões das luzes, das cores, da música, do ruído, Ânia correu os olhos pelo salão e pensou: "Ah, como é bom!", e imediatamente distinguiu na multidão todos os seus conhecidos, todos a quem antes havia encontrado em festas e passeios, todos esses oficiais, professores, advogados, funcionários, proprietários, Sua Excelência, Artinov e as senhoras da alta sociedade, enfeitadas, muito decotadas, bonitas e feias, que já ocupavam seus postos nas barracas e pavilhões do bazar beneficente, para começar as vendas em favor dos pobres. Um enorme oficial de dragonas — ela o conhecera na rua Staro-Kievskaia, quando ainda frequentava o ginásio, mas agora não se lembrava do seu sobrenome — surgiu como que de sob a terra e convidou-a para a valsa, e ela voou para longe do marido, e já lhe parecia que estava navegando num barco a vela, no meio de forte tempestade, e o marido ficou na margem, lá longe... Ela dançava com entusiasmo, apaixonadamente, tanto a valsa como a polca e a quadrilha, e passava de braço em braço, atordoada pela música e pelo barulho, misturando o russo com o francês, rolando os "erres", rindo, sem pensar no marido, nem em nada, nem em ninguém. Ela tinha sucesso com os homens, era claro, e nem podia ser de outra maneira, ela sufocava de emoção, apertava convulsivamente o leque na mão e queria beber. O pai, Piotr Leontitch, de fraque amarrotado, cheirando a benzina, aproximou-se dela, estendendo-lhe um pires com sorvete vermelho.

— Estás encantadora hoje — dizia ele, fitando-a com entusiasmo — e nunca ainda lamentei tanto que tenhas te apressado tanto em casar... Para quê? Eu sei, tu o fizeste por nós, mas... — Com as mãos trêmulas, ele tirou do bolso um pacotinho de notas e disse: — Hoje eu recebi pelas aulas e posso pagar a dívida ao teu marido.

Ela soltou-lhe nas mãos o pires e, enlaçada por alguém, adejou para longe, e de relance, por cima do ombro do seu cavalheiro, ela viu como o pai, deslizando pelo soalho encerado, convidou uma senhora e voou pelo salão.

"Como ele é agradável quando sóbrio!", pensou ela.

Ela dançou a mazurca com o mesmo oficial enorme; solene e pesado, como uma carcaça de uniforme, ele andava, movia os ombros e o peito, mal e mal batendo os pés no ritmo da dança — ele não tinha a menor vontade de dançar, mas ela adejava ao seu lado, provocando-o com a sua beleza, com o seu colo nu; seus olhos ardiam de malícia, seus movimentos eram cheios de paixão, mas ele, cada vez mais indiferente, estendia-lhe os braços condescendentemente, como um rei.

— Bravo, bravo!... — ouvia-se entre o público.

Mas, pouco a pouco, mesmo o enorme oficial não resistiu; ele despertou, ficou excitado e, já entregue ao encantamento, inflamou-se e já se movia com leveza, como um jovem, e ela só mexia os ombros e olhava maliciosa, como se agora a rainha fosse ela, e ele o escravo, e neste momento lhe parecia que todo o salão os fitava, que toda esta gente os admirava e os invejava. Nem bem o enorme oficial acabou de agradecer-lhe, eis que de repente o público abriu alas e os homens se perfilaram de um modo estranho, abaixando os braços... Era Sua Excelência que se encaminhava para ela, de fraque, com duas estrelas. Sim, Sua Excelência dirigia-se justamente a ela, porque a fitava no rosto com um sorriso adocicado, e ao fazê-lo movia os lábios como quem mastiga, o que fazia sempre que via uma mulher bonita.

— Muito prazer, muito prazer... — começou ele. — Acho que vou dar ordens de trancarem o seu marido num calabouço, por ter-nos ocultado até agora tamanho tesouro. Venho com uma incumbência de minha esposa — continuou ele, dando-lhe a mão. — A senhora precisa nos ajudar... S-sim... É preciso conceder-lhe um prêmio de beleza... como na América... S-sim... Os americanos... Minha esposa espera-a com impaciência.

Ele a acompanhou até uma barraquinha, para junto de uma senhora idosa com a parte inferior do rosto desproporcionalmente grande, de modo que parecia que ela tinha uma grande pedra na boca.

— Ajude-nos — disse ela em tom cantante e anasalado. — Todas as moças bonitinhas trabalham no bazar beneficente, a senhora é a única que passeia, não sei por quê. Por que não quer nos ajudar?

Ela saiu e Ánia ocupou o seu lugar junto do samovar de prata e das xícaras. Imediatamente, as vendas se animaram. Por uma xícara de chá, Ánia cobrava não menos de um rublo, e obrigou o enorme oficial a tomar três xícaras. Aproximou-se Artinov, o ricaço, que sofria de falta de ar, mas já sem aquele traje estranho com o qual Ánia o vira no verão, e sim de fraque, como todos. Sem tirar os olhos de Ánia, ele bebeu uma taça de champanhe e pagou cem rublos, depois, tomou chá e deu mais cem — e tudo isso em silêncio, sofrendo de asma... Ánia atraía os compradores e cobrava-lhes dinheiro, já profundamente convencida de que os seus sorrisos e olhares não lhes causavam nada além de grande prazer. Ela já compreendera que fora criada exclusivamente para esta vida ruidosa, brilhante e risonha, com música, danças, admiradores, e o seu velho medo diante da força que avança e ameaça esmagá-la parecia-lhe ridículo; ela já não temia ninguém e só lamentava que não tivesse a mãe, que agora se alegraria junto com ela pelo seu êxito.

Piotr Leontitch, já pálido mas ainda firme nas pernas, aproximou-se da barraquinha e pediu um cálice de conhaque. Ánia corou, esperando que ele dissesse alguma coisa imprópria (ela já sentia vergonha de ter um pai tão pobre, tão comum), mas ele bebeu, tirou do seu pacotinho dez rublos e afastou-se solenemente, sem dizer palavra. Pouco depois, ela o viu saindo com o par para o *grand rond*, e desta vez ele já oscilava e soltava interjeições em voz alta, para grande embaraço da sua dama, e Ánia lembrou como, uns três anos atrás, num baile, ele oscilava assim mesmo e exclamava — e a coisa terminou com o guarda levando-o à casa para dormir, e no dia seguinte o diretor ameaçou despedi-lo do emprego. Como vinha mal a propósito essa lembrança!

Quando nas barraquinhas se extinguiram os samovares e as fatigadas benfeitoras entregaram os seus ganhos à idosa senhora de pedra na boca, Artinov levou Ánia pelo braço para o salão onde estava sendo servida uma ceia para todos os participantes do bazar beneficente. Ceavam umas vinte pessoas, não mais, mas o barulho era grande. Sua Excelência ergueu um brinde: "Neste refeitório suntuoso, cabe brindar ao florescimento dos refeitórios baratos que serviram de motivo ao bazar de hoje." Um general de brigada propôs beber "à força, diante da qual se curva até a artilharia", e todos se puseram a chocar taças com as senhoras. Foi muito, muito alegre!

Quando acompanhavam Ánia para casa, já amanhecia e as cozinheiras iam à feira. Satisfeita, ébria, plena de novas impressões, exausta, ela se despiu, tombou na cama e adormeceu imediatamente...

Pelas duas horas da tarde, foi acordada pela criada, que anunciou a visita do senhor Artinov. Ela vestiu-se rapidamente e foi para a sala. Pouco depois de Artinov, chegou Sua Excelência, para agradecer-lhe pela participação no bazar beneficente. Fitando-a com o olhar adocicado e mastigando com os lábios, ele beijou-lhe a mãozinha e pediu licença de voltar, e saiu, e ela ficou parada no meio da sala, espantada, encantada, não podendo acreditar que a mudança na sua vida, a extraordinária mudança, tivesse acontecido tão cedo; e neste momento, entrou o seu marido, Modesto Alexêitch... E agora, também diante dela, ele tinha a mesma expressão adocicada, aduladora, servilmente respeitosa, que ela se acostumara a ver-lhe na presença dos fortes e dos ilustres; e foi com exaltação, com indignação, com desprezo, já certa de que nada lhe aconteceria por isso, que ela disse, destacando claramente cada palavra:

— Saia daqui, boçal!

Depois disso, Ánia não tinha mais nem um dia livre, já que tomava parte ora num convescote, ora numa excursão, ora num espetáculo. Todos os dias, ela voltava para casa de madrugada e dormia na sala de visitas, no chão, e depois contava a todos, comovedoramente, como ela dorme debaixo das flores. Era necessário muito dinheiro, mas ela já não temia Modesto Alexêitch e gastava o seu dinheiro como se fosse dela. E ela não pedia nem exigia, mas apenas lhe mandava as contas ou bilhetes: "entregar ao portador desta duzentos rublos" ou "pagar imediatamente cem rublos".

Pela Páscoa, Modesto Alexêitch foi agraciado com a ordem de Santa Ana de segunda categoria. Quando ele se apresentou para agradecer, Sua Excelência pôs de lado o jornal e afundou na poltrona.

— Quer dizer que agora o senhor tem três Anas — disse ele, examinando suas alvas mãos de unhas rosadas —; uma na lapela, duas no pescoço.

Modesto Alexêitch pôs dois dedos sobre os lábios, como precaução para não rir alto, e disse:

— Agora, resta esperar a vinda ao mundo do pequeno Vladimir. Atrever-me-ei a convidar Vossa Excelência para padrinho.

Ele insinuava uma indireta a respeito da ordem de Vladimir de quarta categoria, e já imaginava como iria contar a todo mundo esse seu trocadilho, tão feliz pelo engenho e arrojo, e quis dizer mais alguma coisa igualmente espirituosa, mas Sua Excelência voltou ao jornal e despediu-o com um movimento de cabeça...

E Ánia passava o tempo correndo de *troika*, ia à caça com Artinov, representava em peças de um ato, ceava, e as visitas que fazia aos seus eram cada vez menos frequentes. Eles já almoçavam sós. Piotr Leontitch bebia mais do que nunca, dinheiro não havia, e a harmônica há muito que fora vendida por uma dívida. Agora, os meninos já não o deixavam sair sozinho para a rua, receando que ele caísse; e quando, nos passeios na Staro-Kievskaia, acontecia cruzarem com Ánia de carruagem de dupla, com Artinov na boleia em lugar do cocheiro, Piotr Leontitch tirava a cartola e se preparava para gritar alguma coisa, mas Pêtia e Andriúcha o tomavam pelos braços e diziam, como que implorando:

— Não, papaizinho... chega, papaizinho

Conheça os títulos da Coleção Clássicos de Ouro

132 crônicas: cascos & carícias e outros escritos — Hilda Hilst
24 horas da vida de uma mulher e outras novelas — Stefan Zweig
50 sonetos de Shakespeare — William Shakespeare
A câmara clara: nota sobre a fotografia — Roland Barthes
A conquista da felicidade — Bertrand Russell
A consciência de Zeno — Italo Svevo
A força da idade — Simone de Beauvoir
A guerra dos mundos — H.G. Wells
A idade da razão — Jean-Paul Sartre
A ingênua libertina — Colette
A mãe — Máximo Gorki
A náusea — Jean-Paul Sartre
A obra em negro — Marguerite Yourcenar
A riqueza das nações — Adam Smith
As belas imagens (e-book) — Simone de Beauvoir
As palavras — Jean-Paul Sartre
Como vejo o mundo — Albert Einstein
Contos — Anton Tchekhov
Contos de terror, de mistério e de morte — Edgar Allan Poe
Crepúsculo dos ídolos — Friedrich Nietzsche
Dez dias que abalaram o mundo — John Reed
Física em 12 lições — Richard P. Feynman
Grandes homens do meu tempo — Winston S. Churchill
História do pensamento ocidental — Bertrand Russell
Memórias de Adriano — Marguerite Yourcenar
Memórias de um negro americano — Booker T. Washington
Memórias de uma moça bem-comportada — Simone de Beauvoir
Memórias, sonhos, reflexões — Carl Gustav Jung
Meus últimos anos: os escritos da maturidade de um dos maiores gênios de todos os tempos — Albert Einstein
Moby Dick — Herman Melville
Mrs. Dalloway — Virginia Woolf
O amante da China do Norte — Marguerite Duras
O banqueiro anarquista e outros contos escolhidos — Fernando Pessoa

O deserto dos tártaros — Dino Buzzati
O eterno marido — Fiódor Dostoiévski
O Exército de Cavalaria — Isaac Bábel
O fantasma de Canterville e outros contos — Oscar Wilde
O filho do homem — François Mauriac
O imoralista — André Gide
O muro — Jean-Paul Sartre
O príncipe — Nicolau Maquiavel
O que é arte? — Leon Tolstói
O tambor — Günter Grass
Orgulho e preconceito — Jane Austen
Orlando — Virginia Woolf
Os mandarins — Simone de Beauvoir
Retrato do artista quando jovem — James Joyce
Um homem bom é difícil de encontrar e outras histórias — Flannery O'Connor
Uma fábula — William Faulkner
Uma morte muito suave (e-book) — Simone de Beauvoir

Direção editorial
Daniele Cajueiro

Editora responsável
Ana Carla Sousa

Produção editorial
Adriana Torres
André Marinho
Laiane Flores
Ian Verçosa

Revisão
Luisa Suassuna
Luíza Côrtes

Capa
Victor Burton

Diagramação
Filigrana

Este livro foi impresso em 2021
para a Nova Fronteira.